KB267058

나그네가 밤에 쓰는 감회
旅夜書懷
언덕의 가녀린 풀 미풍에 나부낄 새
높이 솟은 돛단배에서 홀로 밤을 지샌다
별 드리운 평야 광활하고
달 솟아오른 큰 강물 출렁이누나
細草微風岸
危檣獨夜舟
星垂平野闊
月湧大江流

絶命門

절명문

절명문 3

진공 新무협 판타지 소설

초판 1쇄 찍은 날 § 2005년 7월 28일
초판 1쇄 펴낸 날 § 2005년 8월 5일

지은이 § 진공
펴낸이 § 서경석

편집장 § 문혜영
편집책임 § 김규진
편집 § 장상수 · 이재권 · 유경화

펴낸곳 § 도서출판 청어람
등록번호 § 제1081-1-89호
등록일자 § 1999. 5. 31
어람번호 § 제2-0661호

주소 § 경기도 부천시 원미구 심곡1동 350-1 남성B/D 3F (우) 420-011
전화 § 032-656-4452 팩스 § 032-656-4453
http://www.chungeoram.com
E-mail § eoram99@chollian.net

ⓒ 진공, 2005

ISBN 89-5831-584-9 04810
ISBN 89-5831-581-4 (세트)

Fantastic Oriental Heroes

진공 新무협 판타지 소설

3

인연의 굴레

愚神무림

절명문

도서출판
청어람

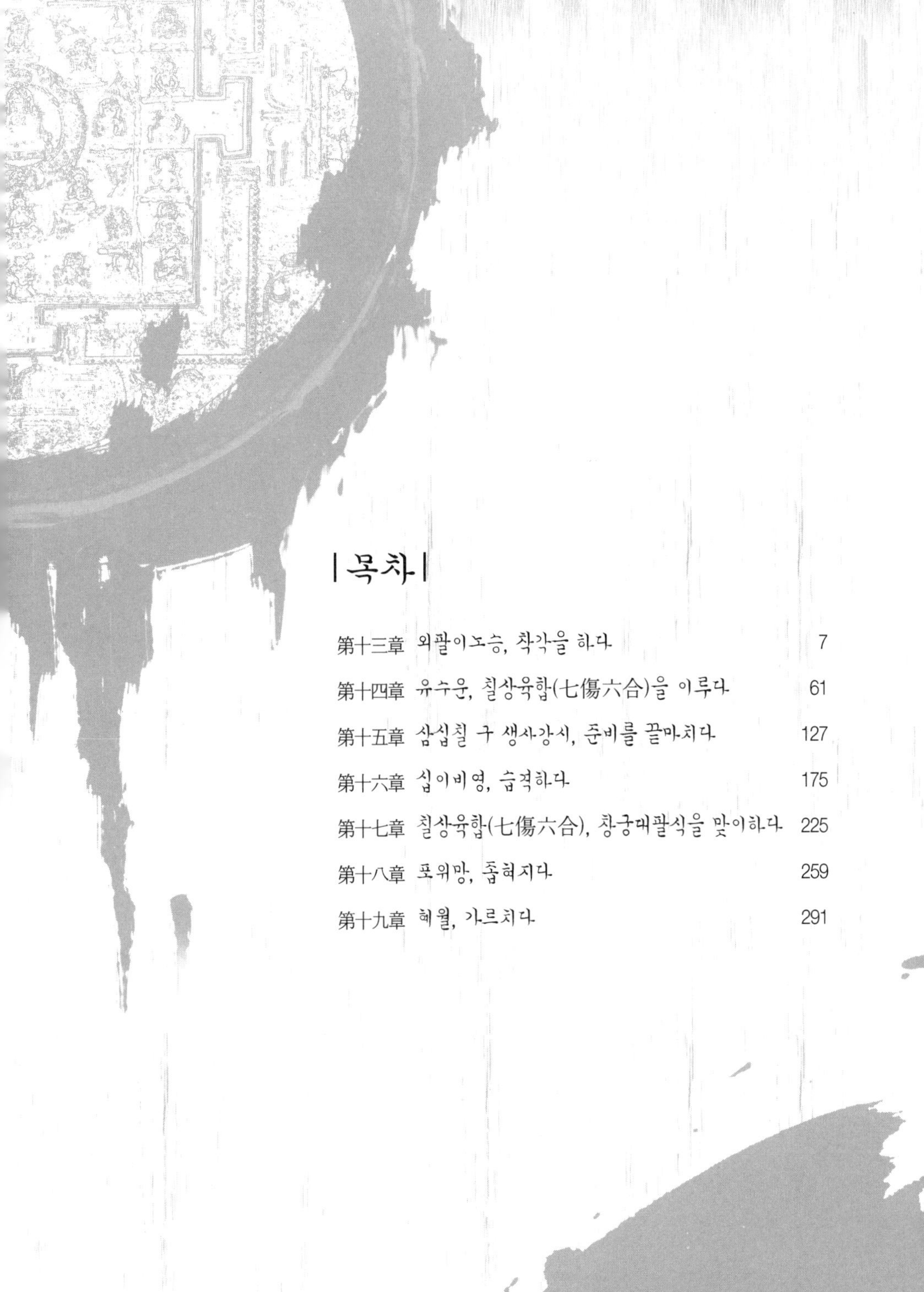

|목차|

◆ 第十三章 ◆

외팔이노승, 착각을 하다

외팔이노승, 착각을 하다

　수운이 산막에서 하상혁에게 덜미를 잡히던 그 순간, 거부 정정운의 집에서도 또 다른 만남이 진행되고 있었다.

　다소 소란스럽던 그들의 만남과는 다른 비밀스런 만남이었다.

　"예상과는 너무 다른 진행 아닌가?"

　풍채가 남다른, 사람들이 흔히 선풍도골(仙風道骨)이라 부를 법한 노인이 형형한 눈빛을 빛내며 자기 앞에 부복해 있는 정정운에게 말을 걸었다.

　"그렇습니다. 이번 결과는 어떤 예상에도 들어 있지 않았습니다."

　정정운이 공손한 어투로 노인의 말에 답했다.

　인근에서 손꼽히는 거부로 통하는 정정운이었으나 그 앞에 앉아 있는 이는 그의 아버지나 마찬가지인 사람이었다.

　가산을 탕진한 채 무의미하게 하루하루를 연명하던 자신에게 손을 내밀어준 사람. 아직도 그가 무엇을 하는 사람인지는 자세히 알지 못했으나 그의 말 한마디라면 목숨이라도 내줄 수 있었다.

노인과 정정운의 관계는 단순한 주종 관계라기보다 진한 신의로 맺어진 관계였다.

"쩝."

노인이 입맛을 다시자 정정운이 송구하다는 듯 머리를 숙였다.

"일이 크게 잘못된 것인지요? 그렇다면 이건 모두 제 잘못……."

그 말에 노인이 피식 웃었다.

"넌 이놈아, 무슨 신이라도 되냐? 잘못되면 다 네 탓이게. 아무튼 괜찮다. 크게 잘못된 일은 없어."

"다행입니다, 노야."

"끌, 네놈은 다 좋은데 너무 사근사근해. 좀 덤비는 맛도 있어야 같이 놀기 좋지……."

정정운이 피식 웃었다.

"애초에 같이 놀 사람 고른 게 저 아니었습니까?"

"나 이런 녀석하고는. 나 바쁘다. 정황이나 얘기해 봐."

"술 한잔 안 하시고 곧바로 가시렵니까?"

"다음에 하자. 이번 일 때문에 좀 바빠질 거 같아."

그 말에 고개를 끄덕인 정정운이 사람을 풀어 조사한 주변 정황을 이야기했다.

"우선 유성표국은 청혈교들에게 빚을 갚을 생각이 없다고 내부적으로 공시했다고 합니다."

노인이 코웃음을 쳤다.

"흥! 역시. 유성표국이 제법 행세한다지만 마도삼세(魔道三勢)의 하나인 청혈교를 어찌할 수 없다는 건 익히 짐작하는 바, 그래도… 이리 순순히 꼬리를 말고 들어앉을 정도의 비세(非勢)는 아닐 터인데… 국주가 겁먹었나 보구먼.”

“그것도 그렇습니다만, 그보다는 표국주의 입장이 난처해진 게 더 큰 것 같습니다. 모양새가 좋지 않아 순순히 정마련의 권고를 받아들이며 내부 정지 작업을 벌이는 모양입니다.”

“입장이 난처해졌다라…….”

“저와 맺은 계약 내용을 장무성이 눈치챈 모양입니다.”

“그래? 그러면 이해가 가는구먼.”

애초에 유성표국과 이번 표행의 계약을 지시한 것이 바로 눈앞의 노인이었다.

“그나저나 정마련. 원래 그렇고 그런 집단이긴 했지만 요즘 들어 하는 행사를 보니 영 안쓰럽군. 이만한 일이 일어났는데 그냥 덮으려 하다니……. *끌끌끌.*”

“우리 입장에서는 잘된 일 아니겠습니까?”

“해가 되지는 않겠지만 그냥 무림에 몸담고 있는 한 사람으로서 비애를 느껴서 말이다.”

정정운은 다과상에 올려진 과자 하나를 집어 들며 말했다.

“어쩔 수 없겠죠. 정치적 집단이란 게 움직이려면 여러 가지 난제가 있기 마련이라…….”

“그렇겠지. 보자, 그러면 장무성이는 어찌하고 있는가?”

“자택에서 칩거 중입니다.”

“칩거라…….”

“명분은 적혈마왕 혈성곤 도유천과 겨루다 입은 내상을 다스린다는 것입니다만……."

"그것만은 아니다?"

"그렇습니다, 노야. 비록 의형제 사이지만 표국주 하의민과의 신뢰 관계에 큰 문제가 생겨 표국 일에서 손을 떼려 한다고 봐야 옳을 것입니다."

"칩거만 하고 있으면 별문제될 건 없지 않겠나?"

"아닌 듯합니다."

정정운이 침중히 고개를 저었다.

"비록 유성표국에서 복수를 하지 않겠다고 말했다지만 장무성이 가만히 있을 리가 없지요. 복수를 하려고 준비 중일 겁니다. 자기 사람들 몇을 불러들인 모양입니다."

그리고 정정운은 가만히 노인을 바라보았다.

"그리고 복수를 계획하고 있다면 우선 저부터 건드려 보겠지요. 무력 행사보다 정보 획득이 먼저일 테니까요. 의도한 바는 아니지만, 이번 표행을 의뢰한 것이 바로 저니까요."

"그래, 그렇겠지."

노인은 여전히 무릎을 꿇고 머리를 조아리고 있는 정정운을 바라보며 심술궂은 미소를 띠더니 그에게 물었다.

"너 여기서 몇 년이나 있었지?"

정정운 역시 짓궂은 표정으로 손가락을 꼽더니 대답했다.

"영광스럽게도 노야를 뫼신 지는 십오 년하고 석 달 엿새가 되었고… 여기 터를 잡은 지는 십오 년하고 한 달 열흘째가 됩니다."

"그걸 일일이 세고 있었나?"

"설마요. 대충 그 정도 됐다는 것뿐이지요."

“그래, 제법 시간이 흘렀구먼……”

노인은 자리를 털고 일어섰다.

“옮기려면 섭섭하겠어.”

“섭섭하긴요. 저도 이제 슬슬 유람이나 다닐까 하던 참입니다.”

“유람은 무슨… 다른 데 터 잡고 다시 돈 벌어야지.”

“아이고… 노야, 이제 저도 나이 먹을 만큼 먹었습니다. 좀 둘러보
시다 어디서 어리버리한 청년 하나 새로 골라잡으시지요. 이참에 저도
은퇴해서 마누라 엉덩이나 두드리고 살게요.”

“허허헛! 그럴까?”

노인은 기분 좋은 웃음을 흘리더니 어딘가로 빠르게 전음을 흘리기
시작했다. 뭔가 지시를 내리는 듯했다.

“자, 아무튼 잘 준비하게. 가능하면 빠르게 하는 게 좋을 거야. 혹시
모르는 일이라 십이비영(十二秘影)을 두고 가지만, 잘못 꼬투리 잡히면
독이 오른 청혈교나 유성표국에게 물릴 수도 있잖겠나.”

“십이비영을 저에게 붙여주시게요?”

“그래. 감동스럽지 않느냐?”

정정운이 짐짓 얼굴을 찌푸려 보였다.

“걔네, 너무 말이 없어서 주변에 두면 분위기가 칙칙해지던데요.”

“네놈 목에 칼이 들어올 때쯤 되면 그 칙칙함이 무척 사랑스러워 보
일 게다.”

“설마 그런 일이야 있겠습니까. 사실 도망갈 준비는 노야 오시기 전
에 대강 해놨습니다.”

“그래? 그럼 도로 데려갈까?”

“노야의 성의를 생각해서라도 제가 데리고 있으면서 밥 좀 먹이고

그래야지요. 노야만 따라다니느라 보신도 제대로 못했을 텐데……."

"말버릇하곤. 그래라, 이 기회에 잘 먹이고 용돈이라도 좀 집어주고 그래 봐라. 영약 같은 거 있으면 하나씩 돌려먹고 그래라."

"제가 무늬는 갑부지만 알고 보면 노야 공양하느라 기둥뿌리가 다 휘청일 지경입니다. 귀엽지도 않은 녀석들에게 용돈 주고 영약 주고 할 비자금도 없을 정도입니다."

"엄살은… 아무튼 십이비영에게 미리 일러뒀다. 만약 장무성 쪽에서 이쪽을 염탐하는 낌새가 보이면 밤나들이 다녀오라고. 그게 네 녀석 몸을 빼는 데 도움이 될 거다. 그러니 그 녀석들 섭섭찮게 대해주는 게 좋을 거다."

노인의 말에 정정운이 한숨을 내쉬었다.

"장무성 대표두… 겨우 염탐꾼 보내는 걸로 치시려고요? 그 사람, 강직하고 타협할 줄 모르고 거칠지만… 참 좋은 사람인데요. 염탐 같은 건 어차피 각오하고 있으니 어지간하면 참으시지요."

"그런 것 같아서 목숨까지 앗지는 말라고 했다. 아무튼 뒤통수 근지러운 거보다는 그렇게 한바탕 뒤집어놓는 게 네 녀석이 몸을 빼는 데 훨씬 수월해질 거 아니냐."

"공연히 풀을 건드려 뱀을 놀라게 하는[打草驚蛇] 일이 될까 염려됩니다만……."

"그래, 여차하면 뱀 좀 놀라게 하려는 것도 있다."

노인의 말이 떨어지자 정정운이 심각한 표정으로 되물었다.

"달리 생각하고 계신 일이라도 계신 겁니까?"

"없다, 이 녀석아. 뭘 그리 심각하게 생각하는 거냐. 말했듯이 기본적인 목적은 잠시 장무성 쪽을 교란시키면 그쪽의 시선이 일시적으로

다른 곳으로 향할 테니 그 틈에 너 편하게 껍데기 벗으라는 것뿐이고,
그리고… 장무성이 습격을 받으면 조용히 있을 것을 권고했다는 정마
런이 어떻게 움직일지 보고 싶기도 하고… 음, 또 하나는……."

"그게 달리 생각하는 일이 없으신 겁니까? 달리 생각하는 일이 많지
않으십니까, 노야?"

"그리고 보니 그렇구나. 아무튼 십이비영 잘 챙겨줘라. 애들이 좀
무뚝뚝해서 그렇지 알고 보면 진국이다. 네 녀석 능글맞은 거랑 어떻
게 좀 섞어서 나눴으면 좋겠구먼."

"저는 한 명이고 걔들은 열두 명 아닙니까!"

"네 녀석 능글맞음이 십이 인분이니까 딱 맞지!"

노인은 껄껄거리며 웃었다.

"이런 이런. 그냥 일어난다는 게 말이 길어졌구나. 진짜 간다. 흠…
네 녀석 처 음식 솜씨가 천하일절인데 맛도 못 보고 그냥 가서 섭하다
고 전해다오. 나중에 시간나면 천천히 놀다 갈 테니 그때 보자꾸나."

노인이 피식 웃으며 돌아서자 정정운이 역시 웃음 띤 얼굴로 허리를
숙여 보였다.

"살펴가십시오, 노야."

*   *   *

'그 혹독한 사투를 뚫고 와서, 여기서 죽는구나! 한 많고 짧은 인생
이었어.'

수운은 자신을 향해 다가오는 악귀나찰(?) 상혁을 바라보며 자신의
박복한 운명을 원망했다.

그때였다.

험상궂은 외모의 상혁이 살기(?)를 풀풀 날리며 부상당한 청년에게 다가가는 모습이 외팔이노승의 자비심을 자극했는지, 노승이 나지막이 불호를 외우며 끼어들었다.

"아미타불… 시주, 무슨 사연인지는 모르겠으나 심한 부상을 당한 젊은이에게 또 상해를 입히시는 건 좋지 못한 생각 같습니다만."

노승의 자비로운 목소리를 듣자, 수운은 왠지 구원받은 느낌에 눈물이 핑 돌았다. 마음 같아서는 '고맙습니다' 라고 외치며 노승의 바짓자락이라도 붙잡고 울고 싶었다.

"아, 그러니까 이건……."

음산한 미소를 지으며 수운에게 다가서던 상혁 역시 외팔이노승의 말을 듣자 어색한 미소를 지으며 잠시 주춤거렸다.

"아, 그렇지! 스님, 제가 이렇게 나서는 게 뭐 얘를 잡겠다, 그런 건 아니고… 그렇지! 집안일, 그거 좋네. 집안일로 나서는 겁니다, 제가."

"아미타불, 그러시더라도 일단 흥분을 가라앉히는 게 좋겠습니다, 시주."

"그게 아니라니까 그러시네. 그러니까 아까 대사님도 들으셨듯이 쟤가 가출한 애라니까요… 어이, 유수운이. 씨발, 대사님한테 자초지종 설명 안 해? 듣고만 있어? 캭!"

"넵! 가출했습니다!"

상혁이 눈을 부라리고 고함을 지르자 내심 외팔이노승의 압승을 기원하던 수운은 자신도 모르게 한마디로 자신의 처지를 순순히 인정해야 했다.

"……."

수운이 순순히 자신의 가출 사실을 인정하자 외팔이노승은 쓴웃음을 지으며 뒤로 물러섰다.

사실 외팔이노승은 그들이 나누는 대화를 듣고 뭔가 관계가 있으리라고 생각은 하고 있었다. 애초에 사냥꾼이 들어와 수운에게 오리 고기를 건네며 했던 말이나, 저 수염이 성성한 장한에게 특별한 살기가 느껴지지 않는다는 점이나…….

그러나 정확한 사정을 모르는 상태에서 '만약'을 생각하지 않을 수 없었다.

노승은 젊은이—수운—가 처음 산막에 들어왔을 때부터 그의 부상이 일반적인 상처가 아니라 무공에 의한 것임을 꿰뚫어 보고 있었다. 그것도 상승절기들에 심하게 당한 상처였다.

상승절기에 그 정도로 당하고도 목숨을 부지했다면, 아니, 애초에 그 상승절기를 시전하도록 만들었다면 당연히 저 젊은이는 무림인이라는 결론에 도달한다.

월광혈사 때 당한 부상으로 긴 세월 동안 혼수상태에 있었고, 깨어난 이후 무림과는 인연을 끊었던 외팔이노승이지만 세상을 관조하는 혜안만은 더 깊어진 외팔이노승이었기에 모종의 내기를 하는 과정에서도 젊은이를 주의 깊게 관찰하고 있었다.

그런 상황에서 우락부락하게 생긴 장한이 투기—살기까지는 아니었으나 그에 버금가는—를 내뿜으며 달려들었으니, 심한 부상자를 방치해 둘 생각이 없던 그가 막아선 것은 당연한 일이었다.

'게다가 저 아이에게선 불문의… 그것도 본 문에 가까운 기운이 느껴지니…….'

노승은 수운이 잠시 잠깐 내뿜었던 멸명마공의 기운을 느꼈다. 비록 길지 않은 시간이었으나 수운이 내뿜은 기를 음미할 정도의 시간은 되었기에 외팔이노승은 그에게 호감을 가지고 있었다.

그리고 약간의 호기심도 느끼고 있었다. 노승의 느낌이 맞다면 저 부상당한 청년의 사승은 노승의 사문과 완전히 남남은 아닐 것이다. 천하로 뻗어 있는 수많은 지류 중 맑은 물 한 자락과 만난다는 것은 즐거운 인연이었던 것이다.

그렇게 생각해서 막아섰으나, 애초에 들은 대로 '가출 청년' 과 '가출 청년 추적자' 의 관계가 확실한 듯했다. 노승은 한 걸음 물러선 채 헛웃음을 지으며 상혁에게 말을 걸었다.

"아미타불, 알겠습니다. 집안 문제라면 노납이 끼어들 일은 아니겠지요. 다만, 저 젊은 시주께서 부상이 심상치 않은 것 같으니……."

외팔이노승이 은근히 '어른이면 어른답게 아픈 애 또 때리지 말고 그냥 얌전히 잡아가는 게 당신의 사회적 지위와 체면에 이로울 것 같다' 라는 눈빛을 보내오자 상혁은 그답지 않게 멋쩍은 웃음을 지어 보였다.

득달같이 달려들어 머리통에 밤톨 몇 개 만들어준 뒤 곧바로 끌고 가려던 내심이 노승에게 들킨 것 같아서였다. 상혁은 머리를 한 번 벅벅 긁고 난 뒤 그답게 호탕하게 웃어 젖힌 뒤 수운에게 손가락질을 했다.

"아하하! 스님도. 괜찮습니다, 스님. 그냥 잠깐 괘씸한 생각이 들어서… 제가 원래 마음이 좀 너그러워서 그냥 잠깐 시늉만 한 겁니다. 스님이 아시는지 모르겠지만 제가 아이들 다루는 방식이 '칭찬과 자비' 다, 이겁니다."

엄청난 거짓말을 들은 수운의 입술이 푸들거렸다.

칭찬과 자비.

칭찬? 그리고 자비?

그는 한순간 칭찬과 자비의 정의가 바뀐 것이 아닐까 하는 깊은 의혹에 빠져들었다.

'사부님이 멸명마공에 대해 처음 설명하셨을 때 이런 느낌이 들었었지……'

그러나 대놓고 내색을 했다간 무슨 보복을 당할지 몰랐다. 예상외로 따듯한 사람이긴 했으나, 예상외로 악독한 사람이기도 했으니까.

수운의 속마음을 아는지 모르는지 상혁은 연신 고개를 끄덕거리며 자신의 온화함과 자비로움을 떠들어대고 있었다.

"그래서 제가 워낙 애들한테 잘해주다 보니까, 애들이 겁이 없어져서 말입니다. 씨발… 아, 스님 앞에서 이런 쌍욕을. 죄송합니다. 아무튼 들으셨겠지요? 이 녀석 겁도 없이 이런 몸으로 가출을 했습니다. 제가 평소에 얼마나 애들을 오냐오냐하며 대했으면 이런 일이 생겼겠습니까? 예?"

"허허… 노납이 보기에도 마음이 선한 시주 같으시구려."

"……"

'거짓말!'

외팔이노승이 상혁의 말에 동조하자 수운은 속으로 절규했다. 한눈에 보기에도 심술이 덕지덕지 붙은 사람이 어찌 선하게 보인단 말인가? 불문에 몸을 담고 있는 분이 어찌 저토록 안목이 없단 말인가?

'음… 아냐. 불문에 몸을 담고 계시니까 그렇게 보일 수도 있겠군.'

수운은 천수경에 있는 법문을 떠올렸다.

아약향지옥(我若向地獄) 지옥자고갈(地獄自枯渴),
아약향아귀(我若向我歸) 아귀자포만(我歸自飽滿)
지옥에 내가 내려간다면 모든 지옥 없어지리라,
아귀 세계로 내가 내려간다면 모든 아귀 배부르리라.

부처님께 귀의하면 칼산도, 화탕도, 아귀들도 그 앞에 없어지니까 상혁 정도의 어설픈(?) 악귀는 선하게 보일 수도 있겠다, 그는 그렇게라도 생각하기로 마음먹었다.

수운이 속으로 무슨 생각을 하고 있는지 알 리 없는 상혁은 외팔이 노승의 덕담에 기분이 좋은지 연신 뭐라고 말을 걸고 있었다.

"그런데……."

수운만 바라보며 입장했던 상혁의 눈이 그제야 노승의 비어 있는 오른쪽 소맷자락을 발견했다.

"응?"

그리고 그는 눈을 한번 꿈쩍거리더니 '어라?' 라고 내뱉은 뒤 노승의 얼굴을 자세히 들여다보기 시작했다. 상혁이 자신의 비어 있는 소매와 얼굴을 번갈아 들여다보자 노승은 의아한 표정이 되었다.

"시주, 왜 그러시오?"

"아니, 저… 그게……."

상혁은 갑자기 곤혹스러운 표정으로 머리를 긁다가 혼잣말을 중얼거리기 시작했다.

"설마… 아니… 그분이 여기에… 에이……."

"시주?"

노승이 혼잣말을 중얼거리고 있는 상혁을 부르자 그는 혼잣말을 멈추고 조심스레 노승에게 물었다.

"저……."

"말씀하시지요, 시주."

"혹시, 혜월… 대사님?"

뜻밖의 장소에서, 뜻밖의 인물이 자신의 법명을 말하자 혜월 역시 적이 놀랐는지 고개를 갸웃거렸다.

"응? 시주, 어찌 노납의 법명을 알고 있소이까?"

혜월이라 불린 외팔이노승이 자신이 혜월이 맞다는 것을 시인하자 상혁이 한 걸음 앞으로 나서며 다시 한 번 확인을 시도했다.

"정말로 혜월 대사님?"

"일단, 혜월이라는 법명은 맞소이다만……."

"대사님, 오랜만에 뵙습니다. 저 상혁이에요, 상혁이. 하상혁."

말을 끝내자마자 깊게 읍을 하는 상혁이었다.

"하상혁……?"

혜월은 눈앞의 장한을 응시하며 그 이름을 중얼거려 보았다. 세월 속에 묻혀 있는 기억을 찾으려는 것처럼.

상혁이 노승에게 정중히 읍을 하자 누워서 눈치만 보던 수운이 자신도 모르게 상혁에게 말을 걸었다.

"어라? 조장님, 저 스님하고 아시는 사이셨어요?"

"새꺄, 넌 끼지 말고 가만있어 봐. 어르신하고 얘기하는데 쌍퉁머리없이……."

"네."

대절명문 칠대 문주는 쌍퉁머리없다는 소리를 듣고 묵묵히 침몰해

버렸다. 상혁은 그의 침몰 따위는 확인하지도 않고 곧바로 혜월에게
시선을 돌렸다.

“상혁이라…….”

혜월은 눈을 가늘게 뜨고 상혁을 바라보며 그의 이름을 중얼거렸다.
고개를 갸웃거리는 게 아무리 봐도 기억한다는 표정은 아니었다.

“에이, 대사님, 아무리 나이를 드셨어도 벌써 저를 잊으시면 안 되
죠. 저 상혁입니다, 하상혁. 공동의 하상혁. 기억 안 나세요?”

“음…….”

혜월은 잠시 눈을 가늘게 뜨고 상혁을 바라보다가 아주 가느다란 미
소를 띤 채 상혁에게 느릿느릿한 말투로 자신의 기억을 확인하기 시작
했다.

“흐음, 시주. 그러고 보니 노납이 알고 있는 하상혁이라는 인물이 있
었소. 딱 한 명이었는데.”

“자신하건대, 제가 바로 그 상혁일 겁니다.”

“노납이 알고 있는 바로, 그 하상혁이라는 인물은 외모가 준수하고
선이 여린 미남…….”

“크아악! 그게 접니다! 제가 바로 그 상혁이었습니다! 젠장, 대사님,
그때부터 몇 년이나 지났다고 생각하십니까 지금!”

‘선이 고운 미남’ 이라는 말이 나오자 상혁이 버럭 고함을 질렀다.

“옛날 잘나갈 때 생각나게 왜 그런 얘기 꺼내십니까? 씨발… 아, 죄
송합니다. 아니, 안 그래도 요즘 슬슬 아리따운 처자들이 절 멀리해서
복장 터지는데 대사님이 이렇게 염장 지르셔도 된단 말입니까! 쓰…
음.”

머리가 자갈밭이 되려던 순간을 잠시 모면한 수운은 저 인간이 옛날

에 외모가 준수했으며, 여자들에게 인기가 있었다는 이야기를 듣고 깊은 의혹에 잠겨야 했다.

"노납이 알고 있는 바, 그 하상혁이라는 인물은 선이 고울 때도 눈이 심통맞고 입이 걸어서 처자들에게 인기가……."

수운은 속으로 '그러면 그렇지' 라고 외쳤다.

'역시 세상에는 절대적 가치라는 게 존재하는군.'

"젠장, 알아보셨으면 그만 하세요."

상혁이 다시 투덜거리자 혜월이 빙그레 웃었다.

"아미타불, 허허! 자세히 보니 그 시건방진 눈초리가 그대로 남아 있으니… 노납이 아는 그 상혁이가 맞는 듯하구려."

"거참, 대사님도… 제 눈초리가 어디가 시건방집니까?"

"아미타불, 불제자 된 몸으로 발설지옥(拔舌地獄)에 빠질 것을 두려워하는 내가 어찌 거짓을 입에 담겠소? 그 눈초리는 사방 시중 누가 봐도 시건방짐이 맞다고 봐야지요."

"아니, 옛날엔 이 눈깔보고 총명해 보인다는 둥, 정기가 서려 있다는 둥 칭찬했던 건 다 뭐였습니까, 대사님?"

혜월이 어깨를 으쓱거렸다.

"그야 하나뿐인 친우가 하도 자랑을 하니 그에 맞춰줄 수밖에 없잖겠느냐."

"헹, 하나뿐인 친우의 하나뿐인 비밀 제자 이름도 못 외우신 걸 보니 그런 거 같네요. 저도 한 번에 못 알아봤으니 그냥 비긴 걸로 치지요."

"이 녀석아, 나야 핏덩어리 못 알아본 거고, 네놈은 존장을 못 알아본 것인데 그게 어찌 비긴 것이냐! 게다가 네 녀석이 터무니없이 본명인 하상혁을 댔으니 내 잠시 알아듣지 못한 것은 당연한 것 아니냐. 네

놈이야 공동에서 늘 불리던 그 이름……."

"알겠습니다, 알겠어. 씨발, 제가 잘못했습니다."

공동에서 뭐로 불렀는지는 알 수 없지만 상혁이 급히 혜월의 입을 막자 노승 혜월은 빙그레 웃더니 상혁의 어깨를 툭툭 두드려 주었다.

"아무튼 반갑구나. 십 년 만인가, 아니면 더 됐나?"

"거 뭐, 대충 십 년에, 이삼 년 정도 더 지나간 거 같습니다. 뭐, 그깟 우수리가 그리 중요합니까."

"허, 내 진작 세월의 무상함을 알고 있다 자부했거늘… 오늘 널 보니 새삼 그 간단한 진리를 깨우치는구나. 아, 옛날 총명하고 준수한 청년이 오늘 이리 술에 찌든 눈과 튀어나온 배를 지닌 촌부로 변한 모습을 보니……."

그 말에 갑자기 상혁이 자신의 상의를 젖히더니 배를 드러냈다.

"그 말씀 그냥 넘길 수 없군요, 대사님! 씨발, 이 하상혁, 몸 하나는 타고난 무골에 단 하루도 수련을… 아니, 뭐, 며칠 있기는 한데, 씨발, 아, 죄송합니다. 입에 배서. 아무튼 이 탄력있는 근육을 보십쇼. 어디 배가 나왔다는 겁니까?"

그가 자신있게 드러낸 복부는 상혁의 장담대로 울퉁불퉁한 근육질이었다. 그러나 혜월은 혀를 차며 고개를 내저었다.

"어허, 그래도 도가(道家)의 술(術)을 다룬다는 공동의 법맥을 이은 녀석이 이리 현상에 집착하다니. 끌끌. 자, 들어보거라, 상혁아. 불타께서는 이리 설하셨다. 집착하지 말라, 형상있는 모든 것은 무릇……."

"크아아하! 됐습니다, 됐어요! 설법은 이제 됐습니다! 저 배 나오고 눈매도 시건방지다 치고, 설법은 됐습니다! 씨발, 아니, 씨발은 빼고요. 아무튼 설법은 됐습니다, 대사님!"

혜월의 입에서 '부처님 말씀'이라는 단어가 튀어나오는 순간 상혁은 진저리를 치며 손을 내저었다. 아마도 십수 년 전 어지간히 설법에 당한 모양이었다.

'하긴, 우리 사부님도 만만찮은 설법쟁이셨지.'

아무튼 상혁이 타인에 대해 저렇게 한 수 접고 들어가는 모습은 그가 알고 있는 선에서는 최초나 다름없었다.

적혈마왕까지 포함된 청혈교의 고수들에 둘러싸여서도 놀라기는커녕 콧방귀나 뀌어대던 상혁이 이처럼 겁에 질려(?) 날뛰다니.

게다가 온화하고 점잖게만 보였던 외팔이노승 역시 살짝살짝 짓궂은 농을 던지며 웃음 짓고 있지 않은가?

이 모든 것이 불법의 힘이란 말인가?

'사부님 말씀대로 역시 불법의 힘은 신묘하고 오묘한 것인가?'

그가 엉뚱한 생각을 하든 말든 두 사람의 대화는 잔잔하게 지속되고 있었다. 언뜻 듣기로 십수 년 만의 만남이라 했으니, 게다가 초면에 못 알아본 터라 어색할 듯싶기도 한데 전혀 그런 기미가 없었다.

'조장하고 저 스님하고 서로 아는 사이라면… 그러면 저 낭인은 누굴까?'

수운은 슬쩍 고개를 돌려 구석에 웅크리고 앉아 있는 낭인을 바라보았다. 두 사람이 서로 견제하고 있지 않을까 하는 수운의 추측이 맞다면, 그러니까 혜월과 적대적 관계라고 가정한다면…….

'조장이 가만 안 있을 텐데…….'

그랬다.

그가 알고 있기로 상혁은 자기 선 안에 들어와 있는, 즉 자기 사람이라 싶은 사람들의 불이익을 절대로 참지 않는 사람이었다. 자기가 자기 사람 패는 것과는 전혀 별개의 문제였다.

유수운이 낭인의 미래에 대해 걱정을 하고 있는 동안 상혁과 혜월의 대화도 거의 끝나가고 있는 것 같았다.

"세상이 정말 좁구나. 설마 여기서 널 만나게 될 줄은 생각도 못했다. 아미타불, 인연이란 무서운 것이로구나."

"에이, 저야 원래 이 근처에 살던 놈이고. 사실 대사님이 여기 있는 게 더 이상한 일이죠."

"허허허, 그렇게 되나?"

"그런 거죠. 그런데 여긴 웬일이십니까? 산문도 잘 안 벗어나신다고 들었었는데요. 원, 늦바람이라도 드셨습니까?"

그 말에 혜월이 빙그레 웃었다.

"늦바람이라… 그럴지도 모르겠구나. 하지만 부처께서 설하지 않으셨더냐. 추구하여 노니는 진리의 영역, 그것이야말로 진실한 출가의 길… 이것을 떠나서는 사문이 아니리… 죽을 날 멀지 않은 늙은이가 뭔가를 찾아 노닐고 있는 게 무에 잘못인고? 들어보아라, 내 말이 무슨 뜻인고 하니……."

"아하하하! 이렇게 오래간만에 뵙는 데도 대사님 얼굴에 신광이 가득하신 걸 보니 성불하신 듯싶습니다! 우리 영감님하고도 좋은 승부가 되실 듯싶습니다. 이왕 나오셨는데 안 찾아가실 겁니까?"

다시 불법의 공격이 시작될까 두려운 듯 급히 화제를 바꾸는 상혁이었다. 그 질문을 듣자 혜월은 다시 불호를 나직하게 읊조린 뒤 산막의 한구석을 가리켰다.

"그 노괴물이 뭐가 예쁘다고… 아무튼 서서 얘기하니 이 늙은 뼈다귀가 삐거덕거리는구나. 바쁘지 않으면 앉아서 얘기하자꾸나."

상혁은 주저없이 산막 중앙에 있는 화덕 근처에 털썩 주저앉았다. 혜월은 문 언저리에 어정쩡하게 서 있던 사냥꾼 오삼도에게도 손짓을 했다.

"거기 뒤에 서 있는 시주도 잠시 이리 앉으시지요."

"아, 아닙니다, 대사님. 저야 뭐, 이제 일도 끝냈으니 다시 사냥하러 가봐야죠. 쉬었다 가십쇼."

그는 혜월에게 인사를 꾸벅한 뒤 상혁에게도 슬쩍 목인사를 건넨 다음 수운을 바라보았다.

"자네도 몸조심해. 끌끌, 아 그 몸으로 가출을 해? 젊은 사람이 몸 아까운 줄 알아야 하는 법이야."

아마도 가출 청년이 잡혀가는, 그것도 두들겨 맞으며 잡혀가는 일대 활극을 기대했던 듯한 오삼도는 입맛을 다시며 산막 사람들에게 인사를 건넨 뒤 총총 걸음으로 떠나갔다.

"유수운이."

"네."

"가출하니까 좋았어?"

"……"

"얼마나 좋았어?"

"……"

"내 얼굴 다시 보니까 좋아? 좋아, 안 좋아? 이 새끼, 아가리에 꿀 처넣었냐? 왜 대답이 없어? 대답 안 해?"

"조, 좋습니다!"

"오, 가출하니까 좋았어? 이 새끼 이거 정신 상태가 영……."

"아니, 그게 아니라, 조장 얼굴 보니까……."

"유수운이."

"네!"

"입 다물어. 너 이 새끼, 너 하나 때문에 이 중요한 시국에 내가 대표두님 곁을 떠났다는 걸 어떻게 생각하냐? 응? 청혈교 마졸들이 또 뭔 개수작 부릴지 모르는 판에 아직 무공 회복 안 되신 대표두님 곁을 떠나게 된 거 솔직히 미안하지? 그치?"

'그럼 안 오셨으면 되잖아요!'

속으로 이런 절규가 절로 나왔으나 감히 그 앞에서 외칠 수는 없었다.

"아무튼 너 가서 나랑 개인 면담 좀 다시 해봐야겠다. 너 말이야, 비록 부상을 입고 표국을 떠나가지만 아직까지는 내 조원이야. 난 말이지, 내 새끼들이 뻘짓 하는 거 절대 그냥 안 넘어가. 씨발, 뻘짓? 그 좋은 건수를 내가 그냥 넘어가? 옛날에 말이야, 웬 파견 표사 하나가 내가 애들 잡고 있는 걸 보고 그러더라. 하 조장, 웬만하면 그냥 좋게 좋게 넘어가지. 하, 좋게 좋게? 걍 좋게 좋게 넘어갈 바엔 확 갈아 마셔 버리고 말지."

꿀꺽―

수운의 목젖이 눈에 띄게 꿈틀거렸다.

"새끼, 쫄기는. 간이 요따만한 자식이 무슨 깡으로 도망 나왔을까. 거참."

그야 강호의 정의를 바로 세우고, 대절명문의 명맥을 잇기 위한 자구책 아니겠는가. 수운은 그렇게 말하고 싶었다. 절대 말할 수 없는 대의명분이었지만.

상혁이 수운 옆에 앉아 으르렁거리는 동안 혜월은 산막 안 화덕에 작은 모닥불을 피운 뒤 물을 끓이기 시작했다.

수운을 괴롭히느라 정신이 없던 상혁은 혜월이 불을 댕기고 물을 끓이기 시작하자 혜월에게 물었다.

"대사님, 거 뭐 하십니까?"

혜월은 한 손이지만 자연스러운 동작으로 여러 가지 도구를 챙기며 태연히 대꾸했다.

"뭐 하다니. 보면 모르겠느냐? 내 집은 아니지만 그래도 오래간만에 만난 친구 놈 제자한테 차 한 잔은 먹여서 보내야 체면이 서지 않겠느냐."

"차요? 아이고, 관두세요. 나 같은 놈에게 차는 무슨……."

"허허, 하긴, 네 녀석이 수련인가 뭔가 한다고 차 밭을 통째로 날려 버렸을 때 도광 녀석 얼굴이 볼 만했었지. 허허허허."

"크하하하하! 아직 기억하시네요?"

"그럼. 그러니 이 차는 꼭 마셔야겠구나. 그때 도광에게 얻어간 종자를 내가 가꿔서 키운 놈이니… 네놈도 꼭 맛을 봐야 하지 않겠느냐?"

비어 있는 오른손 소맷자락 속에서 찻잎을 꺼내는 혜월을 보며 상혁이 입맛을 다셨다.

"알겠습니다. 그런 사연이 있는 놈이라면 맛 좀 봐야겠지요. 그때 그거 때문에 도광 사숙에게 얻어맞은 거 생각하면… 아이고… 뭐, 이런 말라 비틀어진 나뭇잎 쪼가리 때문에 사랑스런 사질을 개 패듯 두들겨 팼는지……."

"아미타불, 네가 아직도 버젓이 살아서 돌아다닌다는 사실만으로도 도광의 그 인자함은 대대손손 구전될 거라고 본다만……."

그 말에 상혁은 쿡쿡거리다 애꿎은 수운을 손가락으로 쿡쿡 찔렀다.

"사실 오래간만에 대사님도 만나고 했으니 좀 놀다 가고 싶습니다만, 사정이 여의치 않아서⋯ 차만 마시고 곧 일어나야겠습니다. 여기 계속 계실 거면 이놈 가져다 놓고 다시 와보고요."

"저⋯ 조장, 저는 신경 쓰실 필요가⋯⋯."

"유수운이."

"네."

"이 상황에선 그냥 죽은 듯이, 알았지? 그냥 죽은 듯이 입 다물고 가만히 있는 게 생존에 유리한 거야. 알았어?"

"⋯⋯."

상혁의 조언에 따라 입을 다물고 누워서 그의 눈치만 보고 있자, 상혁이 피식 웃었다.

"유수운이."

"⋯⋯."

"새끼, 대답 안 해?"

"네."

"한 가지 더 알려주마. 이런 땐 사람들 어리버리 쳐다보고 있는 거 아니다. 눈 깔어."

"네."

수운은 습관적으로 눈을 깔았으나 누워서 눈 깔기가 얼마나 힘든지만을 체험했을 뿐이다.

"허허, 무슨 일이 있었는지 몰라도 환자한테 너무 심하게 굴지는 말거라."

"환자라서 소리만 지르는 거죠, 멀쩡하면 지금 제가 가만있겠습니까? 어? 눈깔 올라온다? 새끼, 눈 안 깔어?"

'이 상태에서 어떻게 눈을 더 깔 수 있느냐'는 부르짖음은 속으로 삼켰다.

수운의 눈이 발끝을 향하고 있다는 것을 확인한 뒤에도 몇 번인가 더 그를 괴롭히던 상혁은 그제야 혜월 쪽으로 돌아섰다.

"죄송합니다, 대사님 앞에 계신데 애랑 장난쳐서……."

"괜찮다. 그래도 부상자를 너무 괴롭히는 건 좀 그렇구나."

"에이, 괜찮다니까 그러시네. 근데, 대사님, 아까도 여쭙다 말았는데 여기서 뭐 하십니까?"

혜월이 빙그레 웃었다.

"아까도 말하지 않았느냐. 방랑은 사문의 특기란다. 게다가 네 녀석도 말했지. 늦바람났다고. 아미타불, 그 말이 맞느니. 늙은 몸이 오늘내일하다 보니 갑자기 세상 구경을 해보고 싶어 흘러나왔다."

"큭큭큭, 대사님도 요즘 농담이 많이 느셨습니다? 오늘내일은 무슨… 척봐도 앞으로 백 년은 사실 거 같구만. 제가 말입니다, 옛날 우리 노인네 밑에서 죽도록 맞으며 수행할 때도 정말 궁금해했었죠. 아, 우리 영감은 혹시 옛날이야기에나 나오던 요괴 같은 게 아닐까? 저런 괴물이 사람일 리가 없어, 뭐 이런 궁금증이었죠. 대사님도 마찬가지 아니십니까? 저, 솔직히 우리 노인네랑 대사님이랑 무슨 요괴 같은 거 아니십니까?"

"허허허, 글쎄다. 나는 부처님 모시고 사는 늙은 땡초일 뿐이고… 그 노괴물은 네 녀석 말이 맞는 것 같구나. 잘 뒤져 보면 어디서 꼬리 같은 거라도 나올 게다."

"대사님도 마찬가지라니까 무슨… 아니, 이게 아니지. 아무튼 여기서 뭐 하시냐니깐 자꾸 딴소리시네."

"말하면 길고, 네 녀석은 바쁘다니까 딴소리라도 하는 게 옳지 않겠느냐?"

"거참……."

차를 마실 준비를 모두 끝낸 혜월은 아직도 구석에서 웅크리고 있는 낭인 쪽을 바라보았다.

"전 시주."

직감적으로 '전 시주'라는 사람이 낭인임을 짐작한 수운은 내리깔았던 눈을 슬쩍 올려서 상황이 돌아가는 것을 훔쳐보았다.

"전 시주, 잠시 이리 오셔서 자리를 함께 하시지요."

"……."

그러나 혜월의 청에도 불구하고 낭인은 여전히 침묵을 지킨 채 구석에 웅크린 자세를 유지하고 있었다.

"뭡니까, 저 칙칙한 친구는?"

"허허허, 길동무란다."

"길동무요?"

'길동무라고?'

이제까지 두 사람의 미묘한 견제 상황을 알고 있던 수운은 혜월의 말이 언뜻 수긍이 가지 않았다. 수운의 의문을 대변이라도 하듯 상혁이 낭인을 가리켰다.

"척 보니까 아직 핏덩어리 같은데, 어떻게 대사님 길벗이 됩니까?"

"아미타불, 오가다 만나는 게 다 인연이고, 사방이 다 공허한데 나이 같은 게 무에 중요하단 말이냐."

상혁은 '인연', '공허' 같은 흔하디흔한 말이 튀어나오는 순간 혜월

에게서 고개를 돌렸다. 또다시 설법이 튀어나올까 저어하는 모습이었
다.

혜월은 포기하지 않고 다시 한 번 낭인에게 말을 걸었다.

"허허, 전 시주. 이미 상황이 많이 달라졌으니 잠시 휴전하는 셈칩시
다. 이리 오시지요."

"……."

낭인은 그 말에도 별다른 반응을 보이지 않았다. 반응을 보인 건 오
히려 상혁이었다.

"음? 휴전? 대사님, 방금 휴전이라고 하셨습니까?"

"그렇다만."

"뭐, 대사님 연배에 저런 핏덩이랑 다투고 계십니까? 쪽팔리게."

"허허허, 어쩌다 보니 그렇게 되었구나."

"씨발, 우리 영감님 체면도 있고 하니, 대사님만 괜찮으시다면 저한
테 넘기시죠."

"네 녀석 말버릇은 어릴 때부터 지금까지 하나도 변한 게 없구나.
저래서 어찌 선정에 들어설꼬……."

혀를 차던 혜월은 상혁을 무시하고 다시 한 번 구석의 낭인에게 조
근조근 말을 걸었다.

"이리 와서 차나 한잔하시지요. 용정 같은 명차는 아니지만 노납이
손수 돌보고 말린 차라 제법 향이 좋답니다."

"……."

그제야 구석에 쭈그리고 있던 낭인의 고개가 들렸고, 수운도 최대한
고개를 빼서 그의 얼굴을 훔쳐보았다.

낭인의 얼굴은 이십대 중반에서 삼십대 중반까지, 어느 나이로 불러

도 통할 것 같은 평범한 얼굴이었으나 눈빛만은 달랐다.

'늑대의 눈? 아니고… 길들여지지 않은 맹수의 눈인가. 눈치를 보지 않는 진정한 맹수.'

그의 눈을 보자마자 잠시 자신이 손수 돌보던 유성표국의 늑대가 떠올랐으나, 결정적으로 그의 눈에는 교활함이나 간교함이 보이지 않아 생각을 바꾸는 수운이었다.

그는 맹수의 눈으로 잠시 좌중을 날카롭게 살핀 뒤 표정 하나 바꾸지 않고 혜월을 바라보았다.

"휴전이라고 하셨습니까?"

"그렇지요. 아무래도 내기를 계속하기엔… 사람들이 너무 많아졌으니 말입니다."

"대사, 이 내기를 시작한 지 오늘로 칠 주야째요."

"허허허, 시간은 살과도 같다더니, 벌써 그렇게 되었군요."

"대사께 미리 말했던 바, 본인은 시간이 없습니다."

"그렇게 들었지요."

"그러니 그냥 대사의 패배로 하는 게 어떻겠는지. 난 이만 내 길을 떠나겠소."

"허허, 전 시주. 한 잔의 차를 대접하는 대가로는 너무 과한 요구 아니시오?"

"어차피 이번 승부는 제가 이깁니다. 지금 잠시 그만두면 지금까지 소모된 날짜만큼 다시 진행해야 할 거 아닙니까? 그날… 미리 말했으나 난 하루하루가 아까운 사람입니다. 난 대사 말대로 최대한 대사의 말을 따랐고, 대사가 먼저 내기를 취소한 이상 당연히 이번 내기의 승리를 주장할 수 있다고 생각하오만."

낭인이 꼬박꼬박 말대꾸를 하자 상혁의 표정이 점점 짓궂어지고 있었으며, 손가락이 바닥을 톡톡 치고 있었다.

‘으음, 위험하군.’

수운은 그가 조만간 폭발할지 모르겠다는 생각이 들었다. 표국에서 일할 때부터 익히 알았던 바이지만 그는 자신이 어른으로 모시는 사람들에 대한 불경을 유난히 싫어했다.

불안한 심정으로 상혁을 바라보는 중에도 낭인과 혜월의 관계가 무엇인지 궁금해졌다.

둘은 내기 중이었고, 서로의 말투를 보자면 전혀 가까운 사이가 아니었다.

혜월은 길벗이라고 주장하고, 낭인은 빨리 혜월에게서 벗어나고 싶어한다. 무슨 관계일까?

아무튼 낭인이 계속 산막에서 벗어나려 하자 곤란하다는 표정을 짓고 있던 혜월이 한발 뒤로 물러섰다.

“아미타불, 전 시주가 그리 원하신다면 이번 내기는 이 노납이 졌다고 인정하겠습니다. 허허허, 그러니 이리 와서 차나 한 잔 드시지요.”

그러나 낭인은 서슴없이 고개를 내저었다.

“호의는 감사하나 거절하겠습니다. 대사가 내게 졌다면 이제 내가 여기 있을 이유는 없소. 사정이 있으니 가겠습니다.”

“…….”

꿈틀—

수운은 상혁의 얼굴 핏줄이 요동치는 것을 본 듯한 착각에 몸을 부르르 떨었다.

“야.”

‘그럼 그렇지. 시작이로군.’

상혁이 낮은 목소리로 몸을 돌린 낭인을 불러 세우자 수운은 숨소리를 죽이며 사태의 추이를 지켜보았다.

자신을 부른 상혁의 말에 우뚝 멈춰 선 낭인이 천천히 뒤를 돌아보았다.

“야?”

분노했는지 낭인의 눈썹도 모로 꺾여 있었으나 상혁의 눈에 그런 건 보이지 않는 모양이었다.

“거, 딱 보니까 머리에 피도 안 마른 놈이, 존장이 말씀하시면 딱 와서 마시라는 차 좀 마시고 말씀 좀 듣고 하면 되지, 뭐 그리 싸가지없이 놀아. 거기다 뭔지 모르겠지만 내기한 것도 진 걸로 쳐주셨으니 ‘감사합니다 대사님’, 이러고 와서 한잔 쭉 들이키면 되잖냐. 그러고 나서 니 갈 길 가던지, 아니면 뭘 어떻게 하던지… 그런데 그냥 니 마음대로 간다 이거냐? 새꺄, 젊은 놈이 그러면 안 되는 거야.”

“당신이 상관할 일이 아니오.”

“다 들어놓고 상관할 일이 아니긴… 우리 사부님 친구 분이시니까 사부님과 마찬가지이신 분이고, 사부님의 일은 곧 내 일이니까 당연히 나서야지.”

“쓸데없는 일에 끼어들어 화를 자초할 필요는 없겠지.”

“화? 자초?”

상혁이 어이없다는 듯 방금 주워들은 말을 한마디씩 중얼거렸다. 두 사람의 분위기가 험악해지자 혜월이 다시금 끼어들었다.

“아미타불, 그쯤 해두거라.”

“하지만 대사님, 저 핏덩이가……”

혜월은 상혁이 불평을 늘어놓는 것을 신경도 쓰지 않고 전욱에게 말을 걸었다.

"허허허, 차 한잔 마시기가 이리 힘들 줄은 미처 몰랐구려. 전 시주, 이 녀석이 원래 입이 걸어서 그렇지 나쁜 녀석은 아니라오. 전 시주와 노납의 관계를 오해해서 그런 거지 시주에게 나쁜 감정이 있는 건 아닌 듯하니 이쯤에서 그만두시지요."

"…알겠습니다. 아무튼 그간 신경 써주신 점 감사드립니다. 훗날 일을 마치면 반드시 대사님을 찾겠습니다."

"아미타불, 진정 그러셔야겠소이까?"

혜월이 안타깝다는 듯 그를 바라보았다.

'무슨 사정인 걸까?'

혼자 덩그러니 누워 있던 수운은 혜월과 낭인의 대화를 들으며 뭔가 속사정이 있음을 짐작했지만 정작 무슨 일인지는 알 수 없었다. 낭인이 혜월에게 포권하고 돌아서는 순간이었다.

"어이, 잠깐."

"……."

낭인이 대꾸없이 산막 문까지 단숨에 걸어가자 상혁이 짧게 외쳤다.

"새꺄, 거기 서봐."

"어허, 상혁아."

"새끼?"

막 산막 문까지 도달했던 낭인이 다시금 눈썹을 곤추세우며 뒤로 돌아섰다.

'욕에 유난히 민감한 사람이군. 갈 거면 그냥 가면 될 텐데 별것도 아닌 욕에 일일이… 세상 그렇게 살면 힘들지.'

어느덧 세상사의 고단함을 알아가는 수운의 평이었다.

"너랑 대사님이랑 무슨 일이 있었는지도 모르고, 상관하고 싶지도 않다. 딱 보니 무림인 같으니까 뭐 어떤 사정이 있겠지."

"그럼 끼어들지 마시오."

낭인은 칼 같은 단호함으로 상혁의 말을 끊고 돌아섰다. 그리고 뭔가 미진하다 싶었는지 한마디를 덧붙였다.

"대사와 안면이 있는 듯하여 참았소. 오늘 운 좋은 줄 알고, 앞으론 다른 사람에게 말할 땐 항상 자중하며 살기 바라오."

낭인의 목소리에는 단칼에 쳐 죽이고 싶으나 꾹 눌러 참는다는 느낌이 강하게 스며 있었다.

"자중? 이야, 거 무섭네? 여기서 한 번 더, 그러니까 욕이라도 하면 목이라도 딸 생각인가 보구만?"

"거참… 상혁이는 그만 툴툴거리고… 그리고 전 시주, 방금 좋은 생각이 떠올랐소이다."

"좋은 생각?"

혜월은 미소 띤 얼굴로 고개를 끄덕였다.

[노납의 제안이 마음에 들면 헛기침만 한 번 해주시면 되오. 전 시주, 지금 막 떠오른 생각이긴 하지만, 시주께서 아직 노납 곁에 머물러야 하는지에 대한 내기를 하는 건 어떻겠소? 사실 이제 노납이 한 번 이기고 한 번 졌으니, 마땅히 그 다음 내기가 실행되어야 하지 않겠소?]

"……."

[허허, 간단하면서 실용적이고, 짧은 내기를 해봅시다. 아마 전 시주 입장에서도 좋아할 만한 내기일 겁니다. 방금 생각난 내기지만 재밌을 듯합니다. 뭐냐 하면…….]

"흠."

혜월이 전음으로 전한 내기 조건을 들은 낭인이 가볍게 헛기침을 하며 조건을 수락한다는 뜻을 밝혔다. 그의 시선이 상혁을 향했다.

"어라? 뭘 꼬나봐?"

"원래 말투가 그 모양이라 이건가?"

"새꺄, 내 말투가 어떻거나 뭔 상관……."

슛!

그의 어깨가 꿈틀하는 듯하더니 검이 상혁의 어깨 부위로 날아들었다. 검이 빠지는 미세한 소리가 한 박자 늦게 따라올 정도로 지독한 쾌검이었다.

그들의 충돌 장면을 주시하고 있던 수운의 눈에는 그 움직임이 아예 보이지 않을 정도로 쾌속한 검초였다.

파팡!

[저 녀석에게 기습을 가해서 상처를 입히면 시주가 이기는 것이고, 저 녀석이 그걸 막아내면 당분간 시주께서 저와 동행하는 것으로 하는 겁니다. 아미타불, 물론 생명을 빼앗지는 마시고. 어떻게 생각하시는지?]

이것이 그가 들었던 내기의 조건이었다.

근거리 기습으로 상처를 입히면 이긴다. 솔직히 낭인은 혜월의 제안을 들었을 때 약한 분노까지 느꼈다.

'내 실력이 그렇게까지 얕보였단 말인가? 십 년 고련이 그다지도 모자라 보였단 말인가?'

그렇게 생각하자 오기가 생겼다.

노승의 실력은 간접적으로나마 경험해 보았다. 그리고 노승이 이런 내기를 제안해 왔다면 저 수염투성이의 건방진 사내도 상당한 실력이 있다고 미루어 짐작할 수 있다.

그렇지만…

'아버지의 이름을 물려받은 이상 물러설 수는 없다. 보여주마, 내 진정한 실력을.'

그는 호흡을 조절하면서 상혁에게 가까이 다가섰다. 그의 검이 미치는 범위 내로.

혜월이 생명까지 앗지는 말라고 했고, 그가 그런 말을 하지 않았어도 굳이 생목숨을 빼앗을 생각은 없었다.

'일석이조. 내 실력을 보여줌과 동시에 건방진 녀석의 버릇까지 고쳐 주지.'

그는 집중해서 검의 궤적을 생각했다. 본래라면 그의 검은 목을 노리고 날아갔을 것이나, 그럴 수는 없는 일. 어깨 부위에 옅은 상처만 남겨 교훈을 줄 생각이었다.

낭인은 상혁에게 가까이 다가서서 그의 눈을 보았다. 일종의 도발.

"어라? 뭘 꼬나봐?"

예상대로 상혁은 곧바로 그의 도발에 걸려들었다.

"원래 말투가 그 모양이라 이건가?"

한마디 더 빈정거렸다.

"새꺄, 내 말투가 어떻거나 뭔 상관……."

빈틈투성이였다. 순간의 틈을 잡아 그는 검을 상혁의 어깨로 이끌었다.

비록 혈랑검의 검초치고는 살기가 얕은 공격이었지만 기습은 그 사소한 결점을 감싸고도 남을 장점이었다.

　만약 상혁이 보통의 고수였다면 이 한 수로 단번에 어깨 부위의 피류이 상했을 것이다. 그러나 상혁은 보통 고수가 아니었고 그로 인한 결과가 명백히 밝혀졌다.

　파팡!

　"……."

　거창한 소리와 함께 상혁의 검집에 말려 있던 가죽이 미세하게 터져 나가며 그 가루가 안개처럼 휘날렸다.

　"휘이~ 이 새끼 봐라?"

　"……."

　낭인의 눈썹이 꿈틀거렸다. 실패였다.

　단숨에 어깨를 꿰뚫을 것이라 확신했던 그의 검이 튕겨 나왔다. 상혁이 쥐고 있던 검병(劍炳)을 빙글 돌려 검면으로 그의 어깨를 보호한 것이다.

　"……."

　근거리에서, 그것도 전혀 막지 못할 순간에 발검했는데도 그의 검이 막혔다.

　'이럴 수가…….'

　낭인이 믿을 수 없다는 듯한 표정을 짓고 있을 때, 상혁은 검집의 생채기를 손가락으로 슬쩍 만져 보더니 혜월을 슬쩍 돌아보았다.

　"대사님, 오늘 푸닥거리 좀 해야겠습니다. 이해해 주십쇼."

　그는 낭인을 바라보며 이를 갈았다.

　"너, 좀 따라 나와야겠다."

“바라던 바요.”

낭인이 발끈해서 밖으로 나가려 하자 이 사건의 원흉(?)인 혜월이 끼어들었다.

“허허허, 상혁아.”

“네?”

“내기였단다.”

“네?”

“허허허, 내기였대두. 전 시주가 널 기습해서 상처를 입히면 내가 지는 거고, 네가 그 검초를 막으면 내가 이기는 내기였단다. 그러니 전 시주에게 화를 내면 안 되는 거란다.”

“……”

씩씩거리던 상혁이 헤— 하며 어이없다는 표정을 지어 보였다.

“아무튼 실력이 많이 늘었구나. 노괴물이 좋아하겠다.”

“아니, 대사님…….”

“응? 왜 그러느냐?”

“아니, 하마터면 골로 갈 뻔했는데, 그렇게 한마디로 넘어가셔도 되는 겁니까?”

“허허, 설마 노괴물이 예뻐하며 키운 아이가 그리 맥없이 당할까 싶었다.”

“……”

혜월의 말에 어이없어하는 사람은 상혁뿐만이 아니었다. 수운 역시 갑작스런 무력 충돌에 긴장하고 있다가, 일의 전후 상황을 알고 나서 속으로 중얼거렸다.

‘…조장과 인연있는 사람이 다 그렇고 그렇지 뭐.’

자신도 상혁과 인연이 있으며, 사돈댁 어른들이 모두 상혁과 인연이 있다는 사실은 애써 망각하는 수운이었다.

"그래도 저 녀석, 목석같더만 보기보다는 화끈한 모양입니다. 그런 내기에 선뜻 응하는 걸 보니."

그렇게 중얼거린 상혁이 고개를 갸웃거렸다.

"아니지. 말 나오자마자 검을 빼 든 걸 보면 화끈하다기보다 성격이 급한 거 같기도 하고……."

"허허… 전 시주 성격이 급한 게 아니라, 내 생각으로는 네 녀석의 그 쌍통머리없는 입을 뭉개주려고 손쉽게 승낙한 듯하다. 즉, 네 녀석이 놀린 혀가 그 죗값을 고스란히 치른 셈이 아니겠느냐."

둘이 대화를 나누는 사이에 낭인은 묵묵히 뒤로 물러나더니 자신의 검을 들여다보고 작게 한숨을 내쉬었다.

"하아……."

표정은 변하지 않았으나 그의 심경은 복잡했다.

'하산 뒤 검이 막힌 것이 벌써 두 번째…….'

그토록 연마에 연마를 거듭했건만 어찌 이럴 수가 있단 말인가?

'세상에 고수가 흘러넘치는 건가? 아니면… 내 실력이 그토록 보잘것없단 말인가?

그의 내심을 아는지 모르는지 상혁이 다시 바닥에 털푸덕 주저앉았다.

"야, 거기 서 있지 말고 와서 여기 앉아서 대사님 말대로 차나 마셔. 씨발, 대뜸 검 날린 거 생각하면 죽도록 패놔야겠지만, 나쁜 놈도 아닌 거 같고… 대사님하고 뭔 내긴지 걸었다니까… 그래, 뭐 봐준다. 앉아."

상혁은 그가 검을 날린 자체가 혜월과의 내기인 데다가, 공격이 자신의 생명을 노리고 온 것이 아니라 어깨어림에 얕은 상처만 내려고 한 점을 참작했는지, 별로 기분 나쁜 투가 아니었다.

"자, 전 시주, 일이 마무리된 듯하니 잠시 앉으시게."

낭인은 검을 갈무리한 뒤 말없이 화덕 옆에 주저앉았다. 노승은 자신의 짐을 뒤져 낡은 다구를 꺼내 정성스레 차를 준비하기 시작했다.

"그런데 무슨 내기였습니까?"

"허허허, 그건 알아 무엇 하려고?"

"아니, 그거 때문에 칼침 맞을 뻔했는데 당연히 궁금하잖아요."

"여기 전 시주께 여쭤보려무나."

상혁은 낭인을 바라보았다. 입을 굳게 다물고 무릎에 올려놓은 자신의 검만을 바라보고 있는 모양이 '나에게는 아무것도 물을 수 없다' 라고 말하는 듯했다.

"…나중에 묻죠. 어이, 유수운이. 이 자식이 이거, 그새 눈동자가 올라왔네."

수운은 '아니, 정말, 대절명문 칠대 장문인인 내가 이렇게까지 막말을 들으며 참아야 해? 그냥 한 번 확 해버릴까' 같은 불온한 생각은 일체 품지 않은 채 얌전히 눈을 깔았다.

"이 녀석아, 왜 얌전히 누워 있는 젊은 시주에게 화풀이를 하는 것이냐."

혜월은 누운 채로 눈을 까느라 기를 쓰고 있는 수운에게 인자한 목소리로 말을 걸었다.

"젊은 시주, 상혁이 놈이 입은 걸어도 박정한 놈은 아니니 그리 걱정하지 마시지요. 이 녀석이 뭐라고 하면 노납이 막아드릴 테니 마음 편

히 먹고… 몸이 견딜 만하면 시주께서도 이리 와서 차나 한잔하시지
요."

십수 년 만에 만난 친우의 제자를 놓고 '칼질을 당하면 지고, 칼질을
막으면 이긴다' 라는 터무니없는 내기를 한 사람의 약속은 가급적 믿고
싶지 않았다.

"그래 새꺄. 이 새끼, 내가 언제 너 죽인데냐? 뭐 그리 벌벌 떨고…
일루 와서 대사님 끓인 차나 한잔 마셔."

수운은 누운 상태에서 최대한 깔고 있던 눈을 슬쩍 풀고는 조심스레
상혁에게 말했다.

"저… 조장, 제가 지금 몸이 좀……."

"몸이 왜?"

"움직이면 좀 심하게 아파서요."

"유수운이."

"네?"

"너 이 새끼, 여기까지 니 발로 걸어온 놈이 지금 몸이 아파서 차 한
잔 못하겠다는 게 말이 된다고 생각하냐?"

그때는 계속 멸명마공을 운기하면서 걸어왔지만, 지금은 아주 잠깐
무의식적으로 운기한 이후 노스님과 낭인 때문에 운기를 한 일이 없었
다.

덕분에 몸 상태는 오히려 장무성 대표두의 본가에서 요양할 때보다
도 나빴다.

"그게… 덧난 모양인데요."

"가지가지 해라."

상혁이 혀를 찼다.

"노납이 보기에도 저 젊은 시주의 몸 상태가 심상치는 않으니 그만 괴롭히고 이 차나 마시거라."

혜월은 반질반질한 나뭇잔에 담은 차를 상혁에게 내밀었고, 낭인에게도 차를 내밀었다. 낭인은 차를 받아 든 뒤 가볍에 향을 맡고 한 모금을 입에 머금더니 말했다.

"좋군요."

그에 반해 상혁은 탁주라도 들이키듯 후루룩 들이키고는 입맛을 다셨다.

혜월은 좌중을 묵묵히 돌아보다, 문득 바닥을 쳤다.

"이런… 이거… 내가 나이가 들다 보니 해야 할 일도 가끔 잊어먹곤 하는데… 전 시주, 여기 이 버릇없는 녀석은 내 오랜 친구의 제자 놈으로, 공동의 하상혁이라 합니다. 지금은 뭘 하고 있는지 잘 모르겠습니다만."

"공동… 구파일방 출신이었나?"

낭인은 자신의 검을 너무도 수월히 막은 상혁에 대해 내심 궁금해하던 차에, 구파일방의 제자라는 말을 듣고 약간은 납득하는 표정이 되었다.

"그리고 여기 전 시주는……."

"혈랑검 전욱이오."

전욱은 혜월의 말을 끊고 무뚝뚝하게 자신을 소개했다.

"혈랑검? 낭인검 말인가?"

그가 자신을 소개하는 말을 듣자마자 대뜸 흥미를 드러내는 상혁이었다.

"흐음, 낭인혈랑에 대한 소문은 내 어릴 때부터 많이 듣긴 했지. 그런데 내가 알기로… 아마 십 년쯤 전이지? 그쯤에 세상을 뜬 걸로 알고 있는데?"

"선친이시오. 그리고 그 이름은 내가 이었고. 그러니 곧 내가 혈랑검이오."

"오호… 어쩐지 검이 존나 빠르다 했었는데… 그게 그 유명한 혈랑검식이었다 이거지?"

"당신이 본 것은 껍데기뿐이오. 난 진정으로 검을 날리지 않았으니. 당신에게 진정한 혈랑검식을 썼다면… 당신은… 못 막을 거요."

마지막 말은 상혁을 겨냥한 것이었지만, 상혁은 그냥 고개만 끄덕이며 감탄할 뿐이었다.

"아니, 씨발, 그건 내 모가지에 칼 들어와 봐야 알 일이고, 지금 그게 문제가 아니라… 이야 씨발, 소문에 듣기로, '검이 뽑히면 반드시 누군가 죽는다' 라더니 그게 진짜였구만. 괜찮은 검이야. 음."

격식, 품위, 예의 뭐 하나 없는 상혁의 언사였지만 사심없이 자신의, 아니, 아버지의 검식을 높이 사자 전욱은 짤막하게 감사의 뜻을 전했다.

"고맙소."

상혁은 고개를 끄덕거리다가 다시 혜월을 바라보았다.

"근데 대사님, 이거 더 궁금해지는데요. 왜 이딴 산막에 혈랑검의 전인이랑 같이 죽치고 앉아 계셨어요? 게다가 내기라?"

"흠… 그게……."

혜월은 언제나처럼 인자한 미소를 지어 보이더니 한마디로 답했다.

"인연이지."

"……"

혜월은 선승답게, 다른 사소한(?) 내용은 모두 제외하고 가장 중요한
내용만을 말하고 잔잔히 웃기만 했다.

"그걸로 끝입니까, 대사님?"

상혁이 미심쩍은 얼굴로 묻자 혜월은 오히려 놀랐다는 듯 그를 바라
보았다.

"그럼. 말했잖느냐, 인연이라고. 허허허, 무슨 일이 있었다 해도 그
건 중요한 것이 아니란다. 진정 중요한 것은 지금처럼 만나서 이야기
를 나누고, 한잔 차를 나누는 이 순간이 아니냐?"

그야 혜월 입장에선 그렇게 생각될지 모르겠지만, 그래서 이 모든
과정을 뭉뚱거려 '인연'이라고 말한 것이지만, 다른 사람들은 그의 이
런 심오한 화법에 적응하지 못했다.

"……."

상혁이 입맛을 다시며 빈정거렸다.

"거, 뜬구름 잡는 소리랑 딴소리 신공은 여전하십니다, 대사님."

"허허허, 말 그대로 인연으로 만난 걸 어찌 말로 설명하겠나. 그저
인연으로 만나고, 인연으로 함께하는 것을……."

"크험, 됐습니다, 됐어요. 설법도 됐고 인연 어쩌고도 됐고. 씨발,
아, 죄송합니다. 아무튼 대사님 말 더 듣다간 주화입마하게 생겼으니
그만 하십쇼."

상혁이 머리를 설레설레 흔들다 전욱에게 눈짓을 주었다.

"거기, 혈랑검이라는 친구, 자네한테 묻는 게 빠르겠네. 대사님하곤
어쩌다 엮였어?"

혈랑검 전욱은 나무 찻잔을 들고 있던 채로 짤막하게 대답했다.

"운이 없었소."

전욱은 '운이 없었다'는 한마디를 내뱉고 한참을 가만히 있다가 다시 한마디를 내뱉었다.

"정말 운이 없었소."

"……."

사람들은 그 뒤에 나올 말을 기다렸지만 전욱은 그 말을 끝으로 완전히 입을 닫았다.

"그게 끝이야?"

상혁이 어이없다는 듯 되묻자 전욱이 가볍게 고개를 끄덕였다.

"거, 이 친구, 뜬구름 잡기 신공이 대사님이랑 맞먹는 거 보니까 같이 어울려 다닐 만하구만."

"난, 당신 친구가 아니오."

"어, 실없는 소리를 하기에 농담 좋아하는 줄 알았더니 그건 또 아닌가 보네."

"난, 실없는 소리를 한 일이 없소."

"씨발, 실없는 소리 한 게 없어? 어쩌다 대사님과 같이 다녔냐, 그렇게 물었더니, 운이 없었소, 그럼 그게 실없는 게 아냐?"

"그럼 저 혜월 대사란 분도 실없는 분이오?"

둘의 눈길이 허공에서 엉켰지만 상혁이 피식 웃으며 고개를 내저었다.

"아이고, 그래. 딱 보니까 산속에서 존나 칼질만 해대느라 자존심만 첩첩이 쌓았나 보구나. 그래, 내 다 이해하니까 이쯤해 두자. 너도 얼마나 사는 게 힘들었겠냐. 알지, 아는데… 너도 그거 안 고치면 세상 사는 거 많이 힘들겠다."

그 말에 전욱의 눈썹이 다시 꿈틀거렸으나 분위기가 험악해지려는 순간 혜월이 끼어들었다.

“허허… 우리 두 사람의 사정은 들었으니 이번엔 내가 물을 차례 같구나. 그래, 넌 여기까지 웬일이냐? 그리고 가출했다는 저 시주는 또 누구고?”

그 말에 상혁이 대답했다.

“명령입니다.”

“호오……”

그 한마디만 내뱉은 상혁이 팔짱을 낀 채로 입을 다물었다. 심술궂은 입매가 수염 속으로 고스란히 드러났다. 그리고 잠시 후 한마디를 덧붙였다.

“아, 명령이었다니까요.”

‘당신들도 당해보쇼’ 라는 의도가 고스란히 드러나는 행동을 보고 혜월이 빙그레 웃으며 물어보았다.

“그게 끝이더냐?”

그 말이 나오자 상혁이 기다렸다는 듯 회심의 미소를 지었다.

“거 봐, 내가 이렇게 하니까 대사님도 답답하잖우. 거기 거무죽죽이. 씨발, 너도 말해 봐. 당해 보니 답답하지?”

“글쎄다……”

“전혀. 그리고 경고해 두지만 두 번 다시 날 그렇게 부르지 마시오.”

“……”

상혁은 졌다는 표정으로 어깨를 으쓱거렸다. 지나가다 누가 봤다면 백이면 백 ‘당신이 졌소, 시류에 거스르지 말고 까라는 대로 까시오’ 라고 말할 만한 상황이었다.

“젠장! 졌습니다, 대사님.”

“허허, 무에 이기고 질 게 있단 말이냐? 답답하면 얘기나 해보거라.”

“하, 이거 괜히 손해 보는 느낌이네…….”

잠시 구시렁거리던 상혁은 눈을 부릅뜨고 수운을 바라보았다.

움찔—

“저놈이 말입니다, 대사님…….”

거기까지 말하던 그는 같잖다는 듯 한 번 피식 웃었다.

“저놈, 우리 표국에 쟁자수로 일하는 녀석입니다. 매형 되는 사람이 표두라 그걸 배경으로 들어왔지요. 큭큭, 보기보다 간이 많이 부은 놈입니다. 저 꼴에 넓은 세계 보겠다고 도망 나온 걸 보면… 아무튼 저놈이 저 몸으로 도망친 통에 우리 대표두님이 저놈 잡아오라고…….”

“아미타불, 쟁자수?”

“…시켜서… 네? 아, 쟁자수 맞습니다. 왜요?”

혜월이 믿지 못하겠다는 듯한 말투로 되묻자 상혁이 한참 신세 한탄을 하다 머리를 긁적였다.

“홍, 쟁자수라? 재미있군, 재미있는 얘기야.”

전욱도 수운이 쟁자수라는 말을 듣자 코웃음을 쳤다. 그 역시 감각 수련에 충실해야 하는 혈랑검법의 특성상, 수운이 잠깐 내뿜었던 기를 가감없이 느꼈던 것이다.

“아니, 씨발, 쟤가 쟁자수라는 데 뭐 불만있어, 거무죽죽이?”

갑작스레 살기가 피어올랐다.

“내가… 그렇게 부르지 말라고 경고했을 텐데?”

“아… 그랬지. 근데 씨발, 이 형님이 좀 실수했기로서니, 뭐 그리 죽일 것처럼 노려보고 그러나?”

“형님?”

전욱이 상혁에게 말려들어 밑바닥 싸움을 진행하려 할 때, 지그시 눈을 감고 있던 혜월이 끼어들었다.

"녀석아, 네 그 시건방진 혀는 아직까지 제어가 안 되는 것이냐? 그나저나… 흐음… 저 젊은 시주, 확실히 쟁자수란 말이더냐?"

"거 정말, 아, 이 하상혁이 뭐 답답한 게 있다고 대사님한테 거짓말을 해요? 우리 표국에 일하러 온 쟁자수 맞죠."

"으음……."

재삼 재사 확인을 했음에도 미심쩍었음인지, 혜월은 고개를 수운 쪽으로 돌렸다.

"아미타불, 젊은 시주, 쟁자수가 확실하시오?"

"네? 아… 네, 지금은 쟁자수 맞는데요."

적수를 찾을 수 없는 무적 대절명문의 칠대 장문인 신분이긴 하지만 그것은 절대 밝힐 수 없는 신분이었고, 결국 내세울 수 있는 신분은 유성표국의 쟁자수뿐이었다.

"흐음……?"

유수운이 너무나 간단히 쟁자수임을 시인하자 혜월의 눈가에 작은 주름이 잡혔다.

'허허, 저 아이가 쟁자수라… 나이가 들어 눈이 흐려졌는가?'

혜월은 상혁이 뭐라고 떠들어대는 소리를 흘려들으며 슬며시 수운을 바라보았다.

유수운이 사냥꾼과 함께 산막에 들어왔을 때, 혜월은 전욱과 모종의 일을 두고 내기 중이었다.

그와 벌이는 두 번째 내기였다. 이 두 번째 내기는 전욱이 제안했고 내용도 간단했다.

"누가 먹지도 마시지도 않고 오래 버티는지, 그걸로 합시다."

그렇게 내기 내용을 정하고 움직이던 중에 산막을 발견하고 그 안에서 두 사람 다 먹지도 마시지도 않고 칠 주야를 버티고 있을 때 들어온 손님이 바로 유수운이었던 것이다.

몸을 잔뜩 웅크린 채 귀식대법이라도 펼치는 듯 체력 소모를 막고 있는 전욱과는 달리, 혜월은 편안히 독경을 하고 간단한 체조로 몸을 풀며 생활하고 있던 터라 큰 부상을 입은 젊은이에게 다가가 도울 일이 없는지 살펴보았다.

'끌끌, 이렇게 심한 부상을……'

혜월은 눈을 찌푸렸다. 얼핏 보기에 별다른 기운이 느껴지지 않는 청년이어서 일반인이거니 했는데 부상을 보니 무공에 당한 상처가 틀림없었다.

얼핏 봐도 상태가 좋지 않은 청년이고 무림인이어서 신경을 쓰기는 했으나 그뿐이었다. 특별히 생명이 위험할 정도로 상태가 나쁘지는 않은 듯했고, 게다가 쫓기거나 한다는 느낌도 들지 않았다.

잠이 든 청년은 쉽게 일어나지 않았으나 잠시 맥을 짚어보니 안정적이어서 그저 푹 잘 수 있도록 신경 써준 것뿐이다.

혜월이 수운에게 신경을 쓰기 시작한 것은 부상당한 청년이 하루 반나절 만에 깨어난 그 아침의 일 때문이었다.

그날 아침에도 혜월은 아미타경 독경을 하고 있었다.

저 극락 세계에는 또 칠보로 된 연못이 있으며
그 연못에는 여덟 가지 공덕의 물로 가득 찼고

연못 바닥에는 금모래가 깔려 있노라…

한참 독경을 하는 중이었다.

"으음……."

독경 중에 청년의 미세한 신음성을 들은 혜월은 잠시 독경을 멈추고 그를 바라보았다.

입술을 앙다문 모습이 몹시 괴로워 보여서, 다가가 도와주려던 순간이었다.

멈칫.

혜월은 동작을 멈추고 청년이 뿜어내는 기운을 느꼈다. 구석에서 웅크리고 있던 전욱도 움찔하며 슬쩍 청년의 존재를 확인한 뒤에야 다시 머리를 무릎에 파묻을 정도로 정심한 기운이었다.

'이 기운은……?'

이제껏 축 늘어져 한 점 기운도 느낄 수 없던 청년의 몸에서 한 가닥 청아한 기운이 뿜어져 나오는 것에 의문을 느낀 혜월은, 좀 더 자세히 청년을 주시했다.

예상외로 청년이 뿜어내는 기는 미약했다. 그럼에도 정심박대한 느낌이 몹시 부조화스러웠다.

'고급 기공을 익혔으나 아직 수련이 미진한 것인가?'

청년의 표정이 눈에 띄게 좋아지기 시작하는 것을 보니 운기행공으로 요상을 하는 듯했다.

'흐음, 진기요상이 가능할 정도라면… 수련이 깊지는 않아도 본 바탕이 순후한 내공이로고… 게다가…….'

문제는 바로 그가 미세하게 흘려내는 내공의 느낌이었다. 혜월이 그를 유심히 지켜보는 것도 바로 그것 때문이다.

담담하고, 깊고, 정심하고, 파사(破邪)의 성질을 띠고 있는 이 기운…….

그가 알고 있기에 이런 기운을 뿜어내는 기공은 드넓은 무림에 단 하나밖에 없었다.

'이것은… 마치 달마역근경의 진기와 같지 않은가? 그것도 그 진체에 접근해 있는데… 저 젊은 청년이 소림의 속가라도 되는 것일까?'

혜월은 그런 생각에 그를 유심히 바라보았다.

잠시 후 천천히 청년의 몸에서 상서로운 기운이 사라져 갔고, 청년이 눈을 떴다.

"후아……."

잠시간의 운공이었다. 그럼에도 그 운공을 거친 이후 그 눈에 정기가 서리고 광명정대한 기운이 스쳐 지나가는 것이 느껴졌다. 한눈에도 명문의 후예라고 알아볼 수 있을 정도였다.

'호오… 속가 중에서도 제대로 된 곳의 아이인가 본데…….'

명문의 자제가 큰 부상을 입고 도주하는 것이라면, 상황에 따라 도움을 줄 수도 있을 것이다… 혜월은 그렇게 생각했었다.

그런데, 쟁자수라니?

수행이 깊은 혜월이었으나 잠시 스쳐 가는 당혹감은 어쩔 수 없었다. 말없이 염주를 굴리던 혜월이 도무지 이해가 가지 않는다는 듯 상혁을 바라보았다.

"흠… 쟁자수가 어이 저런 부상을 당했느냐?"

“그러니까… 아, 대사님도 들으셨겠죠? 요즘 강호를 짜르르하게 달군 유성표국 습격 사건 말입니다.”

“글쎄다… 유성표국에 무슨 일이 있었느냐?”

“아니, 그간 뭘 하셨기에 무림에 소문이 짜르르한 얘기도 못 듣고 사셨답니까?”

“짜르르한 소문인지는 모르겠지만… 아무튼 못 들었다.”

“나참, 무슨 산에서만 사셨어요?”

“잘 아는구나. 그럼 중이 산에 살지 어디 산단 말이냐?”

그 말을 들은 상혁이 입맛을 다셨다.

“거참, 산도 산 나름이지…….”

“허허… 늙은 땡추가 세상 물정 어두운 거야 당연한 거지 뭘 자꾸 투덜거리느냐. 말해 보거라.”

어쩐지 자기만 유용한 정보(?)를 제공하는 듯한 느낌이 드는 상혁이었다.

“기억하시겠지만 제가 유성표국에 있잖습니까. 그런데, 표국에서 일전에 존나 큰 표행을 맡았는데, 거기에 저랑 저 녀석이랑 참가했었죠.”

상혁이 입맛을 다셨다.

“그런데 그 표행이 탈이 났죠.”

“허어… 녹림처사들이라도 덮친 것이냐?”

“얼어죽을 녹림은요. 걔네야 요즘 푼푼이 뜯어먹고 사는 애들인데, 감히 우리 표국 깃발에 덤비겠습니까? 게다가 이쪽엔 장무성 대표두님까지 끼어 있었다 이 말이죠.”

“음… 내 직접 만난 일은 없으나 유성표국의 대표두가 무당의 속가 제일고수라는 얘기는 몇 번 들은 일이 있다. 허어, 그런 분까지 끼어

있는 막강한 표행에 무슨 일이 있었기에 일개 쟁자수까지 저런 일을
당했단 말인가?"

"한 번 짐작이라도 해보시겠습니까?"

"으음……."

"청혈교가 덮쳤습니다. 마음먹고. 계획적으로."

"청혈교가……?"

믿기 힘들다는 듯한 표정으로 혜월이 가볍게 눈살을 찌푸렸다.

"아무리 무림의 일이라 해도… 그렇게 대놓고 일을 벌이면 정마련
이 가만히 있을 리 없을 터인데? 청혈교 역시 정마련을 이루는 한 축이
고……."

"씨발, 저도 정마련이 가만히 있을 리 없다고 생각했지만, 가만히 있
던데요? 맞죠. 축. 씨발, 그 잘난 주도 세력. 요즘 정마련 꼬라지 잘 돌
아갑디다. 하기사 원래 생겨난 이유도 쪽팔린……."

"아미타불, 그쯤 해두거라."

"……."

그가 격하게 정마련을 비난하자 혜월이 온건한 어투로 그쯤에서 그
만둘 것을 명했다. 그 역시 정마련의 큰 축을 담당하는 곳에 속해 있고,
정마련의 생성 원인, 즉 월광사신에게도 빚이 잔뜩 있는 사람이었던 것
이다.

"알겠습니다. 정마련 얘기는 이쯤에서 접고. 아무튼 청혈교 애들이
우리를 습격했는데 말입니다, 그게 씨발, 또 단순한 습격이 아니라 이
겁니다. 습격, 그 정도로 끝난 게 아니다 이거죠. 큭큭큭, 습격을 주도
한 사람이 누군지 아시면 대사님이라도 소리를 친다에 은자 닷 푼 걸
겠습니다."

“허허, 그래… 어디 날 놀라게 해보거라.”

“적혈마왕, 혈성곤 도유천이었습니다.”

“도유천 노사가?”

혜월이 흠칫하며 놀라자 상혁이 기분 좋은 미소를 지어 보였다.

“크하하핫, 거 봐요. 대사님이 놀랄 만한 일이라고 했잖습니까. 거기다 말입니다, 추혈대까지 기어나와서 우리를 쳤다니까요?”

“추혈대까지… 아미타불…….”

혜월은 왼손을 들어 올려 반장을 취한 뒤 나지막이 불호를 외웠다.

“저 녀석, 그때 도망치다 저렇게 당한 겁니다. 새끼, 도망 하나 빠릿하게 못 치고…….”

“허어, 정녕 큰일날 뻔했군 그래…….”

“놀랄 일은 아직 끝나지 않았습니다, 대사님.”

태연자약한 혜월을 조금이라도 놀라게 하는 것이 즐거웠는지 상혁은 연신 싱글벙글거리며 말을 이어갔다.

“그 괴물딱지 같은 적혈마왕이 말이죠…….”

도유천이 의문의 죽음을 당한 것, 추혈대가 몰살을 당했다는 충격적인 이야기가 연달아 흘러나오자 어지간한 혜월도 한숨을 감추지 못했다.

“아무튼… 그때 입은 상처로 저 지경이 되었는데… 집에 잡혀가기 무섭다고 편지 한 장 남겨놓고 도망친 겁니다. 난리가 났죠. 지금쯤 저 녀석 본가에서 부모님 다 오셨을 텐데, 아마 좀 시끄러울 겁니다.”

“그렇구먼…….”

혜월이 고개를 끄덕이자 상혁이 놓여 있던 나무 찻잔의 찻물을 후루룩 들이킨 뒤 수염에 묻은 찻물을 쓱 닦았다.

“그래서 말입니다, 대사님. 십 년 만에 만나뵙고 결례이긴 합니다만 저놈 데리고 빨리 가봐야겠습니다. 이 녀석, 빨랑 가져다 놔야 평화가 찾아올 듯해서요.”

그 말에 수운이 꿍한 목소리로 끼어들었다.

“가져다 놓다니요? 물건입니까, 제가?”

“시끄러, 임마. 너 때문에 요 며칠 고생한 거 생각하면, 그냥 확……!”

상혁이 주먹을 들며 으르렁거리자 수운이 움찔했다.

“하, 그러고 보니까 또 열받네. 새꺄, 지금 때가 어느 땐데 가출을 해, 가출을…….”

딱!

“하려면 응, 동네 근처에서 잡히면 너도 좋고 나도 좋고, 다 좋았잖아.”

딱!

“아니, 씨발, 왜 여기까지 기어들어 와서 사람 피곤하게 만들어.”

딱!

‘크윽!

이미 전의를 상실한 수운은 치면 치는 대로 맞고 있었으나, 머리를 울리는 고통은 줄어들 생각을 않고 있었다.

참다못한 수운이 눈을 부릅떴다.

“너 때문에 내가… 응? 눈 안 깔어?”

수운은 얌전히 눈을 깔았다.

딱!

예정된 수순으로 다시 한 번의 머리 두드리는 소리가 울려 퍼졌다.

“조장, 반성하고 있으니까 그만 좀…….”

“조용.”

“네.”

딱!

조용히 했는데 왜 때리느냐는 눈빛으로 상혁을 바라보자 상혁이 한 대 더 때리려는 듯 손을 들었다.

[허허, 그만 하고… 한 가지 묻자꾸나. 이 아이, 범상한 아이는 아닌 듯한데… 정말 쟁자수가 맞는 것이냐?]

[쟁자수가 맞긴 합니다만, 범상한 아이가 아닌 건 맞는 듯합니다. 이야, 역시 대사님, 보는 눈이 있으십니다.]

[소림의 맥이더냐?]

[소림이오? 글쎄, 그건 잘 모르겠습니다. 듣기로 어렸을 때 절맥을 앓다가 스승을 따라 십 년간 수행을 하고 왔답니다. 절맥 때문에 내공을 쌓을 수는 없다는데… 무슨 이상한 체술 같은 걸 배운 모양입니다. 남궁세가 무인 하나를 박살 내놨다더군요.]

'내공을 쌓을 수 없다……'

그 말을 듣자 혜월은 저 청년이 배운 것이 소림의 맥일 가능성이 더 높다고 생각하게 되었다.

내공을 쌓지 않아도 강해질 수 있는 것이 바로 역근경의 무공이었으니까.

'본류에 오히려 가까운 맥이라……. 흠, 내 착각이든 아니든 확인해 둘 필요가 있겠어.'

고개를 끄덕인 혜월이 상혁에게 말을 붙였다.

"아미타불, 폐가 되지 않는다면 잠시 자네를 따라가 볼까 하는데… 괜찮겠나?"

◈ 第十四章 ◈
유수운, 칠상육합(七傷六合)을 이루다

유수운, 칠상육합(七傷六合)을 이루다

"우웅… 길거리에서 시비 붙은 다음 엉망으로 두들겨 맞고 기절해 있다가 전낭을 소매치기당한 뒤, 마음 착한 행인에게 들려 의원으로 실려갔으나 결국 치료비가 없어 쫓겨난 청년… 이건 어디로……."

오유란은 졸음이 가득한 눈을 비비며 주변 사람들에게 구원을 청했으나, 주변에 있던 사람들 역시 뭐라고 중얼거리며 바구니들 사이를 귀신처럼 어기적거리고 있는 중이었다.

"……."

보통 때라면 고함이라도 치겠지만, 이미 화풀이할 기력조차 잃어버린 오유란이었다.

'이거… 새로운 심문 방식으로 련에 공식 건의해 볼까…….'

강호의 악도들을 잡아와 방 하나 가득 정보 서찰을 주고 분류하게 한다…….

‘하루면⋯ 모두 불어버릴 텐데⋯⋯.’

수천 개의 바구니를 붙잡고 울고 있는 악적들을 상상하자 어쩐지 상쾌한 느낌이 들었다.

‘반드시 건의해야지. 나만 당할 순 없어. 복수할 거야⋯⋯.’

이미 정상적인 판단 능력을 상실한 오유란은 멍한 정신으로 그런 생각을 하며 히죽히죽 웃기 시작했다.

“⋯유란아?”

눈 주위가 피로 때문에 거뭇하게 죽어 있던 이후성은 유란이 갑자기 히죽히죽 웃어대자 불안한 목소리로 그녀를 불렀다. 그의 생각으로는 이런 가혹한(?) 행위에 노출된 사매의 여린 정신이 붕괴된 것이 아닌가 하는 우려가 있었기 때문이다.

“⋯네, 사형?”

“괜찮냐?”

“네, 괜찮아요.”

“그래?”

“네!”

“그래⋯ 그럼 일하자꾸나. 빨리 끝내야 이 지긋지긋⋯ 음⋯ 아무튼 임무는 빨리 끝마쳐야 하겠지.”

“그렇죠⋯⋯.”

월광사신을 쫓는다는 대의명분 앞에 그들의 불평 불만 따위가 파고들 틈은 없었다. 어지간한 오유란도 몇 번인가 폭발한 뒤에는 그저 이 서찰 분류를 빨리 끝내고, 만리추종 무현종이 모든 정보를 조합해서 최고의 결과를 내주기를 바라는 게 여러모로 이득이라는 것을 납득하고 있었다.

그녀는 다시 서찰을 들여다보았다.

"…그러니까, 길거리에서 시비 붙은 다음 엉망으로 두들겨 맞고 기절해 있다가 전낭을 소매치기당한 뒤, 마음 착한 행인에게 들려 의원으로 실려갔으나 결국 치료비가 없어 쫓겨난 청년……."

방금 전까지 어떻게 분류해야 하나 고민하던 서찰이었다.

"……."

아무래도 피곤해서 제정신이 아닌 것 같았다. 그녀는 가볍게 자신의 뺨을 두들겨 정신을 차린 뒤 이후성을 불렀다.

"아… 사형, '길거리에서 시비 붙은 다음 두들겨 맞고 기절했을 때 전낭을 소매치기당하고, 지나가던 사람이 의원에 옮겨줬는데 치료비 없어서 쫓겨나다' 라는 건 어디에 분류해야 하죠? 시비? 폭행? 소매치기? 문전박대? 아니면 시비 후 폭행? 시비 뒤 문전박대? 그도 아니면……."

"음……."

오유란의 질문을 들은 이후성은 그녀의 퀭한 모습을 보며 잠시 눈을 감고 한참 동안이나 무언가를 고민하는 듯했다. 그리고 무언가 결심한 듯 눈을 뜨고 그녀를 바라보았다.

"어디로 분류하는 게……."

"내 생각엔 말이다… 그 분류는 내가 알아서 할 테니, 넌 지금 가서 좀 쉬는 게 어떻겠느냐?"

울먹울먹—

멍하던 유란의 눈자위가 붉게 물들고 눈가에 그렁그렁 눈물이 맺히기 시작했다. 그녀가 살아오면서 이토록 진한 동문의 정을 느껴본 일이 있던가? 그녀가 살아오면서 사형을 이토록 존경해 본 일이 있던가?

“고마워요, 사형!”

쉬라는 것도 아니고, 쉬는 게 어떠냐는 권유에 감격해하는 오유란이
었다.

“하지만 아직 맡은 바 임무가 다 끝나지 않아서… 다른 분들도 모두
고생하고 있는데 이대로 쓰러질 순 없어요…….”

“으음…….”

이후성은 애처로운 사매를 위해 자신이 약간의 희생을 감수하기로
했다. 오유란이 남긴 서찰을 자기가 대신 분류하더라도 이 아이를 쉬
게 해야겠다, 라는 놀라운 희생 정신을 발휘한 것이다.

“남은 건 내가 처리하겠다. 그러니 지금이라도 들어가 잠시 눈이라
도 붙이려무나…….”

“…정말요?”

“그럼!”

“고마워요, 사형!”

화산에서 이후성 밥에 몰래 모래를 뿌려댔던 일들과 밤마다 발가벗
고 탑림을 뛰어다닌다는 등의 나쁜 소문을 퍼뜨렸던 일들을 진정 후회
하는 오유란이었다.

“고맙긴. 우리는 그 혹독한 수련을 같이 이겨낸 사형제 간 아니냐.
우리 대화산의 결속을 우습게 보지 말아라. 제아무리 죽음과 같은 혹
독한 고난이라도 우리 화산 제자들은 서로 협력하며 이겨낼 수 있는
것 아니겠느냐!”

그가 단호히 대(大)화산파의 결속력을 입에 담자 곁에서 일을 하던
호위 무사들도 미미하게나마 감동했다는 표정을 지어 보였다.

“그런데… 궁금해서 그러는데요, 사형. 이 서찰은 어디로 분류하실

생각이세요?"

"음, 분류 바구니를 새로 만들 생각이란다."

"…네."

결국 그 방법밖에 없는 것일까. 그가 자신이 말할 수 있는 최선의 방법을 알려주자 오유란도 그저 순순히 고개를 끄덕였다.

그때였다.

"억!"

같이 서찰을 분류하고 있던 호위 무사 한 명이 무거운 신음 소리를 내뱉었다. 평소, 수천의 적과 마주쳐 혈로를 뚫는 일이 있어도 표정 하나 변하지 않는 그들의 성정을 생각해 보자면 가히 엄청난 일이었다.

"무슨 일입니까!"

이후성이 검파에 손을 가져다 대고 신음성을 내지른 호위 무사에게 물었다. 다른 이들도 모두 졸음과 피로를 날려 버리고 날카로운 눈으로 사위를 주시하며 호위 무사를 바라보았다. 호위 무사 중 한 명은 어느 틈에 무현종 곁으로 이동해서 그를 지키고 있었다.

"무슨 일이냐?"

호위대장인 고권중이 긴장을 늦추지 않은 채 그에게 대답을 채근하자 호위 무사는 잠시 주춤하다가 무거운 목소리로 대답했다.

"…바구니가 떨어졌습니다."

"꺄악!"

"으음……."

진정한 위기 상황이었다. 절대 당황하는 모습을 보인 일이 없던 고권중마저 묵직한 한숨을 내뱉을 정도로. 물론, 그게 당황해서 뱉은 한숨인지, 이런 사소한 일로 당황하는 부하들이 한심해서 뱉은 한숨인지는 오직 그만이 알 것이다.

"그럼… 이제 어쩌죠?"

오유란이 울먹이자 이후성이 그녀를 달랬다.

"염려 마, 사매. 사매는 아무 걱정 말고 가서 쉬면 돼. 바구니야 새로 사 와도 되는 거고."

"아, 그러면 되겠구나! 근데… 지금 너무 늦지 않았어요? 장사치들이 나와 있을까요?"

"…낮이란다."

피로와 졸음, 그리고 서찰의 산에 싸여 있던 일행의 판단력과 시야는 이미 한심스러울 정도로 좁아져 있었다.

'쉬어야 해. 이대로는 다 죽어!'

이런 생각을 한 것이 이후성만은 아니었을 것이다. 그들은 이 모든 사태의 원흉, 무현종을 바라보았다.

"응? 아니, 왜들 그렇게 웅성거리고 계십니까?"

"…저, 무 대협. 아무래도 조금 쉬었다 일을 진행하는 게 능률적일 듯싶습니다만……."

이후성이 조심스레 앞으로 나서자 철면의 호위들조차 눈빛으로 그를 응원했다.

그러나 무현종은 강했다.

"아니, 뭐 얼마나 남았다고 그러십니까. 괜히 일거리 쌓아놓고 쉬면 편히 쉬지도 못하고 시간만 갑니다. 자, 얼마 안 남았으니까 빨리 끝냅시다. 그리고 마음 편히들 쉬시는 게 좋을 것 같군요. 하하하."

"……."

뿌득……!

"월… 신. 두고 보자!"

모두들 오십여 년 전의 월광혈사와는 전혀 다른 이유로 월광사신에 대해 원한을 불사르고 있었다.

창밖의 햇살은 따사로웠다.

*　　　　*　　　　*

곧바로 수운을 들고 집으로 가려던 상혁의 계획이 좌절된 것은 순전히 혜월 때문이었다.

"대사님도 같이 가시겠다고 하니 마침 잘됐습니다. 지금 일어나시지요."

"지금 말인가?"

"네!"

"허허… 지금 일어나서 간다고 해봐야 환자를 데리고 조심조심 걸어야 하는 속도는 뻔한 것 아니더냐? 관도가 있는 마을까지 나가면 곧 밤이 될 터. 차라리 여기서 하루 편히 묵고 내일 아침 일찍 떠남만 못할 것 같구나."

"에이, 대사님이나 제가 업고 뛰면 별로 무리도 안 갈 텐데요."

말은 그렇게 했으나 이제 곧 밤이 올 테니 차라리 여기서 하루를 더 보내고 내일 아침에 떠나자는 제안은 일리가 있었다. 상혁은 머리를 긁적이다 '반나절 정도는 뭐' 라는 마음으로 주저앉고 말았다.

사실 상혁도 겉으로 으르렁거리긴 했으나 수운의 부상이 평생 불구가 될 정도로 심하다고 알고 있었으므로 굳이 무리하게 움직일 생각은 없었다. 그저 이런 시기에 장무성 대표두 곁을 지키지 못하게 만든 수운이 얄미워서 몇 번 쥐어박았을 뿐, 일단은 그의 안전이 최우선이라고 생각하는 건 상혁도 마찬가지였다.

물론 운반 당사자는 그의 이런 대범하고도 인자한 마음을 전혀 인정하지 못하고 있었지만 말이다.

상혁의 자상한(?) 마음을 알지 못하는 수운은 속으로 한숨만 내쉬고 있었다.

'전생에 무슨 죄를 지었기에……'

모든 계획이 틀어진 채 내일 아침이면 집까지 호송당할 위기에 처한 수운은 짙은 한숨을 내쉬려다 근처에서 자신을 주시할 상혁을 떠올리고 한숨을 삼켰다.

한숨을 내쉬면 분명히 '이 새끼, 뭐 잘한 게 있다고 한숨이야!' 라며 공격해 올 것이 뻔하다고 생각했기 때문이다.

억지로 한숨을 삼키자 아직 완전치 못한 몸의 뼈들이 삐걱거리며 통증을 호소했다.

"으음……."

그는 통증 때문에 식은땀을 흘리며 자기도 모르게 신음 소리를 흘려냈다.

"응? 유수운이, 괜찮아?"

혜월, 전욱과 모닥불을 둘러싸고 히히덕거리던 상혁이 그의 신음 소리를 듣고 고개를 돌렸다.

"괜찮… 습니다."

"너 이 새끼, 꾀병 아냐? 누가 그런다고 봐줄 거 같냐?"

"끌끌… 이 박정한 녀석아, 꾀병이라니… 저 식은땀이 보이지도 않는 게냐?"

혜월은 그렇게 상혁의 입버릇을 타박한 뒤 자리에서 일어나 수운에게 다가섰다.

"젊은 시주, 오전보다 몸이 더 불편해 보이는 데… 특별히 안 좋은 곳이 있으면 말해 보시구려."

몸 전체가 골고루 좋지 않았기 때문에 오히려 특별히 안 좋은 곳을 찾아볼 수 없었다. 멸명마공을 운기하지 않게 된 이후 상처들이 덧나서 통증이 찾아온다는 것을 알기에 수운은 제법 침착한 말투로 혜월에게 감사의 뜻을 전했다.

"신경 써주셔서 감사합니다, 혜월 대사님. 특별히 안 좋은 곳이 있다기보다는요, 여기까지 오다가 상처들이 덧났는지 여기저기 욱신거려서요……."

수운이 힘없이 말하는 소리를 들으며 혜월은 고개를 끄덕이더니 하나 남은 손으로 품속을 뒤지기 시작했다.

"자, 조잡한 약이지만 젊은 시주의 고통을 조금이나마 덜어줄 테니 자셔보시지요."

품속에서 꺼낸 약을 수운의 눈앞에 들이대자 상혁이 불만에 찬 목소리로 이의를 제기했다.

"거, 대사님. 왜 수운이한테 계속 말을 높이십니까? 저놈 저거 제 밑이라구요. 어이, 유수운이! 그래, 안 그래?"

"마, 맞습니다. 대사님, 안 그래도 불편했습니다. 말씀 낮추세요."

"아미타불… 그런 사소한 문제는 때가 되면 자연스레 이루어질 것이니 젊은 시주는 저놈 눈치 보지 말고 일단 이 약이나 드시지요."

"아니… 저… 괜찮습니다, 대사님."

그의 상처는 어지간한 약으로 다스릴 수 있는 상처가 아니었다. 게

다가 좋은 약이라면 더욱 먹지 않는 게 좋다고 생각했다. 어차피 한적한 곳으로 옮겨진 뒤 멸명마공을 사용하면 금방 좋아질 텐데 비싼 약을 먹는 건 일종의 낭비가 아닌가.

그러니까 그저 그런 약이든 아주 비싼 약이든 수운의 입장에선 낭비인 셈이었으므로 완곡히 거절하는 편이 여러 사람에게 이로운 일이라는 계산이었다.

이런 사정을 알 리 없는 혜월은 수운이 약을 받기를 거절하고 고개를 흔들자 단순히 젊은이가 미안해서 그런다 생각하고 다시 한 번 반복해서 권했다.

"괜찮지가 않네. 젊은 시주가 그렇게 식은땀을 흘리니 이 늙은이 마음이 불편하고, 마음이 불편하면 평정이 깨지니 이 나이 때까지 수행이랍시고 해온 게 무너지고… 허허… 그러니 노납을 위해서라도 약을 자시게."

그렇게까지 말하자 수운으로서도 더 이상 거부할 수 없었다. 머뭇거리다 혜월의 손에서 조심스레 단환을 받아 든 수운은 약의 표면을 감싸고 있는 밀납을 벗겨낸 뒤 입에 집어넣었다.

'엇?'

약은 입에 들어오자마자 청량한 향을 풍겼고, 침과 섞이자 흐물흐물하게 풀려 목구멍으로 편안하게 넘어갔다.

'이거 혹시 엄청나게 좋은 약 아닌가? 아까운데…….'

그가 약의 가치를 생각하고 있을 때 혜월이 수운의 단전 부위에 손을 가져다 댔다.

"자, 젊은 시주. 전신의 힘을 빼고, 정신을 맑게 하고, 뜻을 몸에 두시게."

거절할 틈도 없이 혜월이 가져다 댄 손에서 따스한 기가 뿜어져 나와 수운의 전신으로 흘러들어 갔다.

'흐에에에엑!'

아무런 준비도 안 한 상태에서 내공이 몸 안으로 들어오자 수운은 속으로 비명을 질렀다. 무의식 중이었던 터라 노승이 밀어 넣은 기에 자신도 모르게 절명기를 운용할 수도 있었던 것이다.

다행히 혜월이 불어넣은 기가 미약한 데다 어쩐지 익숙한 느낌이어서 멸명마공을 일으키는 우를 범하지는 않았다.

자신이 방금 불국정토로 떠날 뻔했다는 사실을 모르는 혜월은 일 다경 정도 수운의 전신을 추궁과혈하며 단환의 기운을 전신으로 퍼지게 유도한 뒤 손을 뗐다.

"아미타불, 이제 좀 어떠신가, 젊은 시주?"

"몸이… 아까보다 가뿐하네요. 정말 고맙습니다, 대사님."

"내, 방금 시주의 몸을 살펴보니 크게 다친 뒤 너무 움직이지 않고 머물러 있어 오히려 몸의 치유가 늦어지는 것 같으니… 약 기운이 아직 완전히 퍼지지 않았으니 약 기운도 퍼뜨릴 겸 잠시 일어나 주변을 걸어보는 건 어떻겠소?"

"아, 그렇겠군요. 감사합니다."

수운은 노승의 말에 스며 있는 온정을 느끼고 미소로 답했다.

"그럼 잠시 나가서 산책을 좀……."

'밖에 나가는 김에 잠깐 멸명마공이나 운공하고 올까?'

그런 생각이 언뜻 머리를 스쳤으나 아무래도 혜월이 걸렸다.

밖에서 어슬렁거리다 들어오면 의술에 해박한 것 같은 혜월이 자신의 몸 상태를 살펴볼 것이고, 너무 갑작스레 몸이 회복되어 있다면 이상하게 생각할 것 같았다.

안 그래도 노승의 여러 가지 호의가 오히려 부담이 되는 상황 아니던가.

'너무 갑작스러운 호전은 안 돼. 수상하게 보일지도 모르니까.'

아무튼 누워 있던 수운은 상혁이 보이지 않는 밖으로 나가서 숨이라도 돌려볼까 싶은 마음에 자리에서 천천히 일어섰다.

"유수운이!"

"넷, 조장! 크윽!"

갑작스레 상혁이 음산한 목소리—수운이 분류하는 상혁의 목소리는 음산하거나, 공포스럽거나, 또는 우악스러운 것뿐이었다—로 그를 부르자 수운은 반사적으로 부동 자세로 대답했고, 갑자기 취한 부동 자세가 그의 상처를 자극해서 나직하게 비명까지 내질러야 했다.

"놀라기는… 나가면… 가르쳐 준 거 해봐. 제대로만 하면 좀 좋아질 거다."

"가르쳐 주신 거요?"

수운이 멀뚱거리며 상혁을 바라보고 있자 상혁이 입맛을 다시며 대충 손짓을 하며 말했다.

"이거 있잖냐, 이거."

상혁의 동작이 가출 직전에 가르쳐 준 칠상권론 초입의 도인체조라는 것을 떠올린 수운이 탄성을 질렀다.

"아… '그거' 요!"

"그래, 그거!"

"근데 그거 여기서 해도 되요? 문외불출이라면서요?"

"문외불출이고… 여기서 보는 사람 없잖냐."

두 사람이나 있었지만 상혁이 없다고 말하면 없는 거였다. 졸지에 없는 사람 취급을 받은 전욱은 그냥 그러려니 하는 표정으로 모닥불을 바라보고 있었다.

수운이 밖으로 나가자 혜월이 물어왔다.

"허허허… 자네, 뭔가 가르쳤나 보구만."

"크큭, 대사님만 알고 넘어가 주십쇼. 괜히 공동의 노친네들 귀에라도 들어가면 또 문규가 어떻고 저떻고… 아이고, 생각만 해도 골치 아픕니다."

"허허, 그래. 나야 산문 밖의 사람 아닌가. 나쁜 일도 아니니 그러도록 함세."

둘의 이야기를 묵묵히 듣고만 있던 전욱이 모닥불을 한 번 들쑤시며 작게 중얼거렸다.

"뭔지 모르겠지만, 저 청년이 배운 걸 당신 사문에서 알면 당신이 곤란해지는 거였군."

"거 뭐, 조금 그런 감이 없잖아 있지."

둘이 서로 가시 돋친 말을 내뱉기 시작하자 혜월이 쓴웃음을 지으며 눈을 지그시 감고 염주를 돌리기 시작했다. 마치 '난 없는 사람치고 너희들끼리 치고받고 알아서 해봐라, 애들은 싸워야 큰다더라' 라고 말하는 것처럼 말이다.

상혁으로서도, 전욱으로서도 혜월이 물러선 것은 기꺼운 일이었다.

"당신 같은 사람이 곤란해하는 얼굴이 한번 보고 싶긴 한데 말이야."

상혁이 수염을 한 번 쓰다듬으며 씨익 웃었다.

"산속에서 칼질만 하느라 목석인 줄 알았더니, 제법 농담도 할 줄 알잖아. 거무죽죽한 인간치곤 제법이야."

"……"

혈랑검 전욱은 자신도 모르게 검파에 손을 가져다 댔으나, 짓궂은 미소를 지으며 자신을 바라보고 있는 상혁의 얼굴을 본 뒤 이를 악물고 검파에서 손을 떼고 심호흡을 했다.

"후우."

마음을 가라앉힌 전욱이 잠시 상혁을 날카롭게 바라보다가 혜월에게 말했다.

"대사, 저 덩어리 수염이 날 한 번만 더 그런 식으로 부르면 내가 그냥 가더라도 이해하시오."

그가 그냥 가겠다고 말했음에도 혜월은 그저 염주만 돌릴 뿐 대꾸가 없었다. 대꾸는 다른 쪽에서 흘러나왔다.

"덩어리 수염?"

상혁이 전욱을 위아래로 바라보며 피식거렸다.

"곧 죽어도 지기는 싫어서… 대사님, 저놈 저거 잘 잡으셨습니다. 그냥 강호로 내보냈으면 사고 쳐도 크게 칠 놈이었어요."

"더 이상 날 자극하지 마라!"

"알았다, 알았어. 새끼, 보아하니 어려 보이는 놈이 꼬박꼬박 말대꾸는… 그리고, 너 어차피 내기에 져서 대사님 따라다녀야 한다면서 뭘 니 맘대로 간다 만다 지랄이냐, 지랄이!"

전욱의 손이 다시 검파로 향하자 상혁이 손을 휘휘 내저었다.

"알았다, 알았어. 예민하기는."

"……"

이를 악문 상태로 검파에서 손을 뗀 전욱을 보며 피식 웃어 보인 상혁은 무료한지 불쏘시개로 애꿎은 모닥불을 쑤석거리다 그에게 말을 걸었다.

"그런데, 하나 묻자."

"……."

"속에 품은 원한이 뭐냐?"

전욱의 눈썹이 꿈틀거렸다.

"그걸 어떻게? 대사에게 듣기라도 했소?"

그 말에 상혁이 어이없다는 표정이 되었다.

"아 씨발, 뭐가 그걸 어떻게야? 그 나이에 세상 물정 모르지, 산속에서 죽어라 칼질만 했다지, 거기다 갑작스레 강호에서 사라진 혈랑검의 혈손이라지… 거기까지 들으면 딱 답이 나오는 게 당연한 거지."

"……."

"말해 봐. 혹시 아냐, 도와줄 일 있을지."

"누구도 내 복수에 끼어들 수는 없소."

"그래, 안 끼어들 테니까 말해 봐. 좋잖냐, 밤은 길고 심심한데 품고 있는 원한을 얘기하는 거. 얘기하다 보면 복수심 유지도 되고 좋을 거야."

"……."

전욱은 한참 동안 침묵을 지키다 힐끗 혜월을 바라보았다. 그 외팔 이노승은 여전히 눈을 지그시 감고 염주만 돌리고 있을 뿐 둘의 대화에 끼어들지 않고 있었다.

그는 문득 고개를 들어 산막의 지붕을 올려다보았다.

"아시다시피 아버지, 혈랑검 전소추라 불리는 그분은 낭인이셨소. 알고 있겠지만 무척이나 강하셨지. 그래서 낭인검이라 불리시기도 하섰고, 혈랑이라는 별호를 따서 혈랑검이라고 불리기도 하셨지……."

　전욱의 말대로, 그의 아버지인 혈랑 전소추는 강했다.
　명문거파에서 수련한 무인들과 유일하게 검을 논할 수 있다고 평가되기도 하는, 당대에서 가장 유명한 떠돌이 낭인. 몇몇 군소방파나 장원에선 거금을 들여 그를 호법이나 장로로 들여앉히기 위해 교섭을 벌이기도 했으나 자유로운 삶을 원하는 그는 언제나 그 청을 고사하곤 했다.
　월광혈사 이후 전반적으로 제문파들의 전력이 약화된 상황에서 낭인들은 이전보다 더 일거리가 많아져 굳이 한곳에 머물 필요도 없었다. 하물며 그 가운데 독보적인 활약을 보이며 당대 제일실전검이라 불리던 전소추가 아닌가.
　게다가 그는 자신이 목숨을 건 실전을 거치면서 정리한 실전검법 혈랑검이 명문대파의 검예에 조금도 모자람이 없다는 것을 증명하고 싶어했으므로, 그런 제안은 완곡히 거절하고 있었다.
　그는 현실에 만족하고 있었다.
　전소추는 집에 자주 들르지는 않았지만 일 년에 서너 번은 집에 들러 넉넉한 돈을 어머니에게 맡기고 아들의 기본기를 다져 주며 시간을 보내곤 했다.
　아이들이 모두 그렇겠지만, 전욱 역시 아버지가 돌아오는 것을 무척이나 좋아했다. 특히 적이 많은 전소추는 자신의 집을 정말 믿을 만한 친우 한두 사람에게만 알려두고 있어서 사람들의 방문은 드문 편이었기 때문에, 먹을 것과 장난감, 용돈을 잔뜩 들고 돌아오는 아버지는 정말 반가운 손님이었다.

더구나 가끔 같이 오는 아버지 동료들은 전욱을 들어 올리며 이렇게 말하곤 했었다.

"너희 아버진 정말 강한 사람이야."

그렇게 자랑스러운 아버지였다.

그러던 어느 날 전소추는 일개 낭인으로서는 생각할 수 없는 일을 추진하기 시작했다.

비무행.

훗날 혈랑비무행이라 낭인들에게 떠돌게 되는 전설. 홀로 명문가들에 맞서 비무를 벌이는, 어찌 보면 무모한 행보를 시작하게 된 것이다.

산동 추가보에서부터 시작된 그 비무행의 회오리바람은 대단했다. 전소추는 백전을 치르는 동안 당시 점창속가제일검이라 불리우던 진보단에게만 단 한 번의 패배를 기록했을 뿐이었다.

비록 오대세가나 구대문파의 기명제자들과는 제대로 검을 섞지 않았으나, 그 속가나 방계 가문, 그 외의 무수한 명문가를 홀홀단신으로 깨뜨려 가는 그의 행적은 낭인들을 격동시켰다.

천대받던 낭인들, 제대로 된 무공 한 수 배우기만을 희망하던 낭인들의 꿈을 이뤄가는 것이 바로 전소추였기 때문이다.

"강하고, 신념에 가득 찬 분이셨지. 독학한 무공으로 잘난 척하던 명문세가들의 무공과 맞서 모두 승리로 장식하신 분이니까. 그런데……."

전욱은 그렇게 말했을 때 밖에서 비명 소리가 들려왔다.

"끄아악—"

한창 이야기에 몰입한 상태에서 곧 중요한 대목으로 넘어가려던 전욱은 밖에서 들려온 처절한 단말마 때문에 잠시 이야기를 중단했다.

"새끼… 제대로 하라니까."

"뭐요? 그 문외불출의 신공이라는 게 무슨 고문신공쯤 되오?"

전욱이 빈정거리듯 묻자 상혁이 입맛을 다시며 고개를 절레절레 흔들었다.

"뭐, 그런 건 아닌데……."

"아미타불… 나도 궁금하구나! 뭘 가르쳤기에 시작하자마자 저리 고통스러운 비명인 게냐?"

두 사람의 대화에서는 한 걸음 떨어진 채 염주만 굴리고 있던 혜월이었으나 방금 밖에서 들려온 비명 소리를 듣고 슬쩍 눈을 뜬 채 상혁에게 자초지종을 물었다.

내심 짐작 가는 바가 없는 건 아니었지만.

"뭐, 짐작하시면서 그러십니까. 아, 별거 아니니까 걱정하지 마십쇼. 저놈 저거 제대로 외우랬더니……."

"괜찮겠냐?"

"괜찮습니다. 좀 아프긴 하겠지만 원래 상처란 게 아파야 낫는 거 아니겠습니까. 거무죽죽이, 별일 아니니까 너도 신경 끄고 얘기나 계속해 봐."

"……."

어쩐지 심각한 얘기를 계속해야 할 분위기는 아니었지만 이왕 시작한 터라 전욱은 이야기를 이어갔다.

"아버지가 명문가를 찾아다니며 비무를 요청하고, 연승 가도를 달리시던 어느 날의 일이었소……."

전소추는 세간의 평가와는 반대로 연전연승(連戰連勝)하고 있었다. 일개 낭인이 전통과 재력이 있는 명문가들을 상대로 승리를 이어가자 낭인들은 그를 우상처럼 받들었고, 패배한 세가와 무관들은 그에게 이를 갈았다.

"근본도 없는 잡초 같은 인생이……."

그들은 그렇게 중얼거리며 언젠가 본때를 보이겠다고 원한을 키워 가고 있었다.

전소추의 지인들은 점점 험악해지는 분위기를 감지하고 적극적으로 전소추를 말리기 시작했다.

"이 이상은 위험하네. 이 이상 그들을 자극하다간 큰 사단이 벌어지고 말 거야."

그러나 전소추는 그들의 말을 한 귀로 흘렸다.

"무에 걱정인가? 난 정당하게 배첩을 넣고, 공정한 참관인을 세운 정당한 비무를 하고 있네. 그저 나 자신의 무공을 좀 더 폭넓게 완성하고 싶어서일세. 하늘을 우러러 부끄러움이 없건만, 소인배 몇이 앙심을 품은 것을 이유로 어찌 비무행을 중단하겠나."

옳은 소리였다.

그가 연달아 비무를 하면서도 무사할 수 있었던 이유 중 하나는 비무를 무림 관례에 비춰 한 치의 어긋남도 없이 진행했기 때문이었으니까.

그러나 결국 지인들의 우려는 사실이 되고 말았다.

다음 비무자를 향해 떠나던 전소추를 산길에서 매복하고 있다 불문곡직 암습해 온 괴한들이 있었다.

"누구냐?"

전소추는 간신히 암습을 피한 뒤 그들에게 정체를 밝힐 것을 요구했으나 그 괴한들은 침묵만을 지켰다.

전소추는 그들과 다시 칼을 섞는 과정에서 그들이 누군지 알 수 있었다. 이전 비무에서 경험했던 검초들이 괴한들의 검에 섞여 있었다. 야수의 본능을 지닌 전소추는 그 검초들을 바탕으로 자신을 공격하는 자들이 자신에게 패했던 군소명문세가들 중 네 가문의 연수합격이라는 것을 알 수 있었다.

"비겁한 것들! 이런 암습이 명문가의 이름을 걸고 할 짓이더냐! 산화장! 군웅문! 강서유가장! 유렴무관! 내 기필코 너희들의 악행을 세상에 알리리라!"

전소추가 이를 갈아붙이며 그들의 정체를 부르짖자 네 가문의 고수들은 자기도 모르게 흠칫거렸다. 그가 자신들의 출신을 알아맞히자 일순 당황한 것이다.

그들은 전소추에게 당한 패배를 오명으로, 반드시 갚아야 할 치욕으로 생각하던 차에 전소추가 다른 곳으로 비무행을 떠난다는 말을 듣고 암습을 계획했다.

네 가문이 동시에 진행하는 연수합격.

가문당 다섯 명의 고수들이면 필마단기인 전소추의 숨을 거둬오는 것은 손바닥 뒤집듯 쉬운 일일 거라 생각한 그들이었다.

자신들의 정체를 한 번에 알아낸 것은 놀라웠지만 바뀔 것은 없었다. 시신은 말을 하지 못하는 것이다.

그러나, 그들의 판단은 크게 잘못되어 있었다.

전소추의 검은 야수의 검이었다.

피를 머금으며 발전시킨 그의 혈랑검은 실전에서 더욱 맹위를 발휘했다. 스무 명의 암습자 중 절반이 그의 검에 목숨을 잃었다.

그러나, 또한 그들의 판단은 옳기도 했다.

암습자의 절반을 처리하는 과정에서 전소추도 치명적인 부상을 입었기 때문이다.

"으아압!"

전소추는 마지막 힘을 쥐어짜 포위망의 한 켠을 뚫고 도주하는 데 성공할 수 있었다. 그러나 이미 치명상을 입은 뒤였다.

"치명상을 입은 아버지는 친구 분들의 도움으로 간신히 집까지 찾아오셨소. 그리고 내 눈앞에서……."

"갸아아아아아—!"

"…운명하시며 유언을……."

"……."

또다시 수운의 처절한 비명 소리가 들려와 얘기의 맥을 끊자 비명의 원인이 되는 칠상권론을 전수한 상혁이 짐짓 미안한 표정을 지어 보였다.

"……."

자신의 눈앞에서 비참하게 눈을 감은 아버지를 생각하며 비분강개해 있던 전욱은 그저 침묵으로 일관하며 모닥불만 바라보았다. 어색해진 상혁이 애꿎은 모닥불을 다시 쑤석거렸다.

"아, 새끼. 거 되게 시끄럽네."

거기까지 얘기한 뒤 슬쩍 전욱의 눈치를 봤다.

"아미타불, 비명 소리가 좀 전과 비교해서 더 커진 것 같다만……."

"그러게 말입니다, 대사님. 저거 또 엉뚱하게 하고 있는 건 아닌가

모르겠네. 이따 나가서 한번 봐줘야겠습니다. 자식이 워낙 어벙해
서……."

"……."

전욱은 여전히 말이 없었다.

"저기, 이봐!"

"왜 그러시오!"

"분위기 깨진 건 알겠는데… 얘기는 계속해야지."

"싫소."

"에이, 솔직히 그 다음 얘기는 안 들어도 다 짐작하지. 눈앞에서 아
버지가 돌아가셨고, 그 다음에 칼 집어 들고 어디 산에 틀어박혀서 오
직 복수 하나만 생각하고 살아왔다는 얘기잖나. 틀린가?"

"…짐작한다면서 뭘 묻는 거요?"

"음… 그러니까 너 산에서 하산한 다음의 얘기. 해봐, 들어줄 테니
까."

침묵을 지키던 전욱은 힐끗 혜월을 바라본 뒤 무표정한 얼굴로 대꾸
했다.

"아는 얘기일 것 같소. 운도 없이 이분 대사님을 만났소."

"그래, 그거. 씨발, 솔직히 아까는 수운이 데리고 빨리 내려갈 생각
에 대충 넘어갔는데 지금 생각하니까 존나 궁금하거든? 시간 많잖아?
한 번 말해 보지?"

"……."

"거참, 분위기 깨진 건 아는데, 그래도 얘기는 끝내야지."

"……."

전욱이 고민하는 동안 상혁은 계속 그를 어르고 달래고 하며 떠벌거

리고 있었다.

"후유, 알았으니 입 좀 다물고 계시오."

"어, 그래."

"수행을 어느 정도 마친 뒤, 난 산에서 내려왔소. 그리고 먼저 가장 가까이 있던 산화장을 목표로 조사를 벌였소. 그리고 그 산화장의 소장주가 정혼자를 만나기 위해 근간 움직일 거라는 사실을 알아냈지. 그래서 난 그들이 아버지에게 써먹었던 방법을 고스란히 돌려주기로 했소. 한 걸음 먼저 가서 매복해 있었던 거지……."

전욱은 그날 일을 떠올리며 조용히 이야기를 이어갔다.

서걱—

"크윽!"

마지막 호위마저 쓰러지자 배를 움켜쥔 채 숨을 헐떡이던 산화장의 소장주 벽주수의 눈에 절망감이 감돌았다.

전욱은 무표정한 표정으로 이미 숨이 끊어져 땅에 쓰러져 있는 무인들을 돌아본 뒤, 배를 감싸 쥐고 숨을 헐떡거리는 벽주수에게 눈길을 주었다.

"너, 너는 누구냐? 누구기에 감히 우리 산화장에 검을 들이대는 것이냐?"

"나 말인가?"

벽주수는 세상을 살면서 그처럼 무심하고 이글거리는 눈을 본 일이 없었다.

"내 검을 보고도 모르겠나?"

"내 어찌 그런 걸 알 수 있겠는가?"

“혈랑검이다.”

그가 짜릿함을 억누르며 아버지의 명호를 댔다. 그러나 쓰러져 있던 상대의 반응은 그가 원하는 그런 반응이 아니었다.

“혈랑검?”

벽주수는 그 외호를 한 번 중얼거려 보고 곤혹스러운 표정을 지어 보였다.

“대체 혈랑검이 누구기에 이리도 독한 출수를 한 것인가?”

“모른다고?”

“모른다.”

“모른다? 하… 하하. 아예, 기억하지도 않는다는 건가? 뇌리에서 완전히 지워 버릴 정도로, 아버지를 그렇게 취급했다 이 말인가?”

중얼거리던 전욱의 눈에서 불이 활활 타오르자 벽주수는 심한 압박감을 떨치기라도 하듯 외쳤다.

“그, 그런 이름은 들어보지도 못했다! 대체 무슨 원한이 있기에 우리 산화장을……!”

그 말에 전욱이 가볍게 혀를 찼다.

“너 하나는 살려서 그 금수 같은 놈들에게 경고를 삼으려 했는데, 그럴 필요가 없겠구나!”

전욱은 땅에 쓰러져 있는 무인, 산화장의 둘째 소장주인 벽주수의 목에 검을 들이댔다.

“어차피 잊혀졌다면, 내 직접 방문해서 그들의 뇌리에 직접 새겨주는 수밖에.”

기분이 더러웠다. 아버지의 목숨을 앗아가고, 자신에게 십 년 고련을 하게 만든 이들에게 그 일은 그저 쉽게 잊혀질 정도로 덧없는 일이었던 모양이다.

그래선 안 된다.

'무엇 때문에 십 년간 지옥 속을 헤맸단 말인가?'

정확히 십일 년이었다.

아버지 전소추에게 건네받은 혈랑검을 완성하기 위해 그는 인간의 생활을 포기했다.

산으로 들어가 살을 베어내고 뼈를 깎는 듯한 지독한 수련을 거쳐야 했다. 너무 고통스러워 포기하려던 마음을 가까스로 붙잡은 것은 복수심이었다.

그게 삶의 목적이었다.

복수.

오로지 그것 하나만 생각하고 살아온 십여 년 생활이었다. 그는 부들부들 떨고 있는 벽주수의 눈을 바라보며 말했다.

"기억하는 놈들이 있겠지. 없으면 기억날 때까지 베고, 또 베주는 수밖에 없겠지… 넌 미리 가서, 우리 아버지에게 사정 얘기라도 듣고 있어라."

전욱의 마음은 다소 무거웠다. 하지만 혈채를 받기 위해 시작한 걸음을 여기서 접을 순 없다, 전욱은 그리 생각하며 검을 움직여 그의 목을 꿰뚫으려고 했다.

"아미타불……."

'흡!'

뒤쪽에서 나지막이 울리는 불호 소리에 딴생각을 하고 있던 전욱의 몸이 급속히 긴장했다.

'방심한 건가? 아무리 그래도… 뒤를 잡힐 때까지 눈치채지 못하다

니…….'

허탈한 심정 뒤여서 다소 방심을 했다 하더라도 있을 수 없는 일이었다. 혈랑검은 야수의 검이다. 그 오의는 빠르기, 그리고 빈틈을 노리는 감각에 있는 만큼 전욱은 아버지가 남긴 방법 그대로 눈과 귀를 틀어막고 감각을 끌어올리는 훈련을 거쳤다.

그런 그의 감각을 무시하고 여기까지 오다니…….

"시주, 사정은 모르겠으나 이미 승패가 갈린 상황이니 손속에 인정을 남기심이 어떻겠소?"

잔뜩 긴장한 전욱은 애써 평상심을 유지하며 뒤를 돌아보았다. 남루한 승복에 오른팔이 없는 노승이었다. 닭 잡을 힘도 없어 보였으나, 왠지 쉽게 대할 수 없다는 느낌이 들었다.

무공의 높고 낮음을 떠나 그냥 그런 생각이 들었기 때문에 전욱은 최대한 정중한 목소리로 말했다. 그래 봐야 남들이 듣기엔 똑같이 무뚝뚝하게 들릴 터였지만.

"대사께선 신경 쓰지 마시고 갈 길 가시지요."

"아미타불……."

상관하지 말고 그냥 떠나라는 말에 노승은 작게 불호를 외우며 그냥 떠나갈 뜻이 없음을 암시했다.

"사… 살려주십시오, 대사!"

한 가닥 살길이 열렸음을 직감한 벽주수가 부들부들 떨면서 노승에게 구명을 요청했다.

"조용히."

"히익!"

주르륵―

검이 반 치 정도 앞으로 나가자 목에 작은 생채기가 생기며 피가 피부를 타고 흘렀다.

전욱은 염주를 굴리며 인자한 눈으로 자신을 바라보고 있는 노승을 바라보다 짧게 한마디를 내뱉었다.

"아버지의 원수요."

그 말에 노승이 가벼이 한숨을 내쉬었다. 그 한숨이 묘하게 전욱의 마음을 자극했다.

"그 한숨은 무슨 뜻입니까, 대사?"

"아미타불……."

노승은 대답을 하지 않고 그저 불호만 외운 채 반장을 해 보였다.

"지금 내 손속이 과했다 책하는 것입니까, 대사?"

"……."

"보아하니 대사께서도 강호에 발을 디딘 분이신 듯하니, 무림의 일에는 모두 사정이 있다는 것은 알고 계시겠지요?"

"아미타불, 모르는 바는 아니나… 노납의 생각에 지금 시주가 검을 든 상대가 부친의 원수는 아닌 듯하구려……."

"마찬가지요."

전욱은 그렇게만 말했으나 자신을 꿰뚫어 보는 듯한 노승의 시선이 껄끄러워 몇 마디 덧붙였다.

"인두겁을 쓴 자들이오. 정당한 비무만을 고집하는 아버지를, 고작 한 줌 명예 때문에 암산한 것들이오."

"저 시주가 그런 것은 아니지 않겠소이까……."

그 말에 낭인은 그렇지 않다는 듯 고개를 가로저었다.

"대사, 다시 말씀드리지요. 이자가 속한 네 가문은 아무 원한도 없이 단지 자존심이 상한다는 이유로 우리 아버지를 암산했소. 대사, 혹시 혈랑의 이름을 들어보셨소?"

"혈랑검 전소추……."

"아십니까?"

"아미타불, 한때 낭인제일검으로 불리던 분을 어찌 모르겠습니까?"

"아신다니 설명이 빠르겠군요. 이자… 이자가 속해 있는 산화장을 비롯해서 네 가문이 연수 합공으로 암수를 가하여 아버지의 목숨을 빼앗았습니다. 아들 된 도리로… 이 원한을 갚지 않는다면 하늘에 계신 아버지를 뵐 낯이 없습니다. 그러니, 대사께서는 이만 물러나 주시지요."

간단히 상황을 설명한 뒤 전욱이 노승에게 물러설 것을 부탁했으나 노승은 불호를 한 번 외운 뒤 그를 바라보았다.

"시주의 마음… 잘 알고 있소. 누구보다 잘 알고말고… 하지만 시주, 세월이 조금만 지나고 나서 회고해 보건대 모든 원한이 부질없음을 알게 될 것이오."

"터무니없소. 자고로 부친의 원수와는 한 하늘을 이고 살 수 없는 법이오. 비겁한 방법으로 원한을 갚으려는 것도 아닌바, 스님께서는 나의 행사에 관여하지 마시지요."

전욱은 뿌득— 소리를 내며 이를 갈았다.

"세월이 그 얼마가 지난다 해도, 난 그 원한을 잊을 수 없소."

"아미타불……."

"이 정도면 대사의 낯을 많이 봐준 거라 생각되오만."

전욱은 차갑게 웃으며 벽주수의 목에 걸린 검에 힘을 넣었다.

퓨욱—!

“커… 컥!”

검은 고스란히 벽주수의 목을 꿰뚫고 들어가 그의 숨을 끊었다. 전욱은 검에 묻은 피를 허공에 뿌리고 갈무리한 뒤 노승에게 포권했다.

“원한은 원한으로 갚는다. 강호의 법이 그러하니 대사께선 어린 후배의 손속에 매섭다고 탓하지 말아주시길.”

외팔이노승은 착잡한 눈으로 방금 숨이 끊긴 사내를 바라보았다.

“시주께서는… 이 길로 또다시 복수행을 가려 하시오?”

“물론입니다.”

“그러시다면… 노납과 한 가지 내기를 해보는 건 어떻겠소이까?”

“내기?”

전욱은 아버지가 남긴 비급을 극성으로 연성한 상태였다. 비록 자신의 뒤를 잡긴 했지만, 그래도 팔 하나 없는 추레한 노승의 내기를 두려워할 이유는 없었다.

“내가 주먹질 한 번을 할 테니 한 걸음 정도만 밀려나면 시주의 승리, 다섯 걸음 이상 밀려나면 내 승리로 함은 어떻겠는지?”

전욱은 헛웃음을 지었다.

어쩌면 저 노승은 고수일지도 모른다. 그렇다 해도 뻔한 주먹질에 자신을 한 걸음이라도 물리게 할 자는 당금 무림에 흔치 않을 터.

“대가는 무엇이오?”

“그냥 이긴 사람이 진 사람에게 한 가지 부탁을 한다고 해두지요…….”

노승이 왼손을 가볍게 밀었다.

스슥—

전욱은 한 걸음 앞으로 나서며 노승의 공력에 저항하려 했다.

'헉!'

전욱은 경력을 해소 못하고 일곱 걸음이나 뒤로 물러선 뒤에, 다시 세 걸음 물러서고야 간신히 경력을 해소할 수 있었다.

파리하게 질린 얼굴로 전욱이 노승을 바라보았다.

"이런 공력이……."

"아미타불… 방심하셨나 봅니다……."

방심이 아니었다.

자신은 검을 들지 않아서 공정한 평가는 할 수 없지만, 외팔이노승의 공력은 엄청났다. 만약 사정을 봐주지 않았다면 일장에 피를 토할 뻔했던 것이다.

그는 암암리에 몸 상태를 확인한 뒤 슬쩍 검파 쪽으로 손을 옮겼다. 만약 노승이 터무니없는 요구를 하거나 자신을 해하려는 낌새가 보인다면…….

그러나 노승의 요구는 지극히 간단했다.

"제 부탁은 이겁니다 시주, 억지로 가야 할 길을 막지는 않겠으나… 노납을 따라 한 달만이라도 같이 행동하는 건 어떻겠습니까?"

지극히 간단한 요구 사항이었으나, 지극히 고통스러운 요구 사항이었다.

원수들을 눈앞에 두고 정체도 모르는 노승에게 이끌려 다녀야 한다니…….

"호오……."

상혁이 거기까지 듣다가 고개를 끄덕였다.

"그래서 운이 없었다, 그 말이로군. 이제 막 신나는 복수행을 펼치려고 하는데 대사님한테 코가 꿰여서."

"……."

"세상을 살아봐도 조금 더 살고, 겪어봐도 조금 더 겪어본 이 형이 한마디 해줘도 되겠냐, 아가야?"

으득―

"상혁아."

염주를 굴리던 혜월이 진중한 목소리로 상혁을 꾸짖었다. 언행이 도를 지나쳤다 판단했던 것이다. 상혁도 내심 그렇게 생각했는지 순순히 고개를 숙였다.

"알겠습니다, 대사님. 농지거리는 그만 하겠습니다."

그리고 상혁은 곧바로 전욱의 눈을 바라보았다. 전욱 역시 그의 눈을 피하지 않고 눈빛을 이글거렸다. 둘의 눈싸움이 한동안 지속된 뒤에야 상혁이 입을 열었다.

"잘 들어!"

상혁의 표정에서 짓궂음이 사라져 갔다.

"넌 대사님을 만난 게 운이 나쁘다고 생각하겠지만, 내가 보기에 넌 무척이나 운이 좋은 놈이다."

"……."

"왜냐고? 척 보면 답이 나와. 내가 봐도 나오는 답을 대사님이 놓치셨을 리가 없지."

"무슨 답을 말하는 거지?"

"만약 네놈이 앞뒤 잴 줄 모르는 살귀라면… 대사님이 이처럼 좋은 말로 끌고 다닐 리도 없지. 아니면 확고한 신념으로 원한을 깔끔하게 처리하려는 녀석이라면… 그 역시 대사님이 간섭하실 리 없어."

"간섭하셨잖소!"

"그건 네 녀석이 자아를 지니지 못하고, 그저 원한에 홀려서 감정적으로 행동하는 녀석이기 때문인 거야!"

"무슨 소리요?"

"씨발, 어렵게 말하려니까 좀 그런데, 쉽게 말하자. 지금의 너. 네 녀석은 십 년간 산에서 스스로 날카로워진 뒤 원한에 홀려 나온 한 자루 칼일 뿐이야."

상혁이 수염 속의 입을 일그러뜨렸다.

"간단히 말해 주지. 넌 지금 그냥 검이야. 네 의지대로 움직이는 게 아니라, 사람을 찌르는 게 검의 할 일이니까 찌르는 것뿐이야. 그러니 대사님이 주워온 거지."

"말 다 했나?"

전욱의 눈이 활활 타올랐다.

격론이 심화되고, 혜월이 고개를 절레절레 흔들며 끼어들려던 순간이었다.

"……!"

친숙한 기운.

그가 이전부터 잘 알고 있던 기운이 그를 자극했다.

혜월은 그들을 말리려던 것도 잊은 채 천천히 고개를 돌렸다.

"으음……."

혜월의 눈은 문을, 아니, 그 문밖에 있을 무언가를 주시하고 있었다.

"……."

"호오?"

상혁과 전욱 역시 몸을 움찔거리더니 보이지 않을 문 저 너머로 시선을 두었다.

"수운이가?"

"아까 그 친구, 쟁자수라고?"

"음… 지금은."

상혁은 미약하긴 하지만 수운이 뿜어내는 기를 느끼고는 못마땅한 얼굴이 되었다.

"왜 그런 표정인 것이냐?"

"거참, 이상하단 말이죠. 저 녀석… 절맥이 된 상태라 내공을 쌓을 수 없다고 말했고… 실제로 내공 쓰는 걸 본 일이 없는데… 지금 이 기운은 아무리 생각해 봐도…….."

"그래, 절맥이라고 했었지…….."

"절맥?"

아직 수운에 대해 아무것도 알지 못하는 전욱이 되묻자 상혁이 고개를 끄덕였다.

"절맥."

"그럼 이 기운은 뭐지?"

"그러니까 내가 궁리하고 있잖아. 사실 뭐… 신기한 구석이 있긴 있는 녀석인데… 이쁜 구석도 조금은 있고… 저 몸으로 가출하는 것도 그렇고…….."

"그게 이쁜 구석이라고?"

"그래. 몸이 정상이 되느냐 마느냐도 모르는 판에 가족들에게 저 꼴 보이기 싫어선지 도망쳤으니 조금은 예뻐 보이는 거지."

상혁은 뜻밖에도 수운의 도주에 대해 긍정적인 평가도 가지고 있었다.

“흐음…….”

수운이 내뿜은 기운 덕에 상혁과 전욱의 다툼이 흐지부지되자 혜월은 다시 눈을 감고 염주를 굴렸다.

밖에서 흘러들어 오는 수운의 기운을 기특하게 여기고, 인연의 무서움을 새삼 느끼면서.

두 달 전의 일이었다.

언제나처럼 소림사 근처의 작은 초막에서 참선을 하고 있던 혜월은 불현듯 자신이 곧 입적하리라는 것을 깨달았다.

몸에 이상은 없었다.

아픈 곳도 없었고, 불길한 조짐이 있는 것도 아니었다. 그저 물이 아래로 흐르는 것을 보고, 해가 동에서 서로 움직이는 것을 보듯 자연스레 알았을 뿐이다.

“흐음…….”

혜월은 좌선을 풀고 밖으로 나가 하늘을 바라보았다. 그의 나이도 벌써 아흔을 헤아리고 있었다.

“앞으로 반년 정도인가… 그렇지, 갈 때가 되긴 되었지.”

이미 세속에 초탈한 그는 삶에 대한 애착이나 미련은 없었다.

“흠, 그래도 가기 전에 알릴 놈들한텐 알리고 가야겠구먼.”

그는 들어가서 작은 짐을 꾸린 뒤 근 오 년 만에 소림 경내로 들어섰고, 곧바로 방장에게 발길을 옮겼다.

지고한 신분의 장문인이었으나 혜월이 만나기를 청하자 모든 절차가 단 일각 만에 끝났다.

“사형, 오래간만에 뵙습니다. 강녕하신지요?”

현재 소림의 방장인 혜승이 반갑게 맞이하며 인사를 했다. 혜월은 그의 인사에 그저 빙그레 웃으며 한마디만 던졌다.

"가야겠네."

"사형, 뜬금없이 그게 무슨 말씀이십니까? 오시자마자 가시다니요?"

"허허, 이 사람 답답하긴. 오십 년 전에 갔어야 할 길을 이제 가야겠다는 얘길세."

"아……!"

오십 년 전의 이야기가 나오자 혜승은 그제야 눈치를 챘다는 듯 고개를 끄덕였다.

항렬로도 소림 방장의 둘밖에 없는 사형이었고 소림 내에서도 이름 높은 선승인 혜월이었다. 그러나 또한 소림의 대소사에 얼굴도 내밀지 않고 수행에만 전념해서 무림에서는 잊혀진 인물이었다.

혜월을 알고 있는 이가 간혹 있다 하더라도 그의 진면목에 대해서는 알지 못했다. 그저 '소림 방장의 사형. 무공을 잃고 학승으로 대성' 이라는 짧은 정보만을 알고 있을 뿐이었다.

그러나 혜월은 알려진 것보다 훨씬 중요한 의미를 지니고 있는 사람이었다. 아는 사람이 많지는 않지만, 혜월은 월광사신과 손을 겨루고도 유일하게 살아남은 사람이었다.

그 대가로 혼수상태로 오 년을 보냈고 스스로 끊어낸 한쪽 팔과 일신상의 모든 무공을 잃었지만, 그래도 살아남았다는 자체가 중요한 의미를 지녔다.

특히 피해가 컸던 소림에게는 더욱 큰 의미를 지니고 있었다.

그가 혼수상태에서 깨어났을 때 당시 소림약왕전의 전주 원송은 근 일 년을 투자하여 혜월이 월광사신의 마수에서 살아남은 이유를 살폈었다.

혜월의 무공, 체질, 심지어 그날 혜월이 먹었던 식사의 내용까지 낱낱이 살펴보았었다.

결국 아무것도 알아내지 못했지만, 월광사신의 사술에 견딜 수 있는 유일한 무언가가 소림에 있다고 믿을 수 있었다.

믿음.

절망 속에서 그것은 무엇보다도 중요했다.

소림의 고승들은 살아남은 혜월에게서 희망을 얻었고, 역설적으로 자부심도 느낄 수 있었다.

"소림무공에 월광사신을 대적할 수 있는 그 무언가가 있다!"

고승들은 그렇게 생각했다.

그들은 절망을 털어버리고 구설수에 시달리는 소림을 오히려 이전보다 강하게 이끌 수 있었다.

소림이 어려운 시기를 버틸 계기를 마련한 것이 바로 혜월이었다.

다만, 그의 존재가 무림에 알려지지 않은 것은 월광사신의 출신이 의심받는 상황에서 유일한 생존자가 소림의 인물이라면 터져 나올 헛소문을 감당할 수 없어 비밀로 유지했기 때문이다.

"사형……."

혜월이 오십 년 전의 일을 언급한 것은 스스로 목숨이 끝나간다는 것을 느꼈다는 얘기였다.

조금 당황하긴 했으나, 고승들의 경우 자신의 죽을 날을 미리 내다보는 것은 자주 있는 일이었다. 혜승은 눈앞에서 웃고 있는 사형에게 조심스레 한마디 물었다.

"한은 없으십니까?"

혜월은 한이라는 말을 듣고 잠시 미간을 좁혔다.

"한이라……."

그는 지그시 눈을 감고 오십 년 전 사부가 피를 뿌리던 그날을 떠올렸다.

"아미타… 불……."

울컥―

사부였던 원공 대사가 나직이 불호를 외우더니 곧 칠공에서 피를 뿌리고 쓰러진다.

"사부님!"

진을 형성한 채 월광사신을 포위하고 있던 사제 혜천이 울부짖는 목소리가 들린다.

그리고 혜월은 자신도 모르게 진을 뛰쳐나간다.

존경하던 사부였다.

이렇게 가서서는 안 될 분이셨다.

분노가 혜월을 감싼다.

그는 곧바로 월광사신을 덮쳐 가며, 가슴 가득 쌓였을 분노를 폭발시키듯 외친다.

"죽어!"

불제자가 내뱉을 말은 아니다. 그러나 사부 원공이 누구인가? 복수심에 불타 사사로이 살계를 펼쳐 파문당하려던 자신을 감싸주고, 미망에 사로잡힌 자신을 온전히 계도해 준 분이다.

그런 사부가 눈앞에서 무너졌다.

저놈을 용서할 수 없다.

저런 살인마는 살아 있을 가치가 없다.

투칵―

극성으로 펼쳐진 대력금강장이 월광사신의 가슴에 그대로 적중한다. 얼마나 고련했던 대력금강장인가? 얼마나 고통스레 얻어낸 대력금강기인가?

그러나 그 대력금강장이 월광사신의 가슴에 충돌한 순간 혜월은 직감적으로 뭔가 잘못되었다는 걸 느낀다.

"……!"

확신했다.

무언가 잘못됐다.

대력금강기는 막힘없이 뿜어져 나갔지만 월광사신의 호신기공 위에 헛되이 흩어졌고, 오히려 무언가가, 미약하게, 너무도 미약하게 반탄되는 듯한 느낌이 든다.

호신기공이 자신의 공격을 밀어내는 느낌이라고 생각했다.

그러나 고되게 수련한 직감이 말한다.

'뭔가 다르다!'

찰나였다.

그의 직감이 속삭인다.

그는 자신의 직감을 믿기로 한다. 바로 그 직감을 극성으로 닦기 위해 굳이 다른 절기를 두고 칠십이 종 절예에서도 말석을 차지하는 대력금강장을 연성했기에.

그런 직감이 위험하다고 경고한다.

'위험하다.'

오른손이 월광사신의 몸에서 떨어지기도 전에 왼손으로 천불수를 펼쳐 오른팔을 끊어버린다. 팔에 스며든 그 기묘한 반탄력을 몰아낼 방법이 없기에 아예 끊어버린 것이다.

"큭!"

푸화악!

끊어진 어깨에서 뿜어진 피가 월광사신을 붉게 물들였고, 혜월은 재빨리 뒤로 물러섰다.

빠른 결단이었다.

사제 혜천이 다가와 묻는다.

"사형! 괜찮으십니까!"

"괜찮다. 그보다 사부의 유체를……."

말을 하던 혜월은 갑자기 어지럼증을 느낀다.

'팔까지 잘랐건만… 이미 늦었던가?'

무슨 내공이 이리 독하단 말인가… 그런 생각을 할 때쯤은 이미 피를 토하며 엎어지고 있을 때였다.

"사형!"

그가 마지막으로 들은 소리는 사제 혜천의 울부짖음이었다.

짧지만 긴 회상을 끝낸 혜월은 곧 눈을 떴다.

"한은 없네. 다만… 아쉬움은 남는군."

월광사신 개인에 대한 원한은 스러졌으나, 그런 희대의 살성을 제압해 구세제민하지 못했다는 자책감은 남았다는 뜻이었다. 게다가 무공에 대한 문제가 있다.

그는 대외적으로 모든 무공을 잃었다고 알려져 있고, 이것은 사실이었다. 그러나 지금 현재, 그는 상당한 무공을 감추고 있었다.

그가 피를 토하며 의식을 잃었다가 깨어났을 때는 오 년이 지난 뒤였다.

그는 그 이후 무공에 흥미를 잃고 학승으로 갈 길을 바꾸었다.

연성이 힘들고 대성하기가 하늘에 별 따기라 속가들에게도 일부 공개된 달마역근경만을 수련했다.

경서를 오래 보려면 체력이 있어야 했기에.

그의 내공은 비약적으로 발전했다.

공력이 전폐되었고 오 년이나 죽은 듯 누워 있었는데도 그의 몸은 오히려 이전보다 좋아져 있었다.

사십여 년의 달마역근경의 수련으로 인해 현재 혜월은 내공만으로는 현 무림에 가히 적수가 없을 정도였다.

혜월은 이 사실을 굳이 소림에 알리지 않았다.

달마역근경은 공식적으로는 소림 제일의 절공이었으나 다른 비전절예처럼 감춰진 비기가 아니었다. 오히려 달마역근경의 상당 부분은 소림 속가에게 전수되었을 정도로 널리 알려진 무공이었다.

즉, 무공에 뜻을 둔 무승들이 마음만 먹으면 접하고 수련할 수 있는 무공이었다.

그렇기에 혜월은 자신이 달마역근경만으로 이룩한 성과를 소림에 알리지 않았다.

다른 소림무공으로도 경지에 충분히 오를 수 있는 데다, 지금에 와서 달마역근경처럼 지루한 무공으로 새로운 경지에 오를 수 있다는 사실이 알려진다면 여러 가지 복잡한 문제가 발생할 수도 있다.

소림 속가에 전수된 달마역근경을 다시 회수할 수도 없고, 소림 속가들은 달마역근경을 다시 연구하기 시작할 것이고…….

그래서 속으로 묻어두고 있었다.

이 사실을 아는 것은 오래된 친우인, 공동의 명복밖에 없었다. 젊은 시절 그와의 친분이 아니었다면 그 역시도 알지 못했을 것이다.

그러나 마지막이 얼마 남지 않은 지금, 혜월은 자신이 재해석한 달마역근경을 소림에 돌려주어야 하는지 고민하고 있었다.

'아쉬움이 남는다' 는 말은 그런 뜻이었다.

혜승이 아쉬움이 남는다는 말을 어떻게 해석했는지는 모르겠으나 그 나름대로 알아들은 모양이다.

"그만하기 다행이십니다. 그럼, 가실 때 가시더라도… 한말씀 남기고 가셔야지요."

"허허, 그러려고 왔거늘, 오는 동안 다 잊었네."

"잊은 것은 뭐 하러 기억하고 계십니까?"

"그렇구먼!"

사제의 말에 고개를 끄덕인 혜월이 자리에서 일어섰다.

"가겠네."

"편히 가십시오."

그 이상의 말은 필요없었다. 혜월은 소림에서 벌어지는 대소사에서는 오래전에 손을 뗀 상태였고, 그가 월광사신에게 살아남은 유일한 인물이라는 것을 아는 이들도 거의 모두 입적한 상태였다.

그가 조용히 사라진다고, 소림에 혼란이 일어날 일은 없었다.

그저 사문에 대한 예로 사제에게 자신의 떠남을 알렸을 뿐이고 혜승은 무공을 잃고도 좌절하지 않고, 지금은 자신이 따르지 못할 깊은 깨달음을 얻은 사형을 조용히 보내주는 것으로 존경을 표시한 것이다.

그 길로 혜월은 소림을 나섰다.

공동에 있는 친우 명복을 만나기 위해 감숙성으로 가볼까도 했으나 아직 시간도 많이 남은 지금 공동으로 갈 생각은 들지 않았다.

원래 혜월은 혼수상태에서 깨어나고 자신에 대한 조사가 모두 끝난 뒤에는 가끔 산사를 떠나 홀로 천하를 주유하곤 했었다.

혜월은 사람들을 구경하며, 발길 닿는 대로 세상을 떠돌기 시작했다.

이 모든 것이 '대사님은 여기서 뭐 하십니까?' 라는 대답에 혜월이 농담 삼아 대답한 '인연이지' 의 속뜻이었다.

그리고 여기서, 달마역근경의 진체를 수련하는 듯한 청년을 만난 것이다.

'인연이 닿는 것인가… 닿으면… 나눠주는 것도 좋겠지.'

혜월은 자기도 모르는 사이에 무림공적이자 사문의 원수에게 자신의 깨달음을 전하려 하고 있었다.

그런 생각을 하고 있을 때였다.

갑자기, 수운이 뿜어내는 기가 폭발적으로 커졌다.

"아이고 삭신이야……."

노인들이 입에 달고 다니는 말을 몇십 년 앞서 입에 달고 다니게 된 수운은 장작이 놓여 있는 담장 앞 고목에 턱하니 주저앉았다.

"이게 뭐야, 대체… 강호 유람은커녕… 고생만 하다가 곧바로 조장한테 잡혀 들어가게 생겼으니……."

악운도 이런 악운이 없었다.

잠시 앉아 있던 수운은 상혁이 전수해 준 칠상권의 기초를 떠올렸다.

"까라면 까라는 게 그 사람 신조니까 해보긴 해봐야겠는데… 괜찮을까?"

그는 삐걱거리는 자신의 몸을 떠올리며 칠상권처럼 과격한 도인체조를 해도 괜찮을지 염려했으나, 고민은 오래가지 않았다.

이왕 밖에서 시간을 보내는 거, 멸명마공을 못할 바에야 그가 알려준 공동의 절기에 따라 몸을 움직이는 편이 조금이라도 몸에 이로울 것 같았으니까.

'뭐, 그래도 명문거파의 절기라니까 꽤 효험이 있지 않을까?'

그런 생각을 하며 수운은 상혁이 전수해 준 칠상권론의 초입을 생각했다.

일흔일곱의 구결.

그리고 상혁이 시범을 보여준 스물두 개의 형.

왜 형(形)은 스물두 개인데 구결은 일흔일곱 개나 되냐고 묻자 상혁은 잠시 머뭇거리다 대답을 회피했었다.

"그냥 그렇게 외워둬. 그 이상 알아봐야 너에게는 소용없으니까. 일흔일곱 구절에 나와 있는 의념(意念)을 움직인다는 뜻만 잘 새겨두면 돼. 어차피 넌 공력이 없으니까."

몰라도 상관없었다. 어차피 그에게는 멸명마공 외의 무공은 곁가지나 마찬가지였으니까.

"일흔일곱 구결을 암송하고 차례대로 스물두 개의 형을 취해 나간다."

상혁의 짤막한 설명이면 충분했다.

수운은 그 모든 것을 다시 한 번 머리 속에 떠올리며 잊은 것이 있는지 점검해 보았다.

하늘이 땅을 부수고, 땅은 하늘을 뒤집는다. 백회에서 단전을 공격하고, 단전은 백회를 무시한다.

세월이 초목을 살리고, 세월이 강을 마르게 한다. 간장이 살아나고, 신장이 뒤틀린다.

금기(金氣)가 수기(水氣)를 북돋는대金生水]지만, 수기(水氣)가 성(盛)하면 금기(金氣)가 묻히게 되므로[水多金沈], 넘치는 금기로 신경을 끊고, 적당한 수기로 신장을 살린다.

그는 이렇게 칠상권론(七傷拳論) 일흔일곱 구결을 순서대로 외우며 어느 한곳 잊은 곳이나 막히는 곳이 있는지를 점검하기 시작했다. 향 반 개가 타 들어갈 정도의 시간이 흐른 뒤 수운은 눈을 떴다.

'좋았어.'

모든 내용이 고스란히 그의 머리 속에 들어 있었다. 상혁에게 우격다짐으로 배운 터라 행여 잊지 않았을까 생각했는데 다행히 잊지는 않고 있었다.

"그럼 시작해 볼까……."

수운은 몸을 큰대(大) 자로 만드는 그 특유의 동작을 취한 뒤 '천지지시'의 동작과 첫 부분의 구결을 떠올렸다.

수운은 숨을 한 모금 들이킨 뒤 지시에 따라 몸을 움직였다.

그리고…

"끄아악!"

엄청난 통증이 그를 덮쳤다.

털썩―

수운은 첫 동작도 채 끝내지 못한 채 바닥에 누워버렸다.

허리가 끊어질 듯 아파왔으나 다친 어깨 때문에 쓰다듬지도 못하고
있었다.

"으어어……."

제대로 말도 못한 채 바닥에 쓰러져 부들거리던 수운은 몇 번인가
밭은 숨을 내뱉고 난 뒤에야 제대로 숨을 내쉴 수 있었다.

"흐허억!"

낑낑거리며 몸을 일으킨 수운이 자신도 모르게 맺힌 눈물을 닦아내
며 중얼거렸다.

"비전? 후아~ 사람 잡네 아주. 이거 무슨 사람 잡는 비전 아냐?"

상혁의 성격으로 보자면 충분히 가능하지 않을까? 라는 의문을 소박
하게 품어보는 수운이었다.

그러나 전체적으로 고려해 보자면 상혁이 환자에게 장난칠 리가 없
었으므로 수운은 잠시 자신이 펼쳤던 부분이 어딘가 잘못되었으리라고
생각하게 되었다.

“어디가 틀렸지?”

그는 다시 한 번 구결과 상혁의 시범을 머리에 떠올려 보았다. 크게 틀린 구석은 없는 것 같았다.

“맞는 것 같은데……?”

수운은 다시 한 번 구결과 동작을 모두 되짚어봤으나 자기가 처음에 행한 동작에서 잘못된 부분은 찾지 못했다.

“에구구… 그나저나… 그 대사님이 주신 약을 먹었기에 망정이지…….”

그렇지 않았더라면 이렇게 산막 밖으로 나서지도 못했을 것이다.

지금 생각해 보면 아무래도 첫날 정신없이 자기만 했던 것이 좋지 않았다.

“그저 누워 있다고 움직이지 않는다는 말은 아니다. 몸은 움직이지 않더라도 기와 혈, 그리고 의와 넘이 움직여야 한다. 살아 있는 것은 움직여야 한다.”

사부의 말이 아니더라도 요상편에 누누이 강조되어 있는 것이 깊은 상처를 입었을 때 움직이지 않으면 영원히 움직이지 못한다는 얘기였다.

신기하게도 그것은 칠상권론에도 비슷한 말로 쓰여 있었다.

‘…뭐, 한 번만 더 해보지.’

수운은 다시 한 번 도인체조의 첫 번째 동작인 큰대 자를 취한 다음 구결에 맞춰 천지지시의 동작을 펼쳤다.

아까와 달리 통증이 심하지 않았다.

‘좋아!’

두 번째 동작인 ‘이기둔지’로 넘어갈 때도 큰 통증이 느껴지지 않았다. 오히려 시원한 느낌마저 들었다.

'좋은데?'

그리고 세 번째 동작인 '형이위천'으로 넘어갈 때였다.

허리와 어깨에 엄청난 고통이 몰아쳤다.

"갸아아아아아아!"

수운은 외마디 비명을 외친 채 바닥에 널브러졌다.

그가 다시 깨어난 것은 일 다경이나 지난 뒤였다. 눈을 뜨자 하늘이 보였고, 수운은 하늘을 보고 중얼거렸다.

"나… 살아 있는 건가?"

조금 전의 통증은 정말이지 끔찍했다. 전신이 모두 산산이 흩어지는 것 같았다.

"…이건… 절대 치료를 위한 도인체조가 아니야. 사람 잡는 살인기지."

비명을 질렀는데도 아무도 나오지 않는 것을 보면 분명 상혁은 그렇다는 것을 알고 있었다는 이야기였다. 거기까지 생각하던 수운의 머리 속에 번득 스쳐 가는 생각이 있었다.

'아니, 잠깐만.'

수운은 슬쩍 안쪽의 기척을 살폈다.

누구도 자신을 살피러 나오지 않았다는 것은, 자신이 여기서 슬쩍 사라져도 상관없다는 얘기였다.

즉…….

'도망쳐 봐?'

어차피 가출과 도망으로 점철된 강호행이었다. 한 번쯤 더 시도를 한다고 해서 구겨질 체면도 없지 않은가.

'체면이 문제가 아니라… 섣불리 도망치다 잡히면… 위험하겠지?'

그는 잠시 계산을 해보았다.

지금의 몸 상태로는 스무 걸음쯤 걷다 주저앉아 한참을 헉헉거리며 쉬어야 한다. 만약 상혁 조장이 한 시진 동안 밖을 내다보지 않는다 해도 이런 몸 상태로 갈 수 있는 거리는 고작해야 일이 리.

'…상혁 조장이면 한걸음에 따라잡을 거리로군.'

그 정도 거리라면 수운이 어느 방향으로 튈지 모르는 상황이어도 순식간에 따라잡힐 것이다. 어설프게 도망치다 잡히면 비참한 최후만 있을 뿐.

'그렇다면……?'

몸 상태를 최대한 좋게 만든 뒤 도주해야 했다.

'멸명마공을 쓰자.'

그렇게 마음먹자 마음이 편해졌지만 문제가 하나 있었다.

앉아서 운기행공을 하자니 절맥으로 내공도 없는 녀석이 무슨 운기행공이냐는 의심을 받을 것이고, 그렇다고 눈에 보이지 않는 곳으로 들어가서 운기행공을 한다는 것도 내키지 않았다.

눈에 띄지 않는 곳에 갔다가 상혁이 나와보기라도 하면, 분명히 예비 도주 음모죄를 적용해서 자신을 찾아 나설 것이다. 그냥 찾아내는 것까지는 좋은데 그의 성격상 분명 머리를 한 대 쥐어박을 것—운기행공을 하고 있을 때 건드리는 것은 무림의 금기이지만, 상혁은 수운이 내공이 있다는 사실을 알지 못하므로 그냥 도망치다 앉아서 쉰다고만 생각할 테니까—이고, 그러면 그의 죽음은 기정사실이 되는 것이다.

'…괜찮은데?'

그간 쌓인 울화 덕에 잠시 그런 농담 같은 생각을 하던 수운은 피식 웃으며 고개를 저었다.

'그렇다면…….'

좋은 생각이 떠올랐다.

바로 칠상권보에 맞춰 멸명마공의 동공(動功)을 실행하자는 생각이었다.

사부가 그러지 않았던가?

"멸명마공을 수련함에 있어서 반드시 좌공(坐功)만 사용하지는 않는다. 멸명마공도 넓게 생각하자면 소림의 밥을 먹고 만들어진 무공이고, 소림무학의 기본은 내공보다 외공에 있었단다. 그러한즉, 멸명마공은 좌공으로 수련을 하든 와공(臥功)을 하든, 입공(立功)을 하든 대동소이한 수행을 할 수 있단다."

"사부님, 그럼… 왜 저에게는 좌공 위주로 멸명마공을 시키시는 건가요?"

"서서 하면 다리 아프고, 누워서 하면 잠들잖냐."

"……."

아무튼 동공을 행함에 있어 장애물은 없는 셈이었다.

'좋아.'

만약 누군가 산막에서 문을 열고 나오더라도 자신은 상혁이 시키는 대로 '문외불출의 비전'을 연마하고 있는 것이니 눈치 보일 일이 없는 것이다.

수운은 다시 칠상권보의 첫 구결을 떠올렸다. 아까는 내공이나 진기가 아닌 의념만 움직였으나, 이제 멸명마공이 함께 움직이기 시작했다.

…백회에서 단전을 공격하고, 단전은 백회를 무시한다.

언뜻 실행할 수 없는 구결처럼 생각되었다. 절명기가 단전에 모여 있고, 단전에서 백회를 무시하며 기를 보내지 않는데 어떻게 백회에서 단전을 공격할 수 있단 말인가?

'뭔가 심오한 뜻이… 응?'

천지지시의 동작이 시작되자 백회에서 받아들이는 대자연의 기운이 늘어나기 시작했고, 이 기가 정제되지 않고 곧바로 단전으로 흘러들어 가기 시작했다.

'이것 봐라?'

분명히 조금 전에 내공을 사용하지 않고 의념(意念)만으로 칠상권도 인체조의 형을 잡았을 때는 이런 현상이 일어나지 않았었다.

'내공을 구결과 함께 움직여야만 이런 효과가 일어나는 거였나?

쿵!

'윽!'

가공되지 않은 채 단전으로 흘러들어 온 기가 절명기와 접촉하자 작은 충돌 현상이 느껴졌다. 순간적으로 뭔가 탈이 난 것 아닌가 하는 생각이 들었으나 단전 자체가 미약하게 진동하는 느낌을 제외하고 다른 이상 현상이 느껴지지 않아서 행공을 계속 진행하기로 했다.

첫 동작인 천지지시가 끝나자 수운은 두 번째 동작인 이기둔지로 넘어갔다.

…토기(土氣)는 수기(水氣)를 억눌러 다루지만[土剋水], 수기(水氣)가

창궐하면 토기(土氣)는 힘을 잃고 표류하므로[水多土流], 넘치는 수기(水氣)를 심경(心經)으로 흘리고, 모자라는 토기(土氣)를 중단(中丹)으로 쌓는다.

구결을 떠올리며 두 번째 형을 취하기 시작하자 수운은 몸속에서 진기가 급격히 끌어올려지는 것을 느꼈다.

'어어……?'

그는 약간 당황하기 시작했다. 하단전에서 흘러나와 중단전을 거쳐 심경과 수태음폐경, 족태양방광경으로 굽이치며 뻗어나가는 절명기는 마치 자유라도 찾은 듯 경쾌하게 움직이고 있었다. 억지로라면 이보다 더 큰 진기도 끌어내 보았지만 이토록 자연스레 이렇게 큰 진기가 움직이는 것을 느낀 적은 한 번도 없었다.

'괜찮은 걸까, 이거?'

미지의 영역은 언제나 인간을 불안하게 만들며, 수운도 미지의 영역에 들어섰기 때문에 한 가닥 불안감을 떨칠 수 없었다.

다만 멸명마공이 주화입마의 가능성이 극히 적은 절세의 심공이며, 자신이 행하고 있는 칠상권도인체조와 구결도 공동파라는 무림구대문파에서 전해진 것이라는 점을 믿을 뿐이었다.

세 번째 동작.

그리고 네 번째 동작. 도인체조가 이어질수록 몸속의 절명기가 칠상권의 진기 운용로를 타고 끊임없이 파도치며 동작들을 면면 부절하게 이어가기 시작했다.

'편안해…….'

엄청난 통증으로 자신을 공격하던, 그 도인체조라고 생각할 수가 없었다.

처음으로 스물두 개의 형을 모두 끝낸 수운은 곧바로 첫 번째 동작으로 돌아갔다.

그때였다.

몸의 움직임은 무릇 뜻을 따르지 않으며, 기를 따르지도 않는다. 몸의 움직임은 한계가 있으니 이를 명확히 아는 것이 권을 쓰는 자의 첫 번째 도리라……

애써 잊고자 하던 '권장편'의 내용이 불현듯 떠올랐다.

'간신히 잊었었는데…….'

칠상권 칠십칠 구결에 신경을 집중해서 권장편을 잊어버리려 했으나 한 번 터져 나온 생각은 그의 마음대로 제어되지 않았다.

'크윽!'

도유천의 철곤이 떨어져 내린다.

암살자들이 월형단도(月形短刀)를 들고 그에게 다가온다.

…그들이 움직이는 선이 뇌리에 새겨진다. 움직이는 발걸음, 나를 향해 뻗어지는 공격…….

그 선들과 함께 권장편의 내용이 속삭이듯 귀를 간지럽힌다.

상대가 움직이고 뛰고 날아오르는 모든 일은 그의 일이며 또한 나의 일이기도 하다. 그가 뛰려 하면 뛰지 못하게 하고, 날아오르면 떨어뜨리고, 움직이려 하면 움직이지 못하게 하는 것이 또한 나의 일이고 상대의 일이

기도 하다.

…….

한 모금 진기로 상대의 권을 봉쇄하며, 한 걸음 비껴서는 것으로 상대의 백 걸음을 무용(無用)하게 만들고, 한 주먹 내지르는 것으로 상대의 백 년 연공을 깨뜨리는 것이 곧 권장의 한 도리(道理)인즉…….

…….

수운은 거의 무아지경에 빠진 채로 상혁이 알려준 칠상권의 기초 동작을 반복하며 권장편의 내용을 속으로 중얼거리기 시작했다.

'아아, 그랬구나.'

상상 속의 탁살장 마우가 보이지 않을 정도로 쾌속하며, 바위를 무너뜨릴 정도로 강한 일장을 날린다.

수운은 겁이 나지 않았다.

빠르고, 강하더라도 그것은 필요한 것이며, 중요한 것이 아니었다.

수운은 칠상권도인체조의 한 동작을 응용하며 옆으로 한 걸음 물러섰고, 상상 속의 탁살장 마우는 수운에게 일장을 적중시키지 못하자 분한 듯 이를 갈다 사라졌다.

그리고 어느 순간이었다.

갑자기 수운의 몸놀림이 바뀌었다.

복면 살수가 자신의 눈앞에 있다. 그리고, 상처 입은 자신이 살수에게 어슬프게 육합권을 사용하는 것이 보인다.

‘그게 아니지……’

수운은 슬픈 눈으로 자기 자신을 바라보고 있었다. 몸속에서 적에게 이를 갈고 있는 절명기가 안쓰러울 정도였다.

살수 하나가 자신을 공격해 온다. 상처 입은 수운에게 가했던 것과 같은 속도, 같은 위력의 공격이었다.

수운은 여유롭게 육합권으로 그 살수의 공격에 맞서갔다.

그것은 육합권의 형을 띠고 있었으나, 이미 육합권이 아니었다.

수운의 손놀림이 사방을 점했다.

살수들의 공격이 그 손놀림에 막혀 무의미해졌다. 그러나 살수들은 포기하지 않은 듯 모두 나무 위로 올라가 몸을 숨겼다.

수운은 멍하게 선 채로 그들의 공격을 기다렸고, 상상 속의 살수들이 빛과도 같은 속도로 그를 공격해 왔다.

‘너무 많아……’

수운은 잠시 당황했으나 곧 정신을 차리고 몸을 움직이기 시작했다. 수운 자신은 알지 못했지만 그것은 칠상권의 기본인 역팔괘(逆八卦)에 바탕을 둔 기묘한 보법이었다.

칠상의 역팔괘가 화려하게 앞으로 진행하기 시작했다. 살수들의 공격이 종이 한 장 차이로 그를 스치고 지나간다. 포위망이 형편없이 헝클어지기 시작한다.

수운은 자기가 뭘 하고 있는지도 인지하지 못했다. 말 그대로 무아

지경에 빠진 채였다.

몸속의 진기는 계속 휘몰아치며 점점 그 파괴력을 높여가고 있었다.

이제 그의 앞에는 적혈마왕만이 서 있었다. 그 손에서 공포스러운 철곤이 윙윙거리는 소음을 내며 맹렬히 회전하고 있다.

수운은 다시 공포를 느낀다. 이제까지의 청정이 깨져 나가고, 철곤만이 그의 시야에 거대하게 잡힌다.

우우우웅—

소름 끼치는 위력이 그의 머리 위로 날아왔다. 공포에 질린 그는 무의식적으로 전력을 장에 실어 철곤과 부딪치려 했다.

그리고 마지막 순간.

…때로는 물러서고, 때로는 손해를 보고, 때로는 피하는 것…

이 구결을 떠올리자 수운은 무아지경 속에서도 정신이 번쩍 들었다. 그는 철곤을 향해 뻗어가던 장을 회수하며 전력으로 몸을 피했다.

'으아아악!'

그러나 철곤은 악착같이 쫓아와 수운을 덮쳐 왔다.

콰앙!

수운은 뇌리에서 벽력과 같은 소리를 듣고 무아지경에서 깨어났다. 혼몽한 정신이었으나 몹시, 정말로 기분이 좋았다.

그는 잠시 동안 멍하니 서 있었다.

‘기분이······.’

그는 묘한 감정에 사로잡혀 있어서, 산막의 문이 조심스레 열린 것도 눈치채지 못했다.

서서히 제정신으로 돌아온 수운은 몸 상태를 살펴보았다.

‘이럴 수가······.’

자신이 어느 정도나 행공을 했는지는 알 수 없었지만, 아직 해가 완전히 넘어가지 않은 걸로 봐서 한 시진 이상 경과하지는 않았을 것이다.

그럼에도 몸 상태가 이전과 비교해서 너무나 좋아져 있었다.

‘무슨 일이 있었는지는 모르겠지만… 몸 상태가 가벼운데. 좋아, 이제 가보는 거야!’

수운은 그렇게 생각한 뒤 빠르고 은밀한 동작으로 뒤도 돌아보지 않고 도주하기 시작했다. 뒤에서 그 모습을 어처구니없이 바라보고 있는 세 사람을 남기고 말이다.

“…저거 지금 도망가는 거 같죠?”

“아미타불, 그런 거 같구나!”

“하, 새끼, 갈수록 귀엽게 노네.”

상혁이 피식 웃더니 가볍게 목 운동을 해보았다.

“상혁아······.”

“네!”

“아미타불, 네 성격을 알아서 하는 말인데… 많이 때리지는 말거라.”

“그러죠 뭐!”

상혁이 경공을 펼쳐 수운을 뒤따라가기 시작했다.

*　　　*　　　*

"후우~"

잠시 장내 상황을 지켜보던 무현종이 한숨을 내쉰 뒤 선언했다.

"서찰 분류가 모두 끝났으니 여러분은 이제 가서 쉬셔도 되겠습니다."

"……."

'환청인가?

이후성은 쉬라는 말에 일순간 그런 생각을 했으나, 환청이 아니라는 것은 주변 사람들의 반응으로 확인되었다.

"이제… 쉴 수 있겠군……."

"내 인생에 있어 가장 긴 날들이었어……."

같이 서찰을 뒤적이며 분류하던 전우들이 하나둘 그렇게 중얼거리자 정말로 쉴 수 있구나, 하는 생각이 들었다. 상상하기는 힘들지만 만약 그들이 극도로 훈련된 정마련의 비밀 무기들이 아니었다면 아마 광란의 춤을 추고 있을지도 모른다.

"보아하니 여러분 모두 피로가 너무 쌓인 듯싶습니다. 이 정도로 여러분에게 무리가 갈 줄은 몰랐습니다. 제가 미리 살폈어야 했는데, 저도 제 일에만 몰두하다 보니 미처 신경을 쓰지 못했군요."

"아닙니다. 일을 빨리 끝내는 것이 무림의 안위에 직결되는 것인데… 사소한 일은 신경 쓰지 마십시오."

"아닙니다. 생각해 보면 이건 모두 제가 할 일이나 마찬가지인데…

아무튼 그간 수고하셨습니다, 남은 건 제가 다 끝낼 테니 모두 들어가서 쉬시기 바랍니다."

"괜찮겠습니까?"

"물론입니다. 자, 모두 편히 쉬시고… 내일이면 후보자는 모두 뽑아낼 수 있을 겁니다. 그러니 모두 맑은 정신으로 만나뵙기를……."

"자, 무 대협 말씀대로 모두 가서 쉬거라. 두 분도 나가셔서 쉬십시오."

"대장님은?"

어느 틈에 무표정으로 돌아온 호위 무사 중 하나가 움직일 생각을 않고 있는 고권중을 향해 물었다.

"밖에 나가 있는 아이들의 호위 상태를 점검해 보고 곧 쉬겠다. 들어가라. 온전한 몸과 마음을 유지하는 것도 호위의 일이다."

"알겠습니다. 그럼……."

이후성을 비롯해서 작업에 참여했던 호위 무사들은 무현종에게 뒷일을 부탁한다는 얘기를 끝으로 작업실을 빠져나갔다.

"…그간 고생하셨습니다. 편히 주무십시오."

"…이 부대주도 고생하셨소."

어색하기만 했던 이후성과 호위 무사들 사이에는 어느새 사선(死線)을 같이 넘나든 전우와 비슷한 감정이 생겨나고 있었다.

그렇게 서로 인사를 나누고 헤어진 뒤 이후성은 자기 방으로 들어오자마자 혼절하듯 곯아떨어지고 말았다.

얼마나 잤는지 모르겠으나 다시 눈을 떴을 때, 이후성은 날아갈 것 같다는 말이 무슨 의미인지 깨달을 수 있었다. 이렇게 상쾌한 기분을 느낀 것은 정말 오래간만이었다.

그만큼 그 서찰 분류 작업이 정신적으로 힘들었던 것이리라.

“서찰 분류라… 내 평생 다시는 하고 싶지 않은 일이야.”

그는 질렸다는 듯 아무도 보지 않음에도 고개를 절레절레 흔들었다.

이제껏 무현종을 그다지 존중하지 않았던 이후성은 분류 작업을 거친 이후 그를 많이 존중하기로 마음을 고쳐먹었다. 세상엔 무공 연마보다 더 고통스러운 일도 있는 것이다.

“차라리 탁살장 마우와 교전을 했던 게 백배는 후유증이 적군 그래…….”

그때 문 두드리는 소리가 들렸다.

“들어오시오.”

문이 조금 열리더니 오유란의 머리가 빼꼼히 들어왔다.

“…뭐냐, 채신머리없이. 들어오려면 완전히 들어오너라.”

“헹, 전갈입니다. 모두 작업실로 모이라는데요.”

“음? 벌써?”

“네. 그리고 벌써라뇨. 사형이 늦잠 주무신 거예요. 다른 분들은 벌써 식사까지 다 끝마치셨다구요.”

그녀의 말에 이후성은 약간 얼굴이 붉어졌다.

“알았다. 지금 곧 가마.”

이후성은 흐트러져 있는 의관을 단정히 정리하고 간단한 소세만 한 뒤에 곧 서찰을 분류했던 커다란 방—속칭 작업실—으로 발길을 옮겼다.

“오, 이 부대주. 밤새 잘 쉬셨소이까?”

“네… 제가 좀 늦게 일어난 듯합니다.”

“하하하, 다들 피곤하셨을 테니…….”

겸연쩍은 듯 얼굴을 붉히는 이후성을 바라보던 무현종이 방 안에 가득한 사람들을 바라보았다.

바깥을 감시하던 호위 무사와 서찰의 운송을 도맡던 이들도 모두 모여 방 안에는 십수 명의 사람들이 자리를 차지하고 있었다.

무현종은 헛기침을 한 번 한 뒤 조용히 사람들을 모은 이유를 설명했다. 모두가 예측하고 있는 그 이유.

“월광사신 후보들을 모두 추려냈습니다.”

“…….”

“정말이죠? 진짜죠?”

언제나처럼 모두를 대표해서 오유란이 앞으로 씩씩하게 나서고 있었다.

“정말입니다, 오 소저.”

무현종이 강한 자신감을 드러내며 고개를 끄덕였으나 오유란은 못내 미심쩍은 듯 한 번 더 확인 절차를 거쳤다.

“그러니까, 이제 진짜로, 진짜로 다른 서찰들 더 분류할 일 없는 거죠? 혹시 뭐 잘못되어서 다시 한 번 그런 거 해야 하는 건 아니죠? 그렇죠?”

“그런 일은 없습니다.”

무현종이 그녀를 진정시킨 뒤 좌중을 돌아보며 말했다.

“그간 여러분이 수고해 주신 덕에 일이 수월하게 끝났습니다. 이제 사신에 이르기까지 얼마 남지 않았다고 생각됩니다.”

그가 이렇게 말하자 이후성이 자신도 모르게 이를 갈아붙이며 외쳤다.

“말해 주시오, 무 대협! 그 빌어먹을 자식이 어디 사는 누구요!”

“그건 아직 모르겠습니다.”

“…….”

“그 고생을 시켜놓고 누구인지 모르겠다는 게 말이나 돼요!”

조금 전엔 기쁨의 눈물을 그렁거리던 오유란이, 이번엔 분노의 눈물을 내비치며 무현종에게 소리쳤다.

“아니, 저, 소저… 분명히 이 분류는 후보들을 분류하기 위한 작업이라고 애초에 말씀드리지 않았습니까? 이제 오 소저와 이 부대주가 선정된 후보를 보고 확인을 해야지요…….”

“…….”

그간 고생이 너무 심해서 그런 일은 기억에 없었다.

“자자, 오 소저. 심정은… 이해하지만 일단 무 대협의 말을 끝까지 들어봅시다.”

“감사합니다.”

무현종은 들고 있던 종이를 펼쳐 들고 좌중을 돌아보았다.

“자, 이제까지 추려낸 후보는 모두 여섯입니다.”

“여섯씩이나요?”

이제껏 해온 그 이 갈리는 정보 추출 작업은 다 뭐였단 말인가?

“자자, 진정하세요. 사안이 사안인만큼 대상을 좀 확대해서 그런 겁니다.”

“우선순위는 있습니까?”

“아니요. 이 여섯 명에 한해서 순위는 모두 동등합니다.”

무현종은 들고 있던 종이를 앞으로 내밀었다.

“이 사람들입니다. 만약, 만약 이 여섯 명 중에 없다면 따로 살펴볼

인원이 네 명이 더 있지요."

"음… 그렇다면 월광사신 후보자가 총 열 명이라는 얘기로군요."

고권중이 중얼거리자 오유란이 고개를 폭 숙이며 죽는소리를 냈다.

"열 명… 그걸 언제 일일이 다 확인해 봐요? 그리고 그거 다 틀리면 이거 또 할거죠?"

대단한 악담이었다.

"하하핫, 소저. 후보자들 모두 비슷한 방향에 있으니 차례대로 확인해 나가면 생각보다 시간이 별로 걸리지 않을 겁니다. 그리고 이 작업을 다시 할 일은 없습니다. 그중에 없다면 저로서는 더 이상 할 일이 없지요."

추종술과 정보 분석의 달인답게 자신감에 찬 발언이었다.

"저… 그런데, 확실히 확인하는 데는 무리가 있지 않을까요? 아주 짧은 순간에 뒷모습과 목소리만 들었는데……."

"제 생각엔 분간해 낼 수 있으리라 확신합니다."

"왜요?"

"사람의 뒷모습과 목소리는 의외로 큰 단서가 됩니다. 더구나 두 분께선 일반인도 아니고 안력이 발달한 고수들 아니십니까?"

"음……."

"그리고 두 분이 생각해서 비슷한 사람을 골라주시면 련의 전력이 분산되는 것을 최대한 막을 수 있습니다. 최소한 이건 절대 아니다 싶은 사람은 제외할 수 있으니까요."

"알겠습니다."

"그리고… 알고 계시겠지만… 절대 월광사신의 후인이 눈치채게 해서는 안 됩니다."

"왜요?"

무현종이 어이없다는 듯 유란을 바라보았다.

"월광사신 한 명에게 사백이 몰살당했다는 걸 잊었습니까? 말이 사백이지, 최소 각 문파의 일대제자 이상의 고수들이 말이죠."

"……."

서류 더미만 뒤지다 보니 막상 월광사신에 대한 공포가 희석되어 있던 유란은 자신이 얼마나 어리석은 얘기를 했는지 깨닫고 입을 다물었다.

"자, 시간이 없으니 사람을 나눠야 할 듯합니다. 오유란 소저와 이 부대주께서는 당연히 나눠져야 할 테고… 제 생각에는 고 대협과 저도 나눠져야 할 듯싶습니다."

"그렇다면 제가 이 부대주 쪽으로 가야 균형이 맞겠군요."

오유란의 강호 경험이 부족하고, 다소 믿음이 가지 않았기에 추종술의 달인인 무현종이 오유란을 보좌하는 편이 낫다는 판단이었다.

그리하여 이후성, 고권중, 그리고 호위 무사 세 명으로 편성된 조와 무현종, 오유란, 호위 무사 여섯으로 편성된 조가 생겨났다.

아무래도 무위를 따져 봤을 때 무현종과 오유란의 성취가 그다지 높지 않기 때문에 보다 많은 수의 무인을 배치한 것이다.

모든 것이 정해지자 무현종이 기분 좋은 미소를 지어 보였다.

"자, 그러면 이제부터 진짜 추적을 시작해 봅시다."

◆ 第十五章 ◆
삼십칠 구 생사강시, 준비를 끝마치다

삼십칠 구 생사강시, 준비를 끝마치다

"이렇게 다들 불러 모은 걸 보니 뭔가 중요한 일이라도 터졌소?"

마맹주 고욱현이 들어서자마자 주위를 둘러보더니 심드렁한 얼굴로 장명에게 물었다.

인의폭렬도 장명의 집무실에는 마맹주 고욱현을 빼고도, 정련의 맹주인 신기박 제갈영호, 개방의 소진, 화산의 연청 진인, 무림제일명의로 이름 높은 신수, 귀곡(鬼谷)의 대사자 귀령자 등 쟁쟁한 인물들이 가득했다.

공식적인 대회의가 아니었기 때문에 정련과 마맹의 대표와 정마련주가 참고인 자격으로 임의 배석시킨 인물들이었다.

고욱현이 심드렁한 얼굴인 이유는, 이 자리에 포진한 인물들의 비율 때문이었다. 소림이나 무당 같은 거파(巨派)도 빠져 있었지만 배석한 인물 대다수가 정파 쪽 사람이다 보니 그는 노골적으로 '왜 재수없는 정파 놈들 쪽수가 더 많은 거냐 라고 항변하는 것이다.

장명도 그 정도 눈치는 있는 사람이었으나 그런 일을 신경 써줄 정도로 한가하지는 않았다.

"몇 가지 중요한 일들을 결정해야 하는데, 아무래도 여러분의 조언이 필요해서 말입니다."

"그거 영광이로군."

고욱현은 여전히 삐딱했다.

사실 월광사신의 출도를 공증받고, 정마련의 숨겨진 힘 중 하나인 생사강시를 꺼내는 것까지 인정받은 지금 정마련주인 장명의 권위는 이전과 비할 바가 아니었다.

어지간한 일은 독단적으로 결정한 뒤 사후 통보만 해도 상관없는 상황인 것이다. 고욱현 입장에서는 '어차피 당신 마음대로 할 거, 우리는 왜 불러서 귀찮게 하느냐' 라는 생각으로 삐딱하게 나갈 만했다.

더구나 주위에 불려온 이들은 대부분 정련 소속. 자신이 비록 마맹의 맹주라지만, 지금 같은 상황에선 자신의 의견 역시 쉽게 무시될 수 있었다. 무슨 이유가 있겠지만 정련과 마맹의 모든 수뇌부를 부르지 않고 소수만 불러 모은 것만 봐도 짐작할 수 있지 않은가.

고욱현은 지금과 같은 상황이 마음에 들지 않았다.

'월광사신이 등장한 시점에서 하필이면 정파의 인물이 련주… 더구나 청혈교 녀석들이 사고를 쳐놔서 이쪽은 세가 죽은 상황. 자칫하다간 마도 전체가 위태롭겠군.'

고욱현은 뚱한 표정을 유지하면서도 일파의 수장이자, 모든 마도인들의 꼭대기에 선 사람답게 냉철히 머리를 굴리고 있었다. 그는 일부러 심기가 불편한 듯 행동하며 충돌을 피하려고 할 다른 정파인들의 양보를 얻어낼 필요가 있었던 것이다.

물론, 상대방 역시 자신의 심중을 대충은 예측하고 있으리라 생각하고 있었다.

장명은 탁자를 사이에 두고 마주 앉은 고위 간부들을 한 명 한 명 돌아보다 자기 앞에 놓여 있던 서찰 하나를 가까이 앉아 있던 고욱현에게 건넸다.

"우선 읽어보시지요. 청혈교에 파견된 특감대가 보내온 보고서입니다."

"흐음, 뭐 읽어볼 필요 있겠나. 련주가 미리 다 보고 요약해 놨을 테니, 원할한 진행을 위해서 그냥 말해 주면 될 텐데."

대충 보고서를 훑어보고 옆 사람에게 건네며 고욱현이 흥미없다는 목소리로 말하자, 제갈영호가 슬쩍 끼어들었다.

"고 맹주, 오늘따라 심사가 불편해 보이십니다?"

"월광사신이 떠돌아다니는 마당에 무슨 심사가 편할 날이 있다고……."

무의미한 말들을 몇 마디씩 주고받는 동안에도 제갈영호의 눈은 보고서에서 떠나지 않았다.

마침내 모든 참석자가 특감대의 보고서를 돌려보자 장명이 입을 열었다.

"방금 보신 특감대의 보고서를 어떻게 생각하십니까? 비록 초기 보고서라지만… 사안이 사안인만큼 여러분의 의견을 듣고자 합니다."

장명은 한 박자 쉬고 다시 이야기를 진행했다.

"여러분이 모두 훑어보셨겠지만 청혈교를 내사하고 있는 특감대는

어떤 이상한 점도 발견하지 못했다는 초기 감사 결과를 련에 보냈습니
다."

특감대는 공정성을 기하기 위해 구대문파의 인재들이 아니라 어릴
때부터 정마련 자체에서 키운 인재들로 구성된 기관이었다. 일종의 독
립 기관 성격이 강한 그들의 감찰 결과는 엄정하기로 유명했기에 초기
감사에서 아무 잘못이 드러나지 않았다면, 청혈교에 쏟아지고 있는 은
근한 의심의 시선은 많은 부분 감해져야 했다.

"아무 이상한 점도 없다. 즉, 청혈교는 이제까지와 마찬가지로 본분
에 충실하게 행동하고 있다… 그런 의미로 보면 되겠는데. 련주, 그런
데 뭔가 문제가 있다는 말처럼 들리는데."

고욱현이 팔짱을 낀 채 장명에게 질문을 하자 장명이 고개를 끄덕였
다.

"문제가 있어요."

그는 소매에서 작은 전서를 꺼내 탁자 위에 올려놓았다.

"이건 공식 보고서가 아닙니다."

"음……."

"특감대에서 비선을 거쳐 올려 보낸 비공식 장계라고나 할까요."

특감대는 정마련주만이 다룰 수 있도록 정해져 있는 집단이기 때문
에 그에게 따로 보고서가 올라갔다는 것에 대해 누구도 토를 달지 않
았다. 고욱현조차도.

"여기에도 별다른 내용은 없습니다. 다만……."

그는 그 작은 전서를 고욱현에게 내밀었다.

"그 내용이 문제입니다."

고욱현은 자기 앞에 놓여진 여러 분야에서 올라온 보고서를 집어 들

고 읽어보았다. 특감대에서 비선을 거쳐 보내온 비공식 보고, 이 자체만으로도 중인들의 관심을 끌 수 있는 서신이었다.

그러나 막상 집어 든 작은 서신에는 장명의 말처럼 별다른 내용이 적혀 있지 않았다.

"완전 침묵이라……."

특감대에서 올라온 비공식 전서에는 '청혈교 완전 침묵'이라고만 적혀 있었다.

"음… 완전 침묵. 이 한마디뿐인데? 무슨 암구호라도 되는 건가?"

고욱현이 서신을 옆 사람에게 넘기며 묻자 장명이 고개를 끄덕였다.

"완전 침묵이라는 건 일종의 은어입니다."

그의 설명에 따르자면 이것은 그 어떤 수상한 전조도, 그러니까 심중조차 나오지 않을 때만 사용하는 은어라는 것이었다.

"청혈교에서 그 어떤 종류의 부정, 일탈 행위가 없다는 얘기지요. 심지어 내부인 부정 축재 같은 사소한 일조차 발견하지 못했다는 얘기입니다."

"내규를 청정히 유지했다는 얘기 같은데, 내부가 썩어 문드러졌으면 몰라도 아무 문제도 없다는 게 문제가 될 게 있나?"

장명과 고욱현의 대화를 들으며 대나무 막대기로 열심히 등을 벅벅 긁어대고 있던 개방의 소진이 입을 열었다.

"글쎄, 이 거지 놈 생각으로도 당연히 이상하다고 생각되는데……."

"어떤 점이?"

"특감대는… 뭐 이렇게 말하면 나중에 개방도 한바탕 곤욕을 치를지 모르겠지만, 아무튼 특감대 자체가 꼬투리 잡아내는 데 일가견이 있는 사람들뿐이라 이거죠. 그런데 추령조차 죽기 전에 수상하게 생각했다는 청혈교가…….”

“확인되지 않은 사실은 말하는 게 아니지.”

고욱현이 느긋한 목소리로 소진의 말을 끊자, 소진은 헤헤 웃어 보이며 고개를 끄덕였다.

“맞습니다, 맞아요. 고 맹주 말이 옳습지요. 아무튼 추령의 죽음에다, 이번 유성표국 습격에 이르기까지 굵직한 사건에 우연이든 계획적이든 계속 연루가 되고 있던 청혈교에서 정말 단 한 점의 이상한 점조차 발견하지 못했다는 거… 이건 문제가 정말 크다는 거 아니겠습니까? 그것도 특감대가 아예 뒤집어엎어 놨을 텐데 말입죠.”

소진의 말을 듣던 장명이 한숨을 내쉬었다.

“소 장로의 추측도 합당하고… 아무래도 청혈교가 확실히 무슨 일을 벌이고 있는 것 같습니다.”

고욱현이 어이가 없다는 듯 장명을 바라보았다.

“이봐, 련주. 특감대가 완전 침묵이라고 보낸 건 심중조차 없을 때라면서. 심중을 못 잡았다는 건 수상한 낌새가 없다는 말일 터. 한데 심중을 못 잡았으니까 오히려 수상하다? 지금 장난하나? 아니면, 지금 기세가 등등하니까 마맹이 무슨 허수아비들만 모여 있는 곳 같은가?”

“본인도 감히 이해하지 못한다고 말씀드리고 싶소이다, 라고 곡주께서 말씀하실 거라 생각되오.”

이곳에 모여 있는 사람들 중 고욱현을 빼고 유일하게 마맹 소속인 귀령자도 침묵을 깨뜨리며 마맹주의 말에 동의했다. 그들의 반발을 예상이라도 한 듯 장명이 한숨을 내쉬었다.

“두 분의 말씀이 무슨 뜻인지는 알고 있습니다만 특별히 청혈교가 마맹이라 이렇게 말하는 게 아닙니다.”

“그럼?”

“특감대가 창설된 이래 완전 침묵은 단 한 번도 없었으니까요. 그러니까 완전 침묵이라는 보고는 달리 생각하는 게 좋습니다. 말하자면 그들이 혐의가 없다는 얘기가 아니라, 사소한 꼬투리조차 잡히지 않을 정도로 철저하다는 것이겠지요. 특히… 요즘 청혈교의 행사를 생각해 볼 때, 후자가 맞겠지요.”

“음…….”

고욱현이 슬며시 눈을 감았다.

“아무튼… 여러 가지 이유로 청혈교에 대한 특감대 파견은 득보다 실이 많은 것 같습니다.”

특별한 일이 없다 해도 청혈교를 흔들어놓기 위해 특감대를 파견한 것이었는데, 이런 보고를 비선으로 보낼 정도라면 그들은 실질적으로 아무 역할도 못하고 있다는 반증이었다.

게다가 공식 보고서에는 청혈교에 어떠한 이상도 없다고 적혀 있었으므로, 청혈교는 ‘괜히 생사람 잡았다’ 라는 식으로 정마련에 대해 발언 수위를 높일 수 있었다.

장명은 잠시 탁자에 손을 얹은 채로 시간을 보내다가 천장 쪽에 대고 중얼거렸다.

“언젠가부터… 속 시원히 밝혀지는 일이 하나도 없군요. 청혈교에 대해서는 정해진 감사 기간이 끝나도 특감대를 계속 상주시키며 견제를 하고 싶은데… 어떻게들 생각하십니까?”

“글쎄. 아무 근거도 없이 감사 기간을 늘린다면 청혈교가 순순히 말을 듣겠나?”

“그렇지 않겠죠.”

잠시 생각하던 고욱현은 마지못한 듯 무겁게 입을 열었다.

"마땅한 보상을 생각해 두는 게 좋을 거야, 련주."

"감사합니다. 고 맹주께서는 제 결정을 지지해 주시는 걸로 알고 있겠습니다. 제갈 맹주께서는 제게 해주실 말씀 안 계십니까?"

"음……."

제갈영호는 어색한 웃음을 지으며 고개를 내저었다.

뛰어난 모사로 소문난 제갈영호였으나 이상할 정도로 이번 회의에서 입을 다물고 있었다. 장명의 머리도 나쁜 편은 아니었다. 아니, 오히려 영민하다고 해야 마땅하겠지만 이해가 안 가는 일들이 한두 가지가 아닌 상황에서 제갈영호의 침묵은 아쉬웠다.

"혹시 다른 분들의 의견은 어떠신지……?"

"노도(老道)의 생각으로도 지금은 그저 적당히 견제하며 확실한 증거가 나올 때까지 기다리는 방법 외에는 없을 듯합니다만……."

화산의 연청 진인이 무겁게 입을 열었다.

"알겠습니다. 청혈교에 대한 건은 계속 보고가 이어지고 있으니 좀 더 시간을 두고 다루도록 하겠습니다."

원론적인 결론만 낸 채 청혈교에 대한 안건을 끝낸 장명의 속은 갑갑했다.

추령은 왜 죽었나?

추령은 어째서 자기가 속해 있는 청혈교를 의심했나?

마우는 이후성이 추령의 지시를 받은 걸 어떻게 알고 습격을 했나?

월광사신이 그곳에 나타난 것은 우연인가, 아니면…….

'후우…….'

"월광사신……."

그랬다.

월광사신이 드러나는 계기가 된 것이 바로 이 사건이었다는 건 결코 간과할 수 없는 일이었다. 결국 월광사신의 행적을 밝혀내고 청혈교의 내부 움직임을 알아내야만 하는 것인데…….

'좀 더 정보가 쌓이다 보면…….'

결국 사방에서 움직이고 있는 정마련의 촉각에 기대를 거는 수밖에 없었다.

"그럼 다음으로……."

"또 다른 안건이 있었나?"

"아닙니다. 회의는 아니고… 그러니까 일종의 사실 공표입니다. 조만간 발표되겠지만, 정련과 마맹의 대표들이 계신 자리니까 미리 기본적인 논의를 거치는 것도 무방하다 생각되어서……."

그는 말끝을 흐린 뒤 회의 중 단 한마디도 하지 않고 무료한 표정을 짓고 있던 신수를 바라보았다.

"신수 노사께서 관련된 일이십니다."

그 말에 제갈영호가 고개를 끄덕였다.

"신수 노사께서 왜 배석해 계신가 했더니… 신수 노사께서 관련된 일이고, 중요한 일이라면 당연히 생사강시 얘기겠군. 확실히 중요한 일이지."

사실 이 자리에 와 있던 사람들은 신수를 보는 순간 생사강시의 제련이 어느 정도 끝났다는 것은 눈치채고 있었다. 금마동에서 생사강시를 보수하던 그가 나타났다는 건 이미 모든 작업이 끝났거나, 끝나간다는 얘기였으니까.

"제갈 맹주께서 하신 말이 맞습니다. 생사강시의 제련 문제입니다."

"제련이 모두 끝난 겁니까?"

생사강시는 비싸디비싼 마물(魔物)이었다. 제작비만은 못하다 해도 관리비만 해도 어지간한 문파의 일 년 운영비가 들어가는 생사강시였는데 근 오십 년 만에 제값을 하려는 순간이었다.

마맹주 고욱현이 신수에게 물었다.

"뭐, 시간은 좀 걸렸지만 지루한 작업이었지. 애초에 워낙 잘 만들어져 놔서 나나 애들은 별로 고생하지는 않았어."

제련이 모두 끝났다는 얘기였다. 말은 지루하다고 했으나 오십여 년간 먼지만 뒤집어쓰던 강시들을 다시 제련한다는 것이 그리 쉬운 일은 아니었을 것이다.

"그럼……."

개방의 소진이 호기심 가득한 표정으로 신수를 바라보자 그는 고개를 끄덕였다.

"다 끝났어. 이제 깨우는 것만 남았지."

"……."

생사강시들이 실전 배치된다.

사람들은 묘한 표정을 지어 보였다. 월광사신을 상대하기 위해 전 무림이 가진 지식을 다 쥐어짜 내 만든 무기. 모여 있는 사람들의 표정에서는 호기심, 불안감, 희열, 그리고 옅은 공포까지 느낄 수 있었다.

"그런데… 왜 그리 표정이 안 좋으신지……."

연청 진인이 조심스레 묻자 신수가 못마땅한 표정으로 대꾸했다.

"그럼 내 표정이 좋기를 바랐나? 역천이야, 역천. 하늘의 뜻을 거스르는 행위였다고. 아무리 월광사신을 상대한다고 해도 저렇게 사람을 가지고 장난치는 건……."

신수는 고개를 절레절레 흔들었다.

"젠장맞을. 제련을 하다가 망인들과 이야기를 주고받았지. 그게 얼마나 사람 환장하게 만드는 일인 줄 알아? 당해보지 않았으니 모를 거야."

"……."

생사강시는 살아생전의 본신 무공을 최대한 운용하기 위해 생전의 기억과 이지(理智)가 일부 남아 있었다. 게다가 생사강시로 사용된 시신들이 모두 지고한 경지에 올랐던 정, 사, 마를 아우른 초인들이었음에야…….

"고생하셨습니다, 노사. 하지만 어쩔 수 없지 않습니까?"

"그래, 고생했지. 그러니 이번에 끝내세. 어떻게 해서든 월광사신을 처리한 뒤에 저 생사강시들도 모두 내세로 돌려보내야 해. 이거 확실히 해둬. 안 그러면 마지막 절차를 밟지 않겠네."

월광사신을 상대하기 위해 만들어졌으니 월광사신이 사라지면 생사강시도 처분해야 한다.

당연한 일이었으나, 막상 옳은 일을 시행하기까지는 많은 난관이 도사리고 있을 것이다.

생사강시 삼십칠 구를 제련하기 위해 소모된 재원은 엄청났다. 거대문파 서너 개를 새로 만들 정도의 돈이 소모되었으나 막상 월광사신은 그 이후 얼굴도 내비치지 않았다.

이것 때문에 문제가 생겨났다.

처음 몇 년간은 공포로 인해 생사강시를 만들어낸 것에 대해 어느 곳에서도 이의를 제기하지 않았으나—도의적인 문제로 몇몇 어른들이 반대하는 시늉을 한 것을 제외하고는—월광사신이 긴 시간 등장하지 않음으로 해서 생사강시는 계륵과도 같은 존재가 되고 만 것이다.

일반적으로 팔대천인(八大天人)이나 십대마인(十大魔人) 같은 초절정 고수 둘이 합공을 해야 생사강시 한 구를 당해낼 수 있으리라 여겨지는 가공할 무력을 관리하는 일은 골칫거리였다. 한때는 폐기하는 것이 어떻겠냐는 소수 의견까지 나왔었다.

그러나 폐기하자는 불평을 하는 이들도 폐기가 불가함을 알고 있었다. 우선 제작하는 데 들어간 자원이 너무 엄청났기 때문에 본전이 아까워서라도 유지를 계속해야 했고, 무엇보다 월광사신이 다시 등장했을 경우 그를 상대할 최강의 무력이라는 점에서 폐기가 불가능했다.

그러나 월광사신이 등장했고, 생사강시가 월광사신을 제압하고 나면 그 본연의 임무를 마쳤기 때문에 폐기가 가능해진다.

그러나 지금 신수가 말하는 것은 문파들의 욕심이었다.

월광사신이 사라지면 정마련의 붕괴도 시간문제였고, 오십 년 가까이 정체되어 있던 세력 재편이 급속히 전개될 것이다. 그리고 생사강시라는 최강의 무력은 그냥 놓치기엔 너무나 아까운 물건이기에 이에 대한 수많은 쟁탈전이 벌어질 것이 뻔했다.

생사강시를 새로이 제련하려는 세력도 생길 것이지만, 그것은 현실적으로 불가능했다. 생사강시의 제련은 어느 일문(一門)의 능력만으로 할 만큼 만만한 일이 아니었다.

더구나 특감대를 비롯한 감사대의 주요 임무 중 하나가 강시 제련에 필요한 약재의 흐름이나 술사(術師), 술법(術法)들의 파악에 있다는 점을 생각하자면 더 더욱.

신수는 그 점을 말하고 있는 것이다.

"당연한 일이니까 쉽게 말하지. 월광사신을 상대하고 나면 생사강시

전원에게 걸려 있는 주박(呪縛)의 술(術)을 풀어 흙으로 되돌릴 거야.
이것만은 강호의 모든 제문파에게 맹세를 받아야겠어.”

“…….”

“나중에 대회의 때도 똑같이 말하겠지만 잘 들어둬. 공연히 세력이
니 뭐니 딴생각 품지 마. 저들이 왜 생사강시라 불리는지를 기억해.”

생사강시들은 모두 철갑을 두르고 있었다.

모두 월광혈사 당시 죽은 초고수들을 이용했기 때문에 해당 문파에
서 그들을 알아보지 못하도록. 신수의 말은 ‘너희 사조뻘에 해당하는
시신과 혼백을 가지고 딴생각 품을 마음먹지 말아라’ 는 뜻이었다.

“아무튼 대회의를 마치는 대로 련주께서 일간 금마동에 들러주시게.
생사강시 전원과 계약을 맺어야 하니까.”

장명이 고개를 끄덕였다.

“알겠습니다.”

생사강시와의 계약은 일반적인 계약과 다르다. 생사강시는 생전에
비하자면 모자라지만 아직도 이지가 희미하게나마 살아 있는 존재들이
었다.

그들은 단 하나의 목적을 위해서만 움직일 것이다.

그리고 그 목적을 위해서는 정마련주의 모든 명을 받들 것이다.

월광사신의 말살.

오로지 그것만을 위한 계약이었다. 모여 있는 좌중이 무겁게 한숨을
내쉬었다. 뜬구름처럼 멀게만 느껴지던 월광사신과 전 무림의 대결이
점점 가까이 다가오고 있음을 느꼈기에……

*   *   *

강호무림을 떨어 울리는 명숙들이 은근한 공포와 보이지 않는 위협에 대항하기 위해 분주히 움직이고 있을 무렵, 공포의 위험의 주체인 '일인 전승 무림공적 배출 문파 절명문 칠대 문주' 인 유수운 역시 비탄에 잠겨 있었다.

"가자."

"……."

"뭘 뭉개고 있어? 빨리 안 일어나?"

"그게……."

강호 명숙들이 목격했다면 생사강시에 들어간 돈과 월광사신에 대한 대처 방안을 마련하기 위해 노심초사했던 세월이 아까워 머리를 쥐어뜯을 만한 광경이었다.

어제 초저녁 무렵에 시도된 화려한 탈출 시도(?) 이후 수운은 길고도 긴, 아주 긴 시간 동안 상혁에게 신체적, 정신적 고문을 받고 탈진해 있었다. 악랄하게도 상혁은 수운을 곧바로 잡아채지 않았다.

그래서 험한 산길을 비틀거리며 도주하던 수운은 몸은 몸대로 축났고, 정신적인 충격도 대단했다.

불편한 몸을 이끌고 쉬지 않고 도망치다 '이쯤이면 됐겠지' 라는 생각에 잠시 나무 밑에 앉아서 쉬고 있을 때 상혁이 바람처럼 눈앞에 나타났을 때의 황당함은 잊혀지지 않는 상처(?)였다.

아무튼 수운이 누워 있는 이유는 한 가지뿐이었다.

"조장, 정말 몸이 안 좋아서 그래요. 그러니까 조금만 더 쉬면……."

“몸이 안 좋아? 그런 놈이 어제 보니까 잘도 도망가더라? 산 잘 타데. 씨발, 헛소리 말고 빨랑 일어나.”

“아니, 그러니까요…….”

“시끄러. 몸 안 좋으면 내가 들고 갈 테니까 흰소리 말고 일어나.”

“물건이에요, 제가?”

“마, 그러니까 물건 취급받기 싫었으면 얌전히 치료받고 있다가 너네 아버지, 어머니한테 다리 몽둥이나 부러졌으면 되는 거 아냐. 사내자식이 다리 몽둥이 부러지는 게 무서워서 가출을 해? 난 임마, 목이 떨어져도 가출 같은 건 안 했어.”

“…….”

“허허, 상혁아! 그쯤 해두라니까… 사실, 바쁘지 않으면 저 젊은 시주가 말하는 대로 하루 이틀 정도 이곳에 머물면서 요양하고 가는 것도 괜찮을 텐데…….”

“거 대사님은… 어제도 그렇게 말씀하셔서 하루 미뤘잖습니까. 하루 미루니까 이 접대가리 상실한 녀석이 도망이나 가고…….”

수운은 자신이 잔머리를 굴리지 않았으며, 도망간 것은 순전히 충동적인 행위였다고 말하고 싶었다.

그러나 상혁의 눈은 ‘그 어떤 변명이라도 허용하지 않겠다’는 신념으로 가득해서 체념한 채 고개를 떨구고 말았다.

“보세요. 새끼, 지도 찔리니까 한마디도 못하잖습니까. 보나마나 꾀병이에요, 이 자식. 사실 이 몸으로 여기까지 기어온 놈이 집까지는 또 못 가겠어요? 야, 유수운이, 새끼, 말 나온 김에 말해 두는데, 집으로 가는 길에 아픈 척했다간… 흐흐흐…….”

우두두둑―

상혁의 주먹에서 콩 볶는 소리가 울렸다.

"알았다. 그렇게 바쁘다니 그럼 이만 가보자꾸나. 그런데 장 대표두에게 폐는 안 될까 걱정이로구나."

"아따, 폐는 무슨 폐요? 대사님이 방문해 주시는 게 영광이지……."

상혁은 힐끗 전욱을 바라보았다.

"뭐, 혈랑검의 이름을 이었으니 자네도 환영받을 거야."

"관심없소."

"나도 관심없어, 임마. 그냥 알려주는 거지."

여전히 뻣뻣한 전욱이었으나 상혁은 대수롭지 않게 대꾸한 뒤 수운에게 다가서 등을 들이밀었다.

"……?"

"업혀."

"네?"

"그냥 내려갈 거냐? 일단 업혀라. 마을까지는 업어다 줄 테니까 불만없지?"

그냥 굴려서 데려간데도 불만을 말 못할 상황에서 업어준다는 데 무슨 불만이 있겠는가.

수운은 자신도 모르게 칠상권도인체조와 육합권을 권장편의 가르침대로 시연한 이후 몸이 크게 좋아져 있었으나 업고 내려가겠다는 것에 굳이 반대하지는 않았다.

"너 이 새끼, 내려가면 그냥 죽음이다."

상혁의 말에 수운이 한숨을 푹 내쉬었다. 어디로 가도 죽음이라면 그냥 여기서 편하게 죽는 것이 좋지 않을까. 상혁의 등에 업혀 흔들거리며 끌려가는 그의 기분은 마냥 우울하기만 했다.

느릿하게 경공을 펼쳤음에도 상혁 일행이 마을에 도착하는 데 걸린 시간은 한 시진 정도밖에 되지 않았다. 마을에 도착한 상혁은 수운을 내려놓고 빈정거렸다.

"여기서 마차 타고 나면 장 대표두님 댁까지 금방이야. 그렇게 오래 도망치더니 고작 여기였냐? 좀 더 먼 곳으로 가지 그랬어? 그러니까 잡혔잖냐. 산길 탈 체력 있으면 어디서 눈먼 마차라도 얻어 타고 멀리멀리 가보지? 그럼 혹시 몰랐잖아?"

그의 말대로였다.

수운이 도망친 기간이 비록 오래긴 했으나 부상을 입은 채 산길만을 헤맸기 때문에 직선거리로 치자면 그다지 먼 거리를 도망치지는 못했다.

그나마 심한 부상을 입은 부상자치고는 용케도 여기까지 도망쳐 온 셈이지만, 실패한 가출에 미래는 없는 법이다.

"……."

상혁의 폐부를 찌르는 조언에 수운은 고개를 끄덕였다. 가출의 기본은 일단 집에서 먼 곳으로. 단순하지만 이렇게 되고 보니 참으로 유용한 삶의 지혜였다.

"고개를 끄덕여? 너 지금 또 가출할 생각이냐?"

"설마요."

"그래라. 행여 그런 마음먹고 있었으면 생각만 하고 말던지, 나랑 관계없을 때 하는 게 만수무강에 지장이 없을 거다."

상혁은 그렇게 말한 뒤 마차를 빌리기 위해 잠시 자리를 비웠다. 작은 마을이라 마차를 수소문하는 데 시간이 조금 걸리는 듯했으나 상혁은 결국 말 두 필이 끄는 허름한 마차를 용케 구해왔다.

"대사님, 오르십쇼. 그리고 유수운이, 너도 안에 타라."

"제가 어떻게……."

"그럼 환자가 견마 잡을래? 들어가 누워 있어."

"네."

안쪽에 수운과 혜월이 올라타자, 마부석에 상혁과 전욱이 앉았다. 상혁이 고삐로 말 엉덩이를 가볍게 후려치자 덜컹거리는 소리와 함께 마차가 움직이기 시작했다.

따각따각—

"어디 보자… 아무리 오래 잡아도 오후 느지막이는 도착할 수 있을 테고… 밥은 대표두님 댁에 가서 푸짐하게 얻어먹는 게 낫겠군."

상혁은 고삐를 무릎에 얹어놓고 마부석에 몸을 턱하니 기댄 뒤 히죽거렸다.

"이봐, 흑랑."

"…혈랑이오."

"그건 자네 아버님이고. 너는 그냥 흑랑으로 해라."

"거부하오. 한 번 더 그런 말을 꺼내면……."

그 다음 말은 듣지 않아도 뻔했다.

"알았다, 알았어. 그놈의 한 번만 더는……."

장난스레 손을 들어 항복 표시를 한 상혁은 화제를 바꿨다.

"아무튼 도착하면 볼 만할 거 같아."

"뭐가 말이오?"

"저 녀석 부모님이 대표두님 집에 와 있을 텐데, 저 녀석 누나 되는 사람으로 추측해 보자면 모두 만만찮은 사람들 같아서 말이지. 수운이 새끼, 아마 혼백이 달아날 정도로 당할걸? 큭큭큭!"

"……."

수운은 마차 안에 편히 누워 있었다. 몸은 편했으나 마음은 한없이 불편했다. 조용한 눈으로 자신을 바라보고 있는 혜월 때문이었다.

"저… 대사님, 그렇게 앉아 계시지 말고 도착할 때까지 잠시 주무시지요?"

"허허, 늙은 중이 실없이 젊은 시주를 귀찮게 했나 보구려."

"아, 아닙니다. 그저 좀……."

혜월은 하나 남은 손으로 염주를 돌리고 있다가 그의 눈길을 불편해하는 수운을 향해 가벼운 질문을 던졌다.

"그런데 젊은 시주……."

"네, 대사님!"

"어렸을 때 따라간 스승에게 사사했다고 했지요?"

난데없이 혜월이 사승을 물어오자 속으로 뜨끔해졌다.

"네… 몇 가지 기초적인 무공을 배우기는 했습니다만, 정식으로 배운 것도 아니고 병을 고치다 보니 어린아이가 무료하지 말라고 놀이 차원에서 몇 수 가르쳐 주신 것 같습니다."

"허허… 놀이 차원이라……."

혜월은 그가 흘리던 정기를 떠올리며 헛웃음을 흘렸다.

"젊은 시주를 가르치신 분은 아주 고명한 분이셨던 것 같구려."

"네……."

그렇게 대답한 수운은 얼른 한마디를 덧붙였다.

"고명한 의원이셨지요."

"흠, 고인들 중에는 의술에 뛰어나신 분들이 적지 않으니……."

"네… 훌륭하신 분이셨어요."

"아미타불, 듣기로 시주께서는 나한권을 장기로 삼는다고 하던데, 스승 되는 분께 사사한 것인지……?"

'장기라…….'

수운은 속으로 쓴웃음을 지어야 했다.

터무니없는 이유로 비전절초를 모두 버려야만 했던 사문의 역사가 떠올랐고, 그로 인해 고급 무공을 배우지 못하고 기초적인 장법만 배워야 했던 자신의 처지가 생각났던 것이다.

매형의 가벼운 한주먹에 코피를 쏟으며 쓰러지고, 쟁자수 조장—지금이야 그 실체를 알게 됐지만—에게 시정잡배보다 못하다는 얘기도 들었다.

혜월의 질문은 여러 가지 이유로 수운에게 아픈 구석이 있었다.

"딱히 장기로 삼는다기보다는… 스승께서 말씀하시길 나한권은 기초무공 중에서도 몸을 유연하게 해주고, 성장을 바르게 잡아주고, 권을 바르게 잡아주는 훌륭한 무공이라고……."

정확히 말하자면, 나한권이나 육합권은 몸을 바르게 해주는 대신 '높은 수준에서의 실전성이 거의 없기' 때문에 채택된 기초권장법이었고, 열심히 하라는 격려는커녕 너무 열심히 하지 말라는 질책만 들었을 뿐이었다.

아무튼 수운이 나한권을 장기로 삼는 이유를 말하자, 그 말을 들은 혜월은 가벼운 탄성을 내질렀다.

"아미타불! 젊은 시주의 스승께서는 정말 훌륭한 안목을 지니고 계셨군요."

"네."

혜월은 고개를 끄덕였다.

'나한권에 대해 이렇게까지 생각하고 있다면… 좀 더 확인해서 소림의 맥이 확실하면 전하기 편하겠어.'

달마역근경도 나한권 못지않게 기본적인 공부로 이루어져 있다는 점을 생각하며 혜월은 그렇게 중얼거렸다.

몇 가지 사승에 대해 더 물었는데, 이야기가 진행될수록 수운은 눈에 띄게 불편해했고, 이를 감지한 혜월은 굳이 대화를 이어가지 않았다.

혜월은 대화를 그의 가족으로 옮겼고, 부모님께 맞아 죽으면 천당으로 갈 수 있는지를 걱정하는 수운을 위해 많은 경전을 인용하며 그에 대한 설법을 시작했다.

마차 안은 평화로웠다, 조만간 상당히 험악한 꼴을 당할 사람이 누워 있는 것치고는.

*　　　*　　　*

남궁정의는 후원에 있는 정자에 당소류와 나란히 앉아 있었다. 둘은 정마련에서의 일이 적당히 마무리된 이후 곧바로 남궁세가로 돌아왔다.

물론 당소류가 이곳에 온 것이 자의는 아니었다.

당소류는 정마련의 백부 곁에서 당분간 머물고 싶어했으나 남궁정의가 그녀의 백부인 당엽을 찾아가서 하소연을 시작했다.

"…그러니 이대로 돌아간다면 아버지께서 절 가만두실 리 없습니다."

어릴 적 소꿉 친구이기도 하며 청혼을 하려고 마음먹은 여자에게 이 정도로 무시당한다면, 그리고 이대로 맥없이 물러나 소류 없이 본 가로 돌아가면 자신은 맞아 죽는다는 그의 너스레를 듣자 당염은 껄껄거리며 웃었다.

그렇지 않아도 내심 남궁세가와 맺어지지 않을까, 그렇게 된다면 그도 좋은 일이다라고 생각되던 질녀였다. 남궁정의가 먼저 머리 숙이고 들어오는데 기분이 나쁠 수가 없었다.

"조카를 죽일 수야 없지. 내 소류에게 잘 말해 둘 테니 너무 걱정 말게."

그 자리에서 조카 같은 놈 죽는 꼴 볼 수는 없으니 당소류를 같이 동행시키겠다는 약조를 한 당염은 곧바로 서고에서 의서를 읽으며 소일하던 당소류를 불러 앉혔다.

"정의 놈이랑 남궁세가로 가거라."

"하지만 백부님……."

"남궁세가로 가거라!"

"저, 백부님, 그게……."

"남궁세가로 가!"

"제 말씀 좀 들어보세요!"

"남궁세가!"

"……."

"짐 쌀 건 있더냐?"

"백부님, 그러니까요……."

"아직 안 쌌으면 곧 행장을 꾸려서 남궁세가로 출발하거라!"

어린 시절부터 당소류는 백부의 이 '못 들은 척하기'에 수없이 당해 왔고, 단 한 번도 이긴 적이 없었다. 이리하여 당소류는 꼼짝없이 남궁세가까지 동행해야 했다.

그것만 해도 기분 좋은 일이 아니었는데, 남궁세가에 도착하자마자 남궁정의의 아버지이자 대남궁세가의 가주인 남궁천에게 꾸중을 들어야 했다.

그래서, 당소류는 뾰루퉁해 있었다.

남궁정의는 아직도 화를 풀 생각이 없는 당소류에게 조심스레 말을 걸었다.

"소류야."

당소류는 대꾸없이 자신 앞에 놓여 있는 찻잔을 집어 들었다.

"아직도 화가 나 있는 거야?"

"……."

"그만 하자, 우리."

그만 하자는 말에 당소류가 날카롭게 정의의 얼굴을 쏘아보았다.

"…그러니까, 야, 얼굴 좀 펴라. 솔직히 나라고 억울한 거 없는 줄 아냐?"

마침내 남궁정의가 자신의 억울함을 호소했다.

"억울한 거?"

다소 차가운 어투였으나 마침내 당소류가 입을 열자 남궁정의는 크게 기꺼워하며 고개를 끄덕였다.

"그래, 솔직히 말하자면 내 생일에 와주기로 해놓고 네가 샛길로 빠져서 일이 꼬인 거잖아!"

"그건……."

굳이 따져 보자면 귀찮다는데 억지로 호위 무사들을 파견한 네가 나빠, 라고 말하고 싶어지는 당소류였다.

남궁세가의 파견 무사들이 쓸데없이 소동만 일으키지 않았더라면 소류는 그 일에 휘말리지도, '그'를 만나지도 않았을 테니까.

'그러고 보니… 몸은 괜찮을까?'

큰 부상이었다. 평생 나을지 장담할 수 없는.

그러나 마지막 봤을 때 그의 눈에서는 미래에 대한 두려움이나 과거에 대한 원망, 체념 같은 것이 보이지 않았다.

"그러니까 그만 화 풀어. 원래 와주기로 약속했고 지금 여기 와 있으니까 된 거잖아. 아니야?"

당소류는 마지못해 고개를 끄덕였다.

"네 말이 맞아……."

"그래. 그럼 화해한 거지?"

"그런데 말이야, 너 지금 뭔가 잘못 생각하고 있는 것 같은데……."

"내가?"

"그래, 왜 나한테 먼저 말을 안 했지? 세가로 같이 가자고, 그렇지 않으면 곤란하다고."

남궁정의가 보기 드물게 곤란한 표정을 지으며 코끝을 슬쩍 긁었다.

"왜 백부님한테 먼저 말을 한 거야? 너, 날 무시하는 거야?"

"그건 아니고…… 장수를 잡으려면 말을 쏘라고 했잖아."

"……."

소류가 어처구니없다는 눈으로 그를 째려보자 남궁정의가 몸을 움츠리는 시늉을 했다.

"너 그 눈 무섭다. 넌 기억 안 나는지 모르겠지만 나 여섯 살 땐 네가 한 번 째려보면 울음까지 터뜨렸어."

"……."

"그래, 솔직히 말하자. 너 말야, 만약 너한테 세가로 같이 가자고 말했으면 '그래 알았다' 하면서 여기까지 왔겠어? 우리 아버지 무서워서라도 그냥 당가로 도망가서 이쪽은 쳐다보지도 않았을걸?"

사실이었다.

"그렇지?"

"시끄러."

미우나 고우나 어릴 때부터 친하게 지내던 사이다. 청혈교의 습격을 헤쳐 나올 때도 마음에 안 드는, 정말 사람 화나게 하는 구석이 있었지만 그래도 진심으로 화를 낼 수는 없었다.

남궁정의는 가끔 냉혹하고 이기적인 모습을 드러내곤 했으나, 그건 가문이 관계되었을 때나 위험에 빠졌을 때가 대부분이었다. 그녀와는 어린 시절부터 같이 자라다시피 해서인지 쓸데없는 허세를 부리는 경우도 별로 없었다.

당소류가 여전히 인상을 펴지 않자 남궁정의도 포기했다는 듯 탁자에 턱을 괴었다. 명가의 자손 같지 않은 흐트러진 모습이었다.

"그래, 계속 화내라! 모르겠다. 화내다 보면 언젠가 풀리겠지. 화 풀리면 말해라! 그래야 청혼을 하지!"

남궁정의의 말에 당소류가 한숨을 쉬었다.

'아아, 이게 남아 있었지.'

"너… 전에도 말했지만 그 문제… 좀 더 잘 생각해 봐."

"많이 생각한 거야."

"난 아직… 생각을 못 했어."

"그러니까 생각할 시간 준다니까? 너한테 청혼한다고 말한 그 순간부터 말했잖아, 천천히 생각하라고."

그랬었다.

"그러고 보니 이 정도면 제법 시간이 흐른 거 같은데? 중간 결론은 어떻게 나왔어?"

"몰라."

"그렇군. 그럼 아직도 내 청혼이 받아들여질 확률이 구 할이 넘는다는 얘기가 되는 건가?"

"…말이나 못하면…….."

당소류가 어처구니없다는 듯 시선을 돌리자 남궁정의가 피곤한 목소리로 하소연하듯 말했다.

"너무 그러지 마라. 너 때문에 죽을 고비 숱하게 넘겼는데… 더구나 너 못 데리고 왔으면 난 마지막 고비를 못 넘기고 아버지한테 맞아 죽었을 거야. 친구를 죽이고 네가 남은 생을 마음 편히 살아갈 수 있을 것 같아?"

현 남궁세가의 가주 남궁천의 성격을 떠올린 당소류는 자신도 모르게 고개를 끄덕일 뻔했다. 당가의 여식인 자신도 그 앞에서 그 우렁찬 목소리로 꾸중을 듣다 보면 별것 아닌 일에도 절로 위축되지 않는가?

게다가 주변 증언을 들어보면 그 정도는 '소류가 귀여워서' 봐주는 거라고 하니, 그가 마음먹고 화를 내면 그 여파가 어느 정도일지는 상상이 불가능했다.

둘이 한창 여러 가지 일에 대해 대차대조를 하며 실없는 공방을 펼치고 있을 때 하인 하나가 후원으로 들어섰다.

"무슨 일이냐? 어지간하면 접근하지 말라고 했을 텐데?"

"예, 손님들이 오셔서……."

“손님?”

“예, 공자님을 찾아오셨다 합니다.”

남궁정의가 고개를 갸웃거리더니 하인에게 물었다.

“나를 찾는다… 누구라 하더냐?”

“유성표국의 하태진이라 하면 아실 거라고 하셨습니다.”

“음, 하태진 소국주가…….”

하태진과 남궁정의는 정마련에 있을 때 몇 번 어울린 뒤에 나름대로 친한 사이로 발전했다. 더구나 그들은 세가와 표국이라는 관계에 있었기에 ‘친해둬서 나쁠 건 없다’ 라는 생각도 지니고 있었다.

남궁정의는 그와 헤어지면서 모든 일이 해결되고 자신이 본 가로 돌아가면 한 번 만나서 회포를 풀기로 했었다. 남궁세가나 유성표국은 따지고 보면 지척이었기 때문에 가능한 제안이었다.

남궁정의는 고개를 끄덕이며 하인에게 말했다.

“이리 모시거라. 그리고 다과도 더 준비하고.”

“알겠습니다.”

하인이 총총걸음으로 나가자 가만히 있던 당소류가 말했다.

“하 소국주가 왔다면 난 이만 일어나겠어.”

“응? 왜?”

“그냥. 마음에 안 들어서.”

“흐음… 뭐가 우리 까탈스런 공주님 심기를 건드렸을까…….”

남궁정의가 놀리듯 말하자 당소류의 입술이 묘하게 비틀렸다.

“자꾸 그러면… 너 쥐도 새도 모르게 번뇌산(煩惱散)에 당하는 수가 있을 거야.”

그 말에 어지간한 남궁정의지만 진저리를 쳤다. 아직 어린 시절, 당

소류가 혼합한 번뇌산에 당해 하루 종일 측간에서 나오지 못한 기억이
아프게 다가왔다.

　"…그거 아직도 갖고 다니니?"

　"그간 개량을 좀 했어. 부작용은 줄이고 효과는 높였지."

　"앞으로 너랑 차 마실 때는 일일이 검사하고 마셔야겠구나!"

　"아무튼 난 이만 가볼 테니……."

　당소류가 그렇게 말하고 자리에서 일어나려 했지만, 이미 하인과 함
께 하태진이 후원에 들어서고 있었다. 그녀의 아미가 살짝 찌푸려지며
남궁정의를 노려보았다.

　'너 때문에 못 빠져나갔잖아' 라고 책망하는 눈빛으로, 조만간 번뇌
산의 맛을 충분히 보여줄 예정이라는 것도 더불어 말하고 있었다.

　남궁정의는 어색한 미소를 지으며 당소류에게 속삭였다.

　"생각보다 빨리 왔네. 세가가 생각보다 크지 않은가……?"

　거기까지 말한 남궁정의는 갑자기 접대용 미소를 얼굴 가득 담은 채
두 손을 활짝 펴고 정자를 내려갔다.

　"어서 오십시오, 하 형!"

　"남궁 형, 다시 뵈니 반갑습니다."

　"하하하하, 하 형의 신수도 훤해지셨습니다."

　"오랜만에 뵈어요."

　오빠를 따라 같이 방문한 하혜진도 고운 미소를 지으며 빙그레 미소
지었다.

　"하 소저는 그사이 더 아름다워지신 듯하군요. 하하하하! 자, 오르시
지요. 곧 다과가 마련될 겁니다."

　그가 아름답다는 말을 하자 하혜진이 얼굴을 살짝 붉히며 남궁정의

를 바라보았다.

"빈말이라도 감사드려요."

"하하, 빈말이라니요. 진심입니다."

하혜진이 뒤쪽의 당소류를 바라보며 말했다.

"그런 말 쉽게 하시다간 뒤에 계신 언니에게 혼나실 거예요."

"그런가요?"

남궁정의는 적당히 농을 섞어가며 두 사람을 자리까지 안내했다.

"오래간만입니다, 당 소저."

하태진이 그녀에게 정중히 말을 걸었다.

그는 당소류가 남궁정의와 혼담이 오고 가고는 있으나 아직까지는 아무 결실이 없다는 사실을 알고 있었다.

'그렇다면 나에게도 차례가 돌아올 수 있겠지.'

하태진은 아직 일말의 희망을 포기하지 않고 있었다.

"…오래간만입니다."

당소류는 별다른 표정 변화 없이 그의 인사를 받았고, 곧 하혜진과도 이야기를 나누어야 했다. 당소류는 애써 자기 감정을 숨긴 채로 두 사람과 말을 섞었으나, 냉랭한 기운을 완전히 감추지는 못했다.

하인이 새로운 다과를 들고 오는 것을 시작으로, 속으로 무슨 생각을 하는지는 알 수 없으나 겉으로는 꽤 흥겨운 다과회가 시작되었다.

*   *   *

"다 왔다. 내릴 준비 해라."

마차가 멈춰 서는 듯하더니 마부석에 앉아 있던 상혁의 목소리가 들려왔다.

"…후유우우우~"

세상이 끝나기라도 한 듯 한숨을 내쉬는 수운이었다. 이제 부모님을 만나게 되면 꽤 오랜 기간 강호와는 안녕이었다.

절명문의 유일한 제자이자 현 문주이기도 한 자신이 강호행을 하지 않는다면 결론은 하나뿐이다.

절명문 봉문.

부모님에게 들볶이는 것도 괴롭겠지만, 시작도 못해본 강호행―혹은 강호 유람―을 이렇게 끝내는 것도 괴로웠다.

무거운 몸을 이끌고 마차에서 내려서자 상혁이 문지기에게 다가가 안에 전갈을 넣으라고 말하는 것을 볼 수 있었다.

문지기가 잰걸음으로 사라지는 것을 본 상혁이 짓궂은 표정으로 수운에게 다가왔다.

"들어가자."

"…네."

"대사님, 안으로 드시죠. 그리고 흑랑이, 너도."

"……."

별호를 마음대로 바꾸어 불렀으나 전욱도 이제는 상혁에 대해 어느 정도 포기한 듯 묵묵히 안으로 발걸음을 옮겼다.

"대사님은 일단 이 사람을 따라가서 방에서 쉬고 계십시오. 곧 대표 두님께서 인사를 여쭤실 겁니다."

"허허, 인사라면 객이 먼저 가야지, 경우없이……."

“일단 가 계세요, 대사님. 그래도 대사님이 우리 노친네랑 같은 서열인데 아무리 그러셔도 체면이란 게 있는 거지…….”

상혁은 막무가내로 혜월을 재촉했고, 혜월도 별달리 반박할 말이 없는 모양으로 순순히 안내하는 하인을 따라 발걸음을 옮겼다.

혜월이 객청으로 사라지는 모습을 본 상혁은 곧 수운에게 걸어와 어깨를 두드렸다.

“유수운이.”

“…네.”

“기대하마.”

“네?”

“그냥 기대해 보겠다는 거지. 이봐, 흑랑이. 넌 나랑 같이 대표두님께 먼저 인사 올리러 가야지?”

뭘 기대하겠다는 것인지 상혁의 심사를 짐작도 못하고 그냥 그런가 보다 하며 상혁을 따라 발걸음을 옮기고 있을 때였다.

“수운아아아아아~”

중년 부인의 목소리가 그의 귀를 자극했다.

“헉!”

“이노오오오옴~”

중년 남자의 목소리가 그의 귀와 신경을 자극했다.

“흡!”

두 사람의 중년 남녀가 체면도 내팽개치고 득달같이 달려오고 있었다. 그들을 바라보는 수운의 얼굴이 창백해졌다. 달려오고 있는 이들은 바로 그의 부모님이었으니까.

달려오는 중년 부부와 꽤나 창백해진 수운을 바라보던 상혁이 옆에 있던 전욱의 옆구리를 쿡 찌르며 말했다.

"봐봐, 내 말이 맞잖아. 재밌어질 거라고 했지?"

"……."

상혁의 말대로였다.

수운이 잡혀(?)왔다는 얘기를 듣자 이제나저제나 초조하게 기다리고 있던 두 명의 중년 부부가 구르듯 뛰어나와 수운을 맞이하러 나온 것이다.

"아이고, 수운아~"

"야! 이놈의 자식아!"

두 사람이 수운을 덮치려고 하자 수운은 창백한 얼굴로 눈을 감았다. 보나마나 얼싸안고 구르려고 할 터인데, 그 고통이 어느 정도일지는 상상이 가지 않았다.

최소한의 고통으로 끝나기를 빌고 나자 마침내 고통이 덮쳐 왔다.

"우와악!"

한씨가 와락 수운을 껴안고 아예 바닥으로 쓰러지자 제법 거동은 하지만 아직도 중상자인 수운이 고통스런 비명을 내질렀다.

"…생각보다 더 재밌는데."

"그보다는, 저대로 놔두면 저 청년 몸이 많이 상할 듯하오만."

"그러게."

본의는 아니었지만 막무가내로 귀여운 막내아들을 껴안아 혼절 직전까지 몰고 간 아내 한씨와는 달리, 유정은 냉철한 상인답게 마지막 순간 한 가닥 이성을 유지할 수 있었다.

"부인, 상처가 심한 듯하니 그만 놓으시구려!"

"네? 네. 어머, 수운아, 괜찮니?"

"…네… 어머니… 괜찮… 아요."

전혀 괜찮지 않은 모습의 수운이 그렇게 중얼거렸다.

"끌끌… 부인, 당신답지 않게 애를 잡을 작정이오?"

"그게 아니라……."

갑작스레 사태가 진정 국면으로 접어들자 상혁이 실망스럽다는 표정을 감추지 않았다.

"이거 소문난 잔치에 먹을 거 없다고, 이걸로 끝인 건가?"

"당신이 낸 소문이잖소."

"……."

전욱은 산에서만 지낸 사람치고는 제법 반응이 있었다.

잠시 수운의 몸을 걱정스러운 눈으로 살피던 아버지 유정은 곧 호랑이 눈으로 변해 아들을 노려보았다.

"아들아!"

"…네, 아버지."

"내가 옛날에 말이다, 수헌이 놈이 잠시 외유를 나갔다 들어왔을 때 무슨 일이 있었다고 말해 준 일이 있는 것 같은데, 기억나느냐?"

기억하고 있었다.

그러니까 형인 유수헌이 무슨 큰물에서 놀겠다고 상당량의 재산을 들고 나갔다 반년 정도 지나 거지꼴로 돌아왔다는 얘기였다.

"기억하고 있습니다……."

"그러면 그 결말이 어떻게 되었는지도 기억하고 있겠구나?"

기억하고 있었다.

그러니까 꽤나 강골인 형이 보름이나 자리에 누워 있을 정도로 심하게 매 타작을 당했다는 슬픈 결말이었다.

"네… 기억나네요."

"기억하고 있다면 됐다. 수운아!"

"네."

"너, 몸 완쾌되는 대로 보름 정도 더 누워 있어야겠다."

"……."

유정은 보름을 불렀다가 잠시 고개를 흔들며 자신의 말을 정정했다.

"아니, 아니지. 이 몸으로 도망을 간 놈을 수헌이 놈과 동일하게 취급할 수는 없지. 이문이 안 남아."

'아들 매 타작에 무슨 이문이 있단 말인가요, 아버지!' 라고 수운은 속으로 그렇게 부르짖었다.

잠시 앞뒤를 따져 보던 유정의 얼굴이 천천히 붉어지기 시작했다.

"으음……."

수운은 아버지의 얼굴이 붉게 변하는 만큼 냉철한 상인의 혼이 점점 옅어지고 있다는 것을 깨달았다.

마치 현 상황을 다시 떠올리면서 상인으로서의 유정이 점점 사라지고, 그 대신 아들 때문에 열받은 아버지로 새로 태어나는 것만 같았다.

"생각해 보니 열이 받는구나, 막내야. 아무래도 모든 걸 뒤로 미루는 건 안 되겠다. 어차피 긴 시간 누워서 생활해야 한다고 들었으니 지금 다리 하나 부러져도 거기서 거기일 테지?"

"…아, 아버지?"

유정이 갑자기 벌떡 일어나 주변을 두리번거리는 품이 몽둥이라도 찾는 듯했다.

잠시 상인다운 냉정, 침착함을 유지하는 듯하던 유정이 스스로 한 말에 스스로 분노하자 실망스러워하던 상혁의 표정이 다시 만족스럽게 바뀌었다.

"이야, 갑자기 재밌어지는데."

"…말려야 한다는 생각은 안 드시오?"

"아니, 자기 아들 버르장머리 자기가 고치겠다는 데 그걸 말린다니… 씨발, 그게 말이나 돼?"

"……."

그러나 상혁의 기대는 끝내 실현되지 못했다.

"여보, 참으세요!"

부인인 한씨가 적극적으로 유정을 잡아끌었기 때문이다.

"이거 놓으시오, 부인!"

"그러지 말고 제 말 좀 들어보세요."

한씨는 이 이상 아들의 부상을 늘릴 필요는 없으며, 다친 아들을 때리는 것보다는 훗날 멀쩡한 아들을 두드릴 때의 만족감이 더 크지 않겠냐는 논리로 유정을 설득했다.

"음… 당신 말이 옳은 듯하구려."

희미하게 남아 있던 상인으로서의 유정이 '훗날 멀쩡한 아들을 두드릴 때의 만족감' 쪽으로 크게 선회하자, 수운은 간신히 숨을 돌릴 수 있었다.

아들의 다리 몽둥이를 나중에 부러뜨리기로 결정하고 난 뒤에야 유정은 주변 사람들의 시선이 모두 자신들에게 향해 있다는 것을 깨달았다.

"험, 험."

이곳이 자기 집이 아니며, 조심스레 행동해야 할 사돈댁이라는 것을 새삼 깨달은 유정과 부인 한씨는 짐짓 얼굴을 붉히며 수운을 바라보았다.

"자, 일어나거라. 가서 쉬고, 이따가 다시 얘기하자꾸나."

유정은 애써 태연한 기색을 유지하며 최대한 품위있는 걸음으로 멀어져 가기 시작했다. 혼자 남은 한씨는 잠시 아들의 얼굴을 보듬은 뒤 책망하듯 말했다.

"이 녀석아! 이 몸으로 무슨 가출이야, 가출은. 더구나 너네 누나 출산하는 것도 안 보고……."

"출산이요? 어? 누나 아기 낳았어요?"

"그래, 이 녀석아."

"언제요?"

"며칠 전에… 네 녀석 나가고 난 다음 얼마 안 있어서."

"아들이에요, 딸이에요?"

"딸이란다."

"헤에……."

모자(母子)가 정상적인 대화를 나누기 시작하자, 상혁은 완전히 구겨진 얼굴로 전욱을 이끌었다.

"수운이 어머님이라는 분만 끼어들지 않았으면 좋은 구경이 되었을 텐데… 안타깝군. 안 그런가, 흑랑이?"

"별로 안타깝진 않소."

전욱은 계속 자신에게 들러붙는 상혁을 가능한 한 상대하지 않으려고 했지만 쉽지 않았다.

"대표두님 만나면 인사 깍듯이 하고. 그 양반이 보기엔 어디 시골 나무꾼 같지만 그래도 강호삼십대고수 중에 한 명이니까."

"으음……."

산에서 막 내려온 터라 유성표국의 영향력을 잘 모르던 전욱은 장무성이 삼십대고수에 포함된다고 하자 자기도 모르게 낮은 신음성을 내뱉었다.

상혁의 툭툭 내뱉는 걸죽한 입담을 듣고 무뚝뚝하게 대꾸하며 걷다 보니 어느 틈에 대표두 장무성의 처소에 이르렀다.

상혁이 큰 목소리로 기별을 넣었다.

"대표두님, 저 왔습니다!"

안에서도 그에 지지 않는 큰 목소리가 흘러나왔다.

"시끄럽다! 내가 내상 입었지 귀먹었냐? 얘기 들었다. 들어와."

"손님 한 명도 같이 있수."

"네 녀석이 언제 그런 거 따졌냐? 모시고 들어와."

퉁명스레 허락이 떨어지자 상혁이 떨떠름하게 서 있는 전욱의 어깨를 툭 치며 '들어가지' 라고 말했다.

문을 열고 들어서자 장무성이 단정한 자세로 앉아 있다가 들어오는 전욱을 보자 느릿하게 일어나 포권했다.

"유성표국의 대표두를 맡고 있던 장무성이라 하네."

"…전욱이라고 합니다. 만나뵙게 되어 영광입니다."

"대표두님, 아무리 손님이 왔다고 하지만 평소에 저를 만날 때와는 자세가 좀……."

"내 평소 자세가 어때서?"

“거 왜, 좀 삐딱하고… 쉽게 말하면 눕다 만 자세를 보통 취하고 계
시잖습니까?”

“…손님하고 인사나 시켜다오. 자, 서 있지 말고 일단 앉으시게.”

“네.”

장무성이 자리에 앉자 두 사람도 따라서 자리에 엉덩이를 붙였다.
상혁이 전욱을 가리키며 소개를 시작했다.

“대표두님도 이름은 들어 알고 있을 겁니다. 혈랑검이라고.”

혈랑검이라는 이름을 듣자 장무성이 눈을 빛냈다.

“음? 혈랑검이라면 불패낭인이라 불리던 그 혈랑검 전소추를 말하
는 건가?”

“흐흐흐, 이 친구, 그분의 혈손이랍니다.”

“오… 내 안 그래도 십여 년 전 그 사람이 이 근처에서 비무행을 할
때 꼭 한 번 만나고 싶었는데 연이 닿지 않아 만나지 못했더니, 오늘
그 후손을 만나게 되는구만. 정말 반갑네!”

“감사합니다.”

“한데 부친께서는? 십여 년 전 갑자기 강호에서 사라진 뒤 소식이
들려오질 않으니……”

“암습을 당하셨습니다.”

“음…….”

장무성이 고개를 끄덕였다.

“그 사람, 노리는 자들이 많더니 결국 그렇게 갔는가… 끌끌, 못난
사람들… 정당한 비무행이었거늘……”

“…원한은 제가 갚습니다.”

“암! 부친의 원한은 무릇 아들이 갚아야지. 힘내시게. 내 비록 지금

은 몰골이 이렇지만 전후를 따져 도의에 어긋나는 일이 아니라면, 작은 일이라도 도울 일이 있으면 도와주겠네.”

“……!”

산에서 내려온 뒤 처음으로 그의 복수행이 정당하며, 그 복수에 작은 도움이라도 주겠다는 사람을 만난 전욱은 알 수 없는 충만함으로 가슴이 벅차올랐다.

“저기, 대표두님.”

“음? 왜 그러냐?”

“사정이 있으니까… 당분간 이 친구 돕지 마십쇼.”

“사정? 아니, 아들이 아버지 원수 갚겠다는데 무슨 사정?”

“그게…….”

일시에 사정을 다 설명할 수 없는 상혁이 턱수염을 벅벅 긁었다. 전욱은 힐끗 그런 상혁을 바라보더니 장무성을 향해 정중히 입을 열었다.

“장 대표두님의 호의 가슴 깊이 품겠습니다. 하지만 복수는 저의 일이니, 저의 힘으로 끝마치겠습니다.”

장무성이 무릎을 쳤다.

“요즘 젊은이치고 정말 의지가 강인한 젊은이로군. 마음에 드네. 암, 자네 힘으로 해결해야겠지. 하하하핫!”

기분 좋게 웃어 보이고 난 그는 구석에서 소태 씹은 얼굴로 앉아 있는 상혁을 바라보았다.

“근데 넌 왜 그딴 쌍판이냐?”

“제 쌍판이 어때서요?”

“하기사, 원래부터 막돼먹은 얼굴이라… 그나저나 안 그래도 네놈 좀 부르려고 했다. 아무튼 사돈 총각 데려온 건 잘했다. 사돈 내외랑 며늘아기가 얼마나 걱정을 하던지……."

"식은 죽 먹기였죠."

"그런 것치고는 좀 늦었어. 며칠 더 일찍 잡아왔어야지. 요양을 했어야 하는데 그간 하루 편할 날이 없었다. 아무튼, 사돈 총각 일을 잘 마무리해 줬으니 고맙구나."

"나중에 술값이나 두둑히 주십쇼!"

"그러자. 그런데… 이 젊은이는 소개받았으니 됐다 치고… 손님이 한 분 더 계시다면서?"

상혁이 씨익 웃었다.

"만나기 힘든 분이지요."

"만나기 힘든 분?"

그가 장무성의 귀에 입을 들이댔다.

"우히헤헤헷, 뭐 하는 짓이냐, 간지럽게."

"아따, 비밀리에 말 좀 합시다."

"이놈아, 전음은 뒀다 국 끓여 먹냐?"

"그건 분위기가 안 살잖우."

"분위기는 개뿔이… 뭔데?"

입맛을 다시던 상혁이 입술을 달싹거렸고, 장무성의 눈이 꿈틀거렸다.

"소림의……?"

"만나기 힘든 분이라니까요."

"으음, 그렇다면 내 본의 아니게 실례를 범한 게 되겠구나. 그만한 배분의 어르신을 나가서 영접하지도 못했으니… 가서 인사를 드려야겠어."

장무성은 아직 내상이 완치되지 않아 본신공력의 일 할 정도만 쓸 수 있는 상황이었으나 천천히 움직이면 일상생활에 지장이 없는 형편이었다.

장무성이 일어서자 하상혁과 전욱도 그를 따라 혜월을 모시고 간 객청으로 향했다.

방 앞에 도착하자 장무성이 상혁에게 눈짓을 했다.

"안에 기별을 넣거라."

"귀찮게 뭘 기별을 넣고 말고 합니까. 그냥 부르면 되는 거죠."

"어허… 그래도 지켜야 할 체통이란 게……."

"대사님, 우리 대표두님이 좀 보자십니다!"

"……."

장무성이 소태 씹은 얼굴로 그를 노려보자 상혁은 딴청을 부리며 눈을 돌렸다. 상혁이 소리치고 얼마 지나지 않아 문이 조용히 열리고 혜월이 걸어나와 사람들을 맞이했다.

"아미타불, 장무성 대표두님 되십니까?"

장무성이 정중히 포권을 했다.

"불법으로 이름 높으신 혜월 대사님을 만나뵈어 영광입니다. 제가 무지하여 대사님을 영접하지 못했습니다."

"아미타불, 무슨 말씀이십니까. 그저 늙어 빠진 객(客)일 따름입니다."

"천만부당한 말씀을… 그저 몰라뵌 것이 송구스러울 따름입니다, 대사님."

"아니, 아닙니다. 당치 않은 말씀을……."

"아이고… 천만부당하고 당치 않은 인사치레는 그쯤 하고 그만 들어갑시다. 어디 얼굴 한 번 보는 게 힘들어서 세상 살겠습니까?"

둘의 겸양이 길어지자 상혁이 옆에서 퉁을 놓았다. 잠시 상혁을 노려보던 장무성은 저놈은 원래 그런 놈이라는 것을 떠올리고 한숨을 내쉬었다.

"일단 와서 인사를 여쭙는 게 도리 같아서 이리 찾아뵈었지만 지금이라도 제……."

"귀찮으니까 그만 하고 그냥 여기로 들어가자니까요, 대표두님."

"……."

장무성이 주먹을 쥐고 부르르 떨어 보이자 상혁이 짐짓 무섭다는 표정을 지으며 한 걸음 물러섰다.

"허허허… 상혁이 말이 맞는 듯합니다. 늙어 쓸모없는 몸을 환대해 주시니 감읍할 따름입니다. 대표두님 댁에서 이렇게 말하니 생색내는 것 같습니다만, 일단 안으로 드셔서 이야기하시지요."

"음… 그렇게 하겠습니다. 상혁아, 아이들에게 다과 좀 준비하라고 일러라."

방 안에 들어선 장무성과 혜월은 이런 저런 이야기를 시간 가는 줄도 모르고 나누기 시작했다.

상혁은 그 모습을 보고 '노땅은 노땅끼리'라며 투덜거렸으나 스쳐지나가는 얘기들이 나름대로 흥미가 있어 툴툴거리면서도 얌전히 듣고 있는 편이었다.

적혈마왕에 대한 이야기가 흘러나왔다.

"적혈마왕… 노납이 아직 혈기 왕성했을 때에도 그자는 당금 최고

수 중 한 명이었거늘……."

"저도 아직 이해할 수가 없습니다. 그자의 철곤에서 뿜어져 나오는 경력은 인간의 그것이 아니었습니다. 당연히 죽었구나 싶었는데, 기절했다 깨어나 보니 그자가 죽어 있었지요."

"으음……."

"찜찜하더군요. 뭔가 일어나긴 했는데, 현장에 있으면서도 무슨 일인지 모르겠으니……."

장무성이 약간의 탄식을 쏟아내자 혜월이 위로의 말을 건넸다. 이후 유성표국의 대응과 정마련의 사건 처리 방식에 대해 불만이 쏟아졌다.

이런 저런 얘기가 오가던 끝에 문득 혜월이 장무성에게 한 가지 질문을 던졌다.

"그리고 한 가지 여쭤볼 말이……."

"네, 뭐든지 물어만 주십시오. 제가 아는 한에선 모두 대답해 드리겠습니다. 하하하."

"허허, 별다른 건 아니고… 유수운이라는 젊은 시주 말입니다……."

"아, 사돈 총각 말씀이로군요."

"그 청년… 혹시 어디에서 사사했는지 알고 계십니까?"

"음… 어릴 때 괴질로 고생하다 따라나선 의원에게 몇 가지 재간을 배웠다는 말만 들었습니다. 우복이는 기초가 형편없다고 말하고, 상혁이도 마찬가지라고 말했습니다만… 내공도 없이 남궁세가의 무인과 한 판 뜬 걸 보면 뭔가 비장의 한 수는 있는 것 같습니다. 야, 상혁이, 그렇다고 그랬지?"

"맞아요. 뭐, 숨겨둔 한 수가 있는 것 같더라고요. 이번에도 잡아오면서도 보니까, 내공이 있는 것 같기도 하고……."

"내공? 절맥이라 하지 않았느냐?"

"그러니까 이상하다는 거 아니우."

"음……."

장무성이 고개를 갸웃거린 뒤 혜월을 바라보았다.

"아무튼 사돈 총각은 왜… 마음에 걸리는 거라도 있으십니까?"

"허허… 소림과 무당은 한집안이나 마찬가지고, 장 대표두께서 무당의 속가제일인이나 마찬가지니 내 무엇을 숨기겠습니까? 노납의 생각으로는 유 시주가 소림의 중요한 맥을 이어받은 듯합니다. 기꺼운 생각에 살펴보는 중이지요."

혜월이 자신의 생각을 밝히자 장무성의 기쁜 듯한 목소리와 상혁의 노골적인 반대 의사가 섞인 목소리가 동시에 터져 나왔다.

"아, 그렇습니까?"

"설마… 그 자식, 나한권도 제대로 못하던 놈이었는데요."

"확실치는 않습니다만… 소림 외가의 한 법맥에 연이 닿은 듯하더군요. 상혁이도 유 시주의 기본공이 육합권과 나한권이라고 말했던 걸 봐도……."

절명문 칠대 장문 유수운이 암암리에 소림 외가로 의심받는 순간이었다.

"그럼 직접 물어보면 되지 않겠습니까?"

"허허, 아까 마차에서 그러려고 했는데… 왠지 사문을 밝히는 것을 꺼려하는 듯해서……."

"음… 그러시다면 이건 어떻겠습니까? 저녁에 사돈 내외와 식사를 같이하려고 하는데 대사님도 같이 식사를 하시며 물어보시지요."

"아미타불, 그래도 실례가 아니 될지……."

"하하하하, 사돈 내외도 불교 신자라 대사님 같은 고승이 동석한다면 춤이라도 추면 췄지 싫다고는 않을 겁니다."

이리하여 단출하게 진행될 예정이었던 저녁 식사에는 혜월 대사와 전욱, 상혁 등이 새로이 초대되었다.

◆ 第十六章 ◆
십이비영, 습격하다

십이비영, 습격하다

정정운이 수판으로 계산을 맞추고 있을 때, 그 뒤의 공간이 일렁이며 누군가가 소리없이 나타났다.

"대인."

"흐어어어억!"

그림자가 정정운을 부르자 계산에 몰두하고 있던 정정운이 경기를 할 정도로 놀라며 튀어 올랐다.

텅—

정정운이 튀어 오를 때 건드린 금괴 뭉치가 정정운의 발치로 떨어졌다.

"끄아아악!"

발톱을 자극하는 지독한 고통에 몸부림치던 그는 외발로 깡총깡총 뛰다가 벽에 걸린 비단을 잡고 멈춰 섰다.

투투툭―

철퍽―

비단이 걸려 있던 지지대가 정정운의 몸무게를 견디지 못하고 무너져 내렸고 정정운은 그대로 앞으로 고꾸라졌다.

"컥……."

한 편의 경극을 침착하게 지켜보던 그림자는 이 모든 것이 자신의 책임이 아니라는 듯 쓰러져 있는 정정운에게 말을 걸었다.

"…괜찮으십니까?"

"이게… 괜찮은 걸로 보이냐?"

"그렇진 않군요."

"도대체 왜 그렇게 기척도 없이 다가오는 거야? 누구 심장 마비로 죽일 일 있나?"

"보통은 그 정도로 놀라지 않습니다만… 특히 대인 정도의 지위에 계신 분이라면……."

"야, 일비영(一秘影), 이 자식아! 허구한 날 노야 뒤만 따라다니던 네 녀석이 내 지위에 있는 사람들이 어떤지 어떻게 알아?"

"압니다."

"우기기는, 그냥 확……!"

정정운은 발가락을 부여잡고 주저앉은 채 일비영을 노려봤지만 복면 속의 일비영 표정이 어떨지는 알 수 없었다.

"무슨 일이야?"

"우려하던 일이 생겼습니다."

호들갑을 떨던 정정운의 행동이 그대로 멎었다. 경망스럽던 그의 눈빛이 차분히 가라앉으며 일비영을 바라보았다.

“무슨 말인가?”

“세 명이 이곳을 교대로 살펴보고 있었는데, 그들을 미행해 본 결과 장무성 대표두 집으로 향하더군요.”

“확실한가?”

“그렇습니다.”

정정운이 자리를 떨치고 일어서더니 쓰러져 있는 의자를 일으켜 세운 뒤 그 자리에 앉았다. 그리고 한참을 생각하더니 짧게 말했다.

“상관없어. 그냥 내버려 둔다.”

그간 유성표국과 거래하면서 장무성 대표두와 많은 만남을 가졌던 그는 장무성이 무척이나 훌륭한 인간이라고 생각하고 있었다. 그런 사람을 별다른 이유 없이 제거한다는 것은 있을 수 없는 일이라 생각했다.

그러나 일비영의 생각은 달랐다.

“노야가 미리 명을 내리셨습니다.”

“어차피 우리는 이틀 뒤에 여기서 사라질 거야. 밀정 몇이 주위를 얼쩡거린다고 해서 피해될 것은 없다.”

“노야의 명이 계셨습니다.”

“내 말이, 우스운가?”

정정운이 일비영을 노려보며 말했다.

“대인, 그렇게 오해하지 마십시오. 십이비영 전원은 대인의 그 어떤 명이라도 모두 따를 것입니다. 하지만, 이 경우엔 이미 노야가 내리신 명이 있습니다. 대인, 그 어떤 것도 노야의 명에 우선하지는 못합니다.”

“……”

그 말에는 정정운도 뭐라 대꾸하지 못했다. 그 자신부터 '노야'의 신실한 추종자였으니까.

"이미 결정된 일이면 뭐 하러 말하러 왔나?"

"대인께서 알아두셔야 일에 차질이 없으실 듯해서… 그리고 대인께서 가지고 계신 장무성 관련 자료가 필요해서 말씀드리는 겁니다."

"관련 자료라면……."

"지금 장무성 집에 있는 호위 무사나 그 수준, 그리고 집 안 구조 같은 것 말입니다."

"그러냐……."

"그렇습니다."

"몇이나 가는 거냐?"

"아홉입니다."

"아홉?"

정정운의 눈이 어이없다는 듯 치켜떠졌다.

"장무성 대표두는 이미 부상 중이고… 그 안에는 유효한 전력이 없다고 들었는데 명색이 십이비영이 아홉이나 가서 치겠다고?"

"노야의 명을 충실히 이행하기 위해서입니다."

"분명히, 노야는 장무성 대표두를 치라고 했지만 상처만 입히고 빠져나오라고 했잖은가?"

"그 때문에 아홉이 가는 겁니다. 만약 암살이라면, 지금의 장무성에게는 한 명이면 충분합니다."

"……."

정정운이 한숨을 내쉬었다.

"알았다. 하지만 한 가지만 부탁하자."

“하명하십시오.”

“가능하면 누군가 다치는 걸 보고 싶지 않다. 적당히만 하고, 될 수 있는 대로 누구의 생명도 뺏지 말고 그냥 와라.”

“염려 마십시오. 그것이 노야의 당부셨습니다.”

일비영의 말에 정정운이 무겁게 고개를 끄덕였다.

“그럼 부탁하지.”

바닥에 떨어져 있던 금괴들을 집어 들던 정정운의 말투는 어느 틈에 처음처럼 가볍게 바뀌어 있었다.

“야, 일비영. 방금 생각났는데 말이야, 나도 장 대표두 집을 기웃거렸으니까 장 대표두가 여기 좀 기웃거린 거랑 서로 까면 안 될까? 그러면 염탐한 일은 사라지고, 너희도 야밤에 노동 안 해도 되고…….”

“…그런 계산은 인정할 수 없습니다만.”

“알았다, 알았어. 그런데 누구 누구 가는 거야? 다녀온 애들한테는 몸보신하라고 약들 좀 달여 먹여야겠는데.”

“저와 십일, 십이비영이 남고 이비영이 나머지 애들 데리고 다녀오기로 결정되었습니다.”

“이왕 그렇게 하기로 결정된 거, 딴소리는 않으마. 너무 심하게 하지 말고, 적당히만 하고 나오라고 해. 그러면 내가 용돈도 좀 집어주고 그럴게. 돈 싫냐? 응?”

정정운이 손에 들린 금괴를 흔들어 보이며 말하자 일비영이 가볍게 대꾸했다.

“지금 말고 저희 은퇴할 때 몰아서 주십시오.”

“일없다. 자고로 돈이란 건 보일 때 냉큼냉큼 주워 삼켜야 하는 거야. 뭐, 나중으로 미루면 돈이 기다려 줄 거 같냐?”

"믿고 살라 배웠으니… 한번 그래 보렵니다."

일비영은 그렇게 말하고 자리에서 사라졌다. 혼자 남은 정정운이 한숨을 내쉬었다.

"그저 조용히 지나가기를 바랐었는데……."

정정운은 고개를 흔들었다. 운명이란 놈의 씨줄과 날줄이 어지럽게 엉키다 보니 지금은 반대편에 서게 되었지만, 그는 장무성에게 마음속으로나마 행운을 빌어주었다.

그도, 노야도, '좋은 사람'이 덧없이 죽게 되는 세상을 바라지는 않고 있으니까.

단출한 저녁을 생각하고 안으로 들어선 유정은 장무성 내외 말고도 몇 사람이 더 자신들을 맞이하자 약간 의외라는 표정을 지어 보였다. 그러나 유정도 그리 눈치가 없는 사람은 아니어서 무슨 사정이 있을 거라 짐작하고 태연히 다른 사람들에게 포권을 하며 인사를 했다.

"이렇게 많은 분들이 계실 거라 미처 생각을 못했습니다. 유정이라 합니다."

앉아 있던 사람들도 분분히 일어나 그의 인사에 답했다. 장무성이 느릿하게 걸어나와 손수 그를 맞이했다.

"죄송합니다. 저녁 자리가 조금 복잡해졌는데 미처 바깥사돈에게 말을 못했어요. 자, 이리로 앉으시지요."

그가 권한 자리에 앉으며 유정은 힐끗 사람들을 훑어보았다. 가장 상석에는 뜻밖에도 인자한 얼굴의 스님이 앉아 있었다. 누군지 내심 궁금했으나 노련한 장사꾼답게 감정을 밖으로 드러내지는 않았다.

"오늘은 귀한 분들이 본 가를 찾아주셔서, 사돈께도 소개드리려는 마음에 결례를 했습니다."

"아니, 아닙니다. 결례로 말하자면 저희가……."

유정이 얼굴을 붉혔다.

집 나간 막내아들이 사돈댁에 빌붙어서 표국의 쟁자수로 연명하다가 반병신이 되었다는 건 어디 가서 말도 못한다.

장무성은 상석에 앉아 있는 혜월을 가리켰다.

"여기 이분께서는… 당금 소림의 장문 방장을 맡고 계신 혜승 대사님의 사형 되시는 분으로, 법명으로 혜 자, 월 자를 쓰고 계십니다."

장무성의 말에 두 사람의 눈이 동그랗게 떠졌다.

말로만 듣던 소림, 그것도 장문 방장의 사형이라니… 유정이 먼저 정신을 수습하고 자리에서 벌떡 일어났다.

"이, 이렇게 대사의 존안을 뵙게 되니 일생의 광영이올습니다, 혜월 대사님!"

그 옆에 있던 부인 한씨도 존경의 염을 가득 품은 얼굴로 자리에서 일어나 있었다.

"아미타불, 그저 쓸모없는 늙은이일 뿐입니다. 두 분께서는 그만 자리에 앉으시지요."

그러나 혜월 앞에서 당장 삼천배라도 올릴 기세인 두 내외는 그의 겸양은 한 귀로 흘린 채로 감격했다는 듯한 자세로 서 있었다.

장무성은 순진한 사돈 내외를 바라보며 속으로 쓴웃음을 지으며 다시 한 걸음 앞으로 나섰다.

"자자, 자꾸 그러시면 혜월 대사께서 불편해하실 테니 그만 자리에 앉으시구려."

"아? 아, 그렇습니다그려. 이거 무지한 것들이 대사님의 청정을 방해하고 있군요. 자, 부인, 앉구려."

"네, 네."

상혁이 혜월을 슬쩍 바라보았다. 그 눈길에는 '저렇게 존경받으니 기분 좋지 않습니까?' 라는 말이 쓰여 있는 듯했다.

"그리고 바깥사돈, 아마 강호의 일은 잘 모르시겠지만… 한 십오 년 쯤 전에 '핏빛 늑대' 에 대한 소문을 들어보신 일 있으십니까?"

자리에 앉았지만 여전히 힐끔힐끔 혜월을 훔쳐보고 있던 유정은 장 무성의 질문을 듣자 눈썹을 슬쩍 찌푸렸다. 기억을 더듬는 모양이었 다.

"가만있자… 핏빛 늑대… 핏빛 늑대라면… 아아!"

"기억나는 게 있으십니까?"

"하하, 이거 왜 이러십니까, 사돈! 제가 비록 촌것이지만 그래도 명 색이 장사치입니다. 낭인제일검, 혈랑검 전소추를 말씀하시는 것이겠 지요?"

"하하핫, 기억하시는군요."

"기억하다말다요. 가끔은 유성표국 말고도 낭인들과도 보표 계약을 하는데… 이크, 이거 유성표국의 대표두님 앞에서 할 얘기는 아니었나 요? 하하하! 아무튼 그 당시 가장 큰 화제는 단연 혈랑검에 대한 이야 기였지요. 게다가 그 사람이 당시 강서성에 들어왔을 때 우리 마을 장 사꾼들도 한 번인가 거래를 튼 적도 있었고……."

장거리, 대규모 표물은 정식 표국과 계약을 하지만 장사를 하다 보 면 표국에 맡기기도 그렇고, 본인들이 운반하기도 애매한 물건들이 나 오기 마련이다.

그럴 경우 낭인들을 보표 삼아 운반하는 경우도 흔했고, 그런 보표 일은 낭인들의 짭짤한 부수입이기도 했다.

장무성도 그런 사정을 잘 알고 있었기에 장사로 잔뼈가 굵은 유정이라면 혈랑검을 알고 있을 거라 생각하고 있었다.

"한데 갑자기 낭인제일검은 왜……?"

"아, 저기 혈랑검 전소추의 아들 되는 사람이 있어서 이참에 소개시켜 드리려고……."

"그렇습니까?"

유정은 호기심 가득한 얼굴로 젊은이를 바라보았다. 얼핏 보기에 막내아들인 수운과 비슷한 또래로도 보였고, 두어 살 더 많은 것처럼 보였다.

"안녕하십니까. 혈랑검 전욱이라고 합니다. 아버지의 별호를 그대로 이어받았습니다."

"아, 그렇구먼……."

유정은 마주 인사를 한 뒤 문득 한숨을 내뱉고 부인 한씨를 돌아보았다.

"저 젊은이는 나이도 수운이 놈이랑 비슷한 것처럼 보이는데도 저리 믿음직한데……."

"…아, 네? 뭐라고 하셨어요?"

계속 혜월 대사만 바라보며 속으로 발복을 기원—부처님과 비슷한 큰스님을 만났으니 이 기회가 아니면 언제 하랴 싶어서—하고 있던 부인 한씨는 유정이 한 말을 못 알아들었다.

"아니, 뭐, 별로 중요한 말은 아니고……."

유정은 말끝을 흐린 뒤 다시 전욱을 바라보았다.

반듯한 외관, 칼같이 묻어나는 기도, 정중함, 듬직함, 사나이다

움…….

"허어… 내, 자네 아버지도 먼발치에서 지켜본 일이 있어서 알고 있네만… 느낌이 똑같구먼. 호랑이는 호랑이를 낳는다더니… 거참, 아버지가 자네를 무척 자랑스러워하시겠어."

"…노력하고 있습니다."

전소추가 이 세상 사람이 아니라는 것을 모르는 유정이 '전소추가 부럽다' 는 듯 이야기를 꺼내자 전욱은 살짝 고개를 숙여 답례했다.

아무래도 혜월보다는 손 아래인 전욱이 대하기 쉬웠는지 몇 마디 덕담을 더 나눈 유정이 장무성을 바라보았다.

"사돈, 이렇게 귀한 분들을 연거푸 소개하시니 제 심장이 무사한지 모르겠습니다그려."

"하하하, 죄송합니다. 저도 갑자기 맞이한 손님들이라…….."

"그러시군요… 하면 저기 마지막 분은…….."

유정이 가리킨 사람은 바로 상혁이었다.

낮에 유수운을 잡을 때 한 번 마주친 일이 있으나 흥분한 상태에서 스쳐 지나간 상대라 그를 알아보지는 못했다.

장무성이 묘한 표정을 지어 보이더니 옆에서 웃고 있던 부인 진씨를 한 번 본 뒤 입을 열었다.

"아, 그냥 얹혀사는 식객이니까 신경 쓰지 않으셔도 됩니다."

"아… 네…….."

"거참, 대표두님. 절 어떻게 얹혀사는 식객이라고 소개하십니까?"

"그게 싫으면 네놈이 알아서 사돈께 인사드리거라."

떠들썩한 상견례 시간이 끝나자 하인들이 음식을 들여오기 시작했다. 육식을 하지 않는 혜월이 참석했고, 장무성이 내상을 다스리는 중이었기 때문에 음식들은 대부분 자극적이지 않은 것들이 주종을 이루었다.

장무성은 자신은 마시지 못했으나 향이 좋은 미주도 준비해서 유정과 전욱, 그리고 상혁에게 한 잔씩을 권했다.

그렇게 한 순배가 돌자 유정이 조심스레 입을 열었다.

"사돈, 큰일을 당하신 뒤 몸도 안 좋으신데 저희는 그저 아들놈이 눈에 밟혀 계속 소란만 피운 듯합니다. 다시 한 번 결례를 사과드립니다."

"아니, 아닙니다. 사돈, 무슨 말씀이세요. 따지고 보면 사돈 총각 저리된 것도 다 제가 미흡해서 생긴 일 아닙니까. 사돈 총각이기 이전에 제 아랫사람이고, 무슨 일이 있어도 제가 몸 성히 데리고 왔어야 했는데… 사돈께 사과드릴 건 접니다. 그저 송구스럽기만 합니다."

"……."

두 사람이 다시 한 번 유수운의 일로 얘기를 나누자 분위기가 조금 가라앉았다.

"거, 두 분 다 서로 잘못하셨다고 하니까, 그럼 서로 벌주나 한 잔씩 드시고 없던 일로 하면 되겠네."

놓여 있던 술을 계속 홀짝이고 있던 상혁이 끼어들자 가만히 있던 장무성의 처 진혜령이 슬며시 웃으며 상혁을 바라보았다.

"도련님, 그러고 싶으세요?"

"…아닙니다요. 그냥 말이 그렇다는 거죠, 말이."

그저 나이로만 따지자면 상혁은 진혜령의 아들뻘이었으나, 하의민의 동생—표국주 하의민과 대표두 장무성은 의형제—이어서 그녀는 어릴 때부터 상혁을 도련님이라 호칭해 왔다.

“하하, 아닙니다, 안사돈. 저 친구 말이 맞습니다. 제가 바깥사돈을 대신해서 벌주를 다 마실 테니 이후로 서로 미안하다는 말은 하지 마십시다.”

유정이 벌주를 마실 때부터 약간 가라앉았던 식사 분위기는 다시 화기애애해졌다. 특히 양가의 안살림을 도맡고 있는 진씨와 한씨는 혜월 대사 곁으로 아예 자리를 옮겨서 그의 설법과 축원을 들으며 눈을 빛내고 있었다.

상혁은 나이 든 사람들이 가득한 자리가 따분했던지 전욱을 상대로 농담을 하며 나름대로 즐기고(?) 있었고, 장무성과 유정은 이런 저런 이야기를 나누더니 결국 자식들 얘기로 넘어오고 있었다.

“손녀라 아쉽지 않으십니까?”

유정이 슬쩍 장무성의 눈치를 보며 묻자 장무성이 크게 웃으며 손을 내저었다.

“하하하! 웬걸요. 저는 아들놈 둘만 지긋지긋하게 키울 때부터 아들놈들 다 필요없다는 생각이었습니다. 게다가 첫째 놈도 처음 본 녀석이 손자였고… 그 녀석도 귀엽긴 하지만 지 아비 닮아서 그런지 재롱이 모자라고… 그래서 그런지 내심 귀여운 손녀 하나 있었으면 했습니다. 며늘아기가 손녀를 봤다고 했을 때 어찌나 기쁘던지…….”

“그러셨습니까? 다행입니다.”

손녀를 봐서 기쁘다는 말이 빈말은 아닌 듯하여 유정은 빙그레 웃을 수 있었다. 딸 가진 죄인이라고, 아들이 아니라 딸을 봤다고 은근히 타박하면 어쩌나 하는 일말의 불안감을 지니고 있었던 터였다.

“사실 아들놈 키웠다가… 저기 저놈처럼 되면 어쩝니까?”

그가 가리킨 손가락에는 상혁이 걸려 있었다.

"…그, 그런가요? 뭐, 그래도 저 사람은 풍채라도 있지만… 우리 수운이 놈은 영 비리비리해서……."

"사돈 총각이 비리비리해요? 아닙니다, 사돈. 모르시나 본데 강단이 꽤 있어요."

"하하, 설마……."

말도 안 된다는 듯 고개를 내젓던 유정이었다.

"아무튼 고민이에요, 손녀 이름 때문에……."

"네… 아직 정하지 않으셨다더군요."

"우복이는 수아, 며늘아기는 혜린, 그리고… 사실 우리 입장에서는 성명학도 따져 봐야 하고… 음양도 살펴야 하고… 그래서 길한 이름을 정해야 하는데……."

"…물론입니다, 물론이에요. 발복하는 이름을 지어줘야겠지요."

"아무튼 그래서 우리는 손녀 이름을 기선으로 지어야겠다고 마음먹고 있는 중이지요."

"흠……."

"물론 이 삼자 세력이 모두 팽팽하게 맞서고 있어서… 어느 쪽이 승리할지는 두고 봐야 알 것 같습니다."

"모두 좋은 이름이니 무엇이 채택되도 훗날 아이가 고마워할 것 같습니다."

"그럴까요?"

"그럼요. 딸아이들 애교는 겪어본 사람만이 아는……."

유정이 눈을 지그시 감고 뭔가 회상하는 듯한 행복한 표정이 되었다가, 곧 입맛을 다시며 눈을 떴다.

"아무튼 딸이 키울 때는 좋지요."

나중에 처음 보는 놈팽이에게 딸을 뺏길 때 기분은 뭐라 표현할 수 없다는 말은 속으로 삼켰다.

유정은 경험자 자격으로 여자 아이를 키울 때의 주의점 몇 가지를 설명해 주면서 대화를 이끌었고, 장무성은 걱정스러운 표정으로 그 얘기를 듣고 있었다.

“…어렵군요. 사돈, 제가 그 일을 감당할 수 있을까요?”

“괜찮을 것 같습니다. 어차피 직접적으로 골머리 썩는 건 제 딸내미, 그리고 도두… 아니, 장 서방 아니겠습니까? 사돈께서는 그저 무조건 귀여워만 해주시면 인자하고 좋은 할아버지로 낙점받아 인기를 독차지하실 겁니다.”

유정의 농담에 장무성도 빙그레 웃었다.

“그랬으면 좋겠군요.”

그랬으면 좋겠다. 별일없이 은퇴해서 손자, 손녀 재롱에 웃음 지으며 그렇게 살았으면 좋겠다.

‘그렇게 될 수 있을지…….’

장무성은 속으로 무겁게 한숨을 내쉬었다. 자신이 가만히 있으면 그런 미래가 그리 어려운 것은 아닐 것이나, 마음먹은 대로 지난 습격 사건에 대해 파고든다면 무슨 풍파를 겪을지 알 수 없었다.

별일 아닐 수도 있었고, 큰일이 터져 나올 수도 있었다. 강호의 일이란 원래 그런 것이니까.

장무성이 다른 생각에 빠져 있을 때 유정이 조금 미안한 목소리로 장무성을 불렀다.

“사돈.”

“음? 왜 그러십니까?”

"이렇게 환대를 해주시는데 죄송하지만… 내일쯤 수운이를 데리고 바로 본 가로 내려가 봐야겠습니다."

그의 성격으로 보자면 이미 예상한 바였다.

"이왕 힘들게 올라오신 것… 며늘아기가 출산도 했는데 며칠 더 친가 분들이 계시면 좋아하지 않겠습니까? 그리고, 며칠 쉬시면서 느긋하게 외손녀 재롱이나 보다 가는 것도 괜찮은 일 아닐지… 지금 가시면 또 언제 오실 날이 오겠습니까?"

수아, 혜린, 기선… 뭐가 되었든 외손녀 이야기와 딸 이야기가 나오자 유정의 마음은 조금 흔들렸다. 그러나 그는 굳게 마음먹고 고개를 흔들었다.

"그랬으면 좋겠지만 장사를 수헌이 놈에게만 맡겨놓으면 언제 말아먹을지 불안해서 말입니다."

"허허… 설마라는 말은 이런 때 쓰는 거 아니겠습니까?"

"사돈께선 그놈이 어떤 놈인지 몰라서 그렇게 말씀하시는 겁니다. 내일쯤 해서 수운이 놈 데리고 가보겠습니다."

"알겠습니다. 그리고, 너무 크게 혼내지는 마십시오. 아직 어리니 혈기가 넘쳐서 그런 겁니다. 제 자식 놈들 보십시오. 그 정도는 아무것도 아닙니다."

"사돈 총각들이야 모두 알아주는 장사들 아닙니까. 아무짝에도 쓸데없는 제 자식 놈들하고 같나요, 어디."

"하하하, 높이 쳐주셔서 감사합니다. 하지만 어디 그게 그렇습니까? 사돈 총각들 모두 성실하고 좋은 청년들이라는 건 제가 더 잘 아는데요. 제 자식 놈들이야 어디 싸움질이나 좀 하는 거 빼고 볼 게 뭐 있겠습니까?"

그리고 두 사람은 '자기 자식들을 깎아내리기 경기'에 진지한 자세로 임해서 무려 반 시진에 걸쳐 각자의 자식들을 중원 최악의 밥버러지로 깎아내렸다.

식사가 모두 끝나고 후식으로 과일 등이 들어오기 시작했다. 그제야 부인들에게서 해방된 혜월이 원래 이 자리에 참석한 목적을 위해 유정에게 질문을 시작했다.

"아미타불, 외람되지만 몇 가지 여쭤봐도 될는지……."

유정은 들고 있던 과일 조각을 급히 내려놓으며 고개를 숙였다.

"대사님이 여쭈시는 거라면 무엇이든 답해 드려야지요. 무엇입니까요?"

"허허, 별일 아닙니다. 그저… 막내 아드님의 사문이 궁금하여……."

"사문이라 하시면……?"

"아, 막내 아드님의 스승 되는 분이 어떤 분인지, 그게 좀 궁금해서 말입니다."

그제야 유정이 고개를 끄덕였다.

"아, 예. 그분 의원이셨습니다. 그저 성을 진씨라고만 알려주셨고… 좋은 분이셨지요."

"음……."

의원이고, 성이 진씨고, 좋은 분이라는 건 그에게 별 도움이 되지 않는 정보였다.

"혹 달리 기억나는 건 아니 계신지……."

"음, 가끔 애들에게 간단한 손재간이나 글을 가르치셨습니다. 돈도 받지 않고……."

상인인 유정은 '공짜' 부분을 언급하며 뭔가 아련한 표정을 지어 보였다. 옆에서 부인 한씨가 혜월의 곤란해하는 표정을 보더니 그의 옆구리를 꾹 찔렀다.

"그런 얘긴 그만두고 좀 더 자세히 얘기해 드리세요."

유정은 무안한지 헛기침을 한 번 한 다음에 기억을 더듬으며 될 수 있는 대로 자세히 '진 선생'에 대해 설명하기 시작했다.

"그러니까 진 선생과 처음 인연을 맺게 된 계기가… 정확히 몇 년 전이더라… 십 년은 넘었고……."

유정은 잠시 세월을 셈하다가 혜월을 돌아보았다.

"대략 십일 년이로군요. 아무튼 우리가 먼저 진 선생을 청한 건 아닙니다. 그분께서 지나가다 마을 어귀에서 놀고 있는 수운이를 봤는데, 얼굴이 안 좋아 보여서 맥을 짚어보셨다 하더군요. 그런데 그 증상이 자기가 이전에 돌보던 절맥 환자와 똑같다 하셔서… 처음엔 사기꾼인 줄 알았죠. 있잖습니까, 왜? 당신은 중병이니까 이 약 안 먹으면 사흘 안에 죽는다… 뭐 그런 식의."

"흐음, 그럴 수도 있겠지요."

"처음엔 그분도 자기가 잘못 안 것 같다… 수운이가 점점 건강해지니 별걱정없겠다… 그러셨죠. 그래도 인연이고 별로 바쁠 것도 없다며 아이들을 맡아 지도해 주고 그러셨는데… 그런데 그때부터 또 몇 달 지났나… 잘 살펴보니까 무슨 절맥인가 하는 그 병이 맞다는 거예요."

"절맥… 아미타불, 정확히 무슨 절맥인지, 그리고 정말 절맥류인지 다른 의원들에게 확인은 해보셨는지……?"

혜월의 말에 유정이 크게 고개를 끄덕였다.

"당연하지요. 아무려면 아들놈 생사가 걸린 일인데 그걸 확인 안 해

봤겠습니까? 진 선생이 수운이가 절맥이 맞다고, 스물 이전에 죽을 거라고 말을 꺼낸 다음에 수운이 데리고 용하다는 의원들은 다 찾아가 봤어요. 절맥이라는데 절맥이 맞는지 확인 좀 해달라고. 증상을 설명한 다음에야 용하다는 명의들도 절맥이 맞는 거 같다고 하더라구요. 다들 그러니까… 정말 암담했죠. 막내, 그 어린것이 스물도 못 살고 가게 되다니… 그래서 진 선생에게 매달렸더니, 그분께서 방법이 있다고 하더군요."

"어떤 방법인지 혹시 들은 얘기라도 있으십니까?"

"아니요, 그저 음기가 성해서 생긴 절맥이니까 극양의 기운으로 다스린다나 어쩐다나… 그것만 기억나는군요. 그렇지?"

마지막 말은 한씨에게 물은 말이었고, 남편이 행여 틀린 말이라도 해서 대사님을 혼란케 할까 봐 주의 깊게 듣고 있던 부인 한씨도 고개를 끄덕였다.

"아무튼 완치하는 데 십 년이 걸린다고 해서… 막막하기도 했지만 또 진 선생이 그간 보여준 신의가 범상치 않아서 믿고 수운이를 부탁드린 거지요."

"그래서 떠나보내셨군요."

"그렇습니다. 지지리 복도 없는 놈이… 아, 몸도 성치 않았던 게 건강해져서 왔으면 집에서 얌전히 가업이나 같이 꾸릴 생각을 해야지… 이게 무슨……."

유정이 한탄으로 말을 끝맺자 듣고 있던 장무성이 다시 고개를 숙였다.

"면목없습니다, 사돈."

"아, 사돈께 드리는 말이 아닙니다. 그냥 답답해서… 그리고 그 일은 아까 벌주를 마시며 다 끝낸 것 아닙니까. 하하하.”

미안해하는 장무성을 오히려 위로한 유정이 궁금한 눈빛으로 혜월을 슬그머니 바라보았다.

“아무튼 대사님, 우리 수운이 일은 왜……?”

“아… 별건 아닙니다. 그저 노납이 수운 시주를 만났을 때 우연히 시주의 몸에서…….”

천천히 염주를 굴리며 말을 하고 있던 혜월이 갑자기 말을 멈췄다.

“아미타불…….”

혜월의 불호는 이전과 달리 약간이나마 경직되어 있었다. 혜월은 유정 내외를 바라본 뒤 자리에서 일어났다.

“아미타불, 두 분께선 잠시 식탁 밑으로 들어가 주십시오.”

갑작스런 말에 두 사람이 눈을 꿈뻑였다. 유정은 자신이 잘못 들은 것은 아닌지 그에게 되물었다.

“예? 대사님, 식탁 밑이라니요? 그게…….”

“전 시주, 이 두 분을 좀 부탁드려야겠군요. 가능한 한 반격은 하지 마시고 방어만 해주시지요.”

그 말에 유정은 더욱 어리둥절한 표정을 지어 보였다. 그러고 보니 이미 장내엔 긴장된 분위기가 가득했다. 심지어 늘 온화한 미소를 띠고 있던 장무성의 처 진혜령도 무거운 표정을 지은 채 사방을 둘러보고 있었다.

유정 내외와는 맞은편에 자리잡고 있던 상혁과 전욱도 심상치 않은 기운을 느끼고 자리에서 일어선 뒤였다.

“음…….”

전욱은 가볍게 고개를 끄덕이며 혜월의 말을 승낙한다는 뜻을 전한 뒤 천천히, 조심스레 유정 내외 쪽으로 발걸음을 옮겼다.

"괜찮습니다. 아무 일 없을 테니… 잠시 식탁 밑으로 들어가 주시지 요."

그제야 뭔가 사단이 벌어졌다는 것을 깨달은 유정은 재빨리 아내의 손을 잡아채 식탁 밑으로 들어갔고, 그 근처에서 전욱이 검병에 손을 올린 채 날카로운 눈을 빛내기 시작했다.

"아미타불, 대표두께서도 잠시 피신을……."

"그래요, 당신."

"제 집에서, 저에게 온 손님을 피해 어디로 간단 말입니까."

그 한마디로 장무성은 자신이 움직이지 않을 것이란 의지를 표명한 뒤 아내 진씨를 바라보았다.

"당신, 사돈들이랑 같이 식탁 밑으로 좀 피해 있지."

"제 걱정은 말아요. 몇십 년 수련을 게을리 했지만… 아직 한 가닥 남았을지 모르니까."

말은 그렇게 했지만, 진씨는 자신의 무공 수준이라면 다른 사람들을 방해할 수 있다는 걸 알고 있었으므로 얌전히 식탁 밑으로 들어갔다. 그리고 안에서 긴장한 채 손을 꼭 쥐고 있는 유정 내외에게 안심하라 고, 바깥에는 쟁쟁한 고수들이 버티고 있으니 곧 아무 탈 없이 끝날 거 라고 그들을 안심시켰다.

혜월은 전투 능력이 없는 사람들을 가운데에 모아둔 뒤 넌지시 상혁 에게 말을 걸었다.

"상혁아, 너는 장 대표두 곁에서 떨어지지 말거라. 그리고 말 안 해 도 알겠지만… 식탁 주변에서도 멀리 떨어지지 말고."

"염려 마십쇼, 대사님. 씨발, 뭐 하는 놈들인지 모르지만 가까이 오는 놈들은 다 때려잡아 버릴 테니."

상혁이 허리춤에 매 있는 검을 한 번 툭 쳐 보인 뒤 씨익 웃자 장무성이 농담인지, 한탄인지 한숨을 내쉬었다.

"하아, 상혁이 너한테 도움을 받다니… 나도 다 됐구나. 갈 때가 됐어."

"에이, 저 연로하신 대사님 앞에서 그런 얘기 하시면 그거 정말 결례 아니우?"

태연하게 농담을 하고 있었지만 그들의 눈과 감각은 날카롭게 바깥쪽을 살피고 있었다.

혜월이 먼저 주의를 주지 않았다면 지금쯤에야 간신히 눈치챘을 정도로 기척을 잘 죽이는 놈들이었다.

'상당한 놈들인데… 어디 놈들이지? 아직 시작도 안 했는데…….'

장무성이 속으로 '내상만 입지 않았어도 식후 해장거리 같은 놈들'이라고 중얼거리고 있을 때, 급작스럽게 습격이 이루어졌다.

투캉!

폭음과 함께 문이 떨어져 나갔고, 검은 야행복에 복면을 쓴 괴한들이 좌우와 천장에서 동시에 협공해 왔다.

목표는, 확실히 장무성이었다.

스팟!

기다리고 있었다는 듯 혜월, 전욱, 상혁이 거의 동시에 움직였다.

"아미타불……."

혜월은 장무성을 향해 날아가는 검을 견제하기 위해 급히 일장을 펼쳐 냈다. 생각보다 암습의 수준이 높았기에 공력을 최대한 끌어낼 시간이 없어 거우 오 할의 내공만 실어 보낸 일장이었다.

육비영(六秘影)은 자신을 덮쳐 오는 경력을 느끼자 내치던 검으로 자신을 덮쳐 오는 경력의 중심부를 찔러갔다.

쾅!

"크윽!"

육비영은 검을 든 오른손이 마비되는 듯한 충격을 받으며 황급히 뒤로 물러섰고, 혜월은 여전히 장무성을 노리고 있는 다른 인영에게 장력을 발출했다.

"……."

전욱은 자신의 영역으로 날아드는 인영들을 바라보다 자랑하던 혈랑검 후 삼식(後三式) 중 낭아섬을 펼쳤다.

허공에 원을 그리는 듯하던 검이 순간적으로 한 점으로 화하며 한 인영을 찔러 들어갔다.

채채챙!

연달아 세 번이나 검이 부딪치는 소리가 나며 두 명 중 하나가 어깨 부근의 옷깃을 베인 채 뒤로 물러섰다.

"……."

분명 한 수 이득을 보았으나 전욱의 표정은 밝지 못했다. 일격필살을 위주로 하는 낭아섬을 펼쳤음에도, 그것도 자신이 아니라 다른 이를 목표로 해서 주의가 상당히 흩어졌음이 분명한 상대에게 펼쳤음에도 목숨을 빼앗지 못했다.

'…내 무공, 어딘가 잘못되었어.'

아무튼 지금은 속 편히 무공에 대한 참오를 할 틈이 없었다. 자신의 영역과 장무성을 지키기 위해서 최선을 다해야 할 순간이었다.

천장에서 떨어져 내린 괴한들은 곧바로 하상혁의 검과 마주쳐야 했다.

투박한 동작.

공동의 복마검이 다시 한 번 그 자태를 드러냈다. 우레가 맺힌 듯한 검날과 도끼질과도 같은 선이 굵은 동작.

"으아압!"

회피, 흘려보내기 같은 기교를 일체 배제한 공동의 복마검이 암습자들의 공격과 충돌했다.

쿠콰앙!

"크윽!"

상혁은 자신의 검으로 밀려들어 오는 반탄력에 곧바로 바닥으로 처박혔다. 이것 봐라, 라고 감탄이라도 해주고 싶었으나 그럴 틈도 없었다.

'뒤!'

혜월의 권역을 침범해서 장무성 쪽으로 이동하려던 두 괴한은 혜월의 방어를 뚫지 못하고 대치하는 중이었으나, 전욱은 둘 모두를 막지 못하고 한 명을 놓쳤다.

전욱이 배후에 적을 놓는 위험을 감수하면서까지 장무성을 향해 돌진하는 괴한을 향해 몸을 날리고 있었지만, 적절한 시간에 도착할 수 없을 것이다.

상혁은 허리춤에 매여 있는 검집을 쇄도하고 있는 괴한에게 던졌다.

주춤―

괴인영은 가공할 경력이 서려 있는 검집을 쳐내느라 잠시 머뭇거렸고, 그 정도 틈이면 충분했다.

"이 새끼!"

급히 공격 선상에 뛰어든 상혁이 괴한의 검을 걷어냈다.

채챙!

괴한은 앞에서 상혁, 뒤에서 전욱이 달려들자 곧바로 몸을 뺐다. 그가 몸을 빼는 순간 절호의 기회를 잡은 전욱이 눈을 빛내며 다시 낭아섬을 펼치려 했으나, 그 순간 배후에 남겨두고 온 괴인영의 견제 공격이 전욱을 휩쓸었다.

'쳇!'

그는 별수없이 돌아서며 적의 공격을 맞이했다.

상혁 역시 숨 돌릴 틈이 없었다.

다시 천장으로 되튕겨진 두 명의 인영이 다시 장무성을 노리고 덮쳐왔기 때문이다.

"쌍!"

그들의 합공이 절대 얕볼 수 없는 수준이라는 것을 경험했던 상혁은 이를 악문 채 끌어낼 수 있는 공력은 모두 다 끌어올려 그들의 공격에 맞서갔다.

스슷! 꽝!

"헛!"

조금 전의 단순하며 기쾌하던 습격과는 달랐다.

완벽한 연수합격.

둘의 연수합격이 절묘하게 이루어지며 한 인영의 검이 하상혁을 공격해서 그를 묶어놓았고, 다른 한 명이 그 틈에 장무성을 찔러 들어갔다.

"젠장!"

뻔히 보이는 공격이었으나 몸을 운신할 수 없는 장무성이 이를 악물고 검이 자신의 심장에 틀어박히는 모습을 바라보고 있을 때였다.

"으야압!"

스컥!

큰 부상을 각오하면서까지 몸을 뺀 하상혁의 왼쪽 어깨에 괴인영의 검이 큼지막한 검상 하나를 만들었다.

'늦었을까?'

그러나 검상을 만들면서까지 몸을 빼낸 보람이 있었다.

장무성 근처까지 갔던 괴인영은 상혁이 부상을 감수하면서까지 달려들어 배후가 위험해지자 순간적으로 옆으로 피해야 했다.

"휘이~"

그가 '아아, 부상 입은 보람이 있었어' 라고 중얼거릴 때였다.

콰쾅!

"……."

상혁은 괴인영이 몸을 피한 것이 자신의 공격 때문이 아니라 혜월 대사가 날린 엄청난 위력의 장력 때문이라는 것을 깨달았다.

"씨발… 건진 것도 없이 피 봤잖아!"

그는 두 명의 괴한의 공격을 묶어놓은 상태로 장무성의 위기까지 면하게 해준 혜월을 바라보며 공연히 억울한 느낌이 들었다.

아무튼 상혁이 다시금 장무성을 자기 뒤쪽에 놓은 채 괴인영들을 바라보았다. 다시 겪어봐도, 그저 그런 살수들이 아니었다.

상혁은 괴한들을 견제하며 뒤에 있는 장무성에게 농을 건넸다.

"거 대표두님, 체면이 있지… 아무리 부상당하셨다고 해도 저런 형 겊 쪼가리들한테… 너무하신 거 아니우?"

"나도 그런 생각이 들어 가슴이 아프다. 그만 후벼라."

괴인영이 들이닥친 순간부터 많은 격돌이 있었으나, 모두 찰나의 일 이었다.

짧게 얘기하자면 여섯이 동시 합격을 해왔으나 그중 셋이 전욱과 혜 월의 방해로 밀려났고 셋의 공격을 상혁이 간신히 간신히 방어해 냈다. 이 정도로 짧게 얘기할 수도 있었다.

"이런 씨발……."

상혁은 그 와중에 부상을 입은 곳을 생각하고 욕지거리를 내뱉었다. 왼팔을 타고 흐르는 피의 끈적한 느낌이 기분 더러웠다. 상혁은 어느 틈에 손등을 타고 바닥에 뚝뚝 떨어지고 있는 자신의 피를 슬쩍 바라 보고는 왼손을 들어 손등의 피를 핥았다.

"씨발… 살다 살다 이렇게 피 보는 날도 있구만."

"나는 다친 곳이 없소만……."

전욱이 중얼거리자 상혁이 발끈했다.

"니가 한 놈만 더 제대로 막았어도 나도 피 안 봤어!"

"그건 모르는 일이겠지요."

"미치겠네. 모르긴 뭘 몰라, 새꺄! 난 말이지 대표두님이 발목만 안 잡았으면 저 새끼들 모가지까지 땄어!"

둘의 대화를 듣고 있던 장무성이 서럽다는 듯 끼어들었다.

"…내가 짐이냐?"

"아니, 뭐, 말이 그렇다는 겁니다. 씨발… 피 본 놈이 불평 좀 한다고 통 좀 놓지 마십쇼."

그들이 농담을 하는 동안 암습에 실패한 괴한 중 하나가 틈을 노려 다시 덤비려 했으나 상혁이 그 시도를 미리 차단했다.

우웅!

그의 검이 거칠게 대기를 찢어 괴한의 동선을 미리 차단했고, 괴한은 얌전히 뒤로 물러서야 했다.

"새끼가 어디서 수작을… 그냥 지금이라도 꼬리 말고 가라."

괴한들은 대꾸없이 장무성을 중심으로 사람들을 포위하기 시작했고, 혜월과 상혁, 전욱은 품(品) 자형으로 진형을 구축했다.

창졸간에 암습을 당한 장무성 등도 당황하고 있겠지만, 지금 이비영(二秘影)만큼 당황하고 있지는 않을 것이다. 그만큼 이비영(二秘影)은 최초 암습이 실패하자 적지 않게 당황해야 했다.

'어디서 이런 고수들이……'

모두 범상치 않은 자들이었다. 특히, 저 외팔이노승이 뿜어내는 장력은 가히 무림일절이라 불리어도 좋을 듯했다. 이곳에 오기 전 정정운이 건네준 자료에는 이런 고수들이 있다는 얘기는 없었다.

이비영은 속으로 혀를 찼다.

'고수가 한 명도 아니고 셋… 그중 한 명은 절세고수라… 좋지 않군.'

이비영은 어떻게 해야 하나 잠시 고민에 빠져들었으나, 그 해답을 구하는 시간은 짧았다.

‘목적을 변경한다.’

이비영은 그렇게 결정해야 했다.

애초에 공격을 하지 않았으면 모르되, 이렇게 된 이상 장무성은 반드시 제거하거나 큰 상처라도 입혀야 했다. 그렇지 못하다면 말 그대로 타초경사. 아직 몸을 빼지 못한 정정운에게 어떤 화가 미칠지 모르는 것이다.

‘상처 입은 맹수를 어설피 건드려 놓으면… 그 화는 무궁무진. 어쩔 수 없군.’

가능하면 생명은 거두지 않으려 했으나 상황이 바뀌었다. 이미 어설픈 자비심을 실행할 때가 아니었다. 아니, 오히려 어설피 대처하다간 자신들이 위험할 판이었다.

이비영은 즉시 판단을 내린 뒤 동료들에게 자신의 뜻을 전달했다.

‘살(殺).’

‘살(殺).’

‘살(殺)…….’

목적이 변경되자 괴인영들의 기도가 미묘하게 변했다. 적을 죽이는 것이라면, 감춰둔 비기를 꺼내도 되는 것이다.

그들의 기도가 미묘하게 변하고 살기가 폭증하자 혜월이 항마음을 섞어 외쳤다.

“아미타불! 어디서 온 분들인지는 모르겠으나… 이만 만족함을 알고 물러감이 어떠하오? 이 소란이 있었으니 곧 다른 사람들도 몰려올 테고…….”

“…….”

괴인영들은 들은 척도 하지 않았다. 그러나 곧 바깥에서 누군가 이 소란을 들었는지 '침입자다!' 라는 비명이 들렸고 곧 사람들이 웅성거리며 모이는 듯했다.

양쪽의 긴장은 점점 높아지기 시작했다. 상혁이 그답지 않게 긴장된 표정으로 검을 천천히 가슴 높이로 치켜들기 시작했고, 전욱도 코끝에 땀을 송골송골 매단 채 발검세를 취하고 있었다.

혜월 역시 진중한 표정으로 그들을 바라보며 긴장을 늦추지 않고 있었다.

"조심하거라. 굉장한 고수들이니……."

혜월이 누구에게랄 것도 없이 주의를 주었을 때, 다시 한 번 괴인영들의 공격이 시작되었다.

아까와는 완연히 다른 공격이었다.

"웃?"

"음?"

조금 전까지 그들의 공격이 숨어서 목숨을 노리는 살수의 무공이었다면, 지금의 무공은…

대답은 장무성이 해주었다.

"…창궁대팔식(蒼穹大八式)?"

싸움에 참여하지 못하고 바라만 보고 있던 장무성이 괴한들의 검식을 보며 어이없다는 듯 중얼거렸다.

창궁대팔식.

남궁세가의 직계만이 전수받을 수 있다는 남궁세가의 가전절기. 그것을 왜 복면 괴한들이?

"아니, 왜 뜬금없이 창궁대팔식이야?"

장무성은 사람들과 어울리는 괴한들의 검초를 자세히 들여다보았다. 그러나 들여다보면 들여다볼수록 창궁대팔식이 확실했다.

"위험……!"

잠시 한눈을 팔던 장무성의 귀로 전욱의 목소리가 들려왔다. 아무래도 다른 이들에 비해 한두 수 처지는 전욱 쪽을 뚫고 누군가 방어선 안으로 들어온 듯했다.

급히 시선을 돌린 그의 눈에 아까와 유사한 장면이 펼쳐지고 있었다.

자신의 심장을 노리고 들어오는 장검.

'젠장…….'

그는 뻔히 눈을 뜨고서도 자신의 심장을 노리고 들어오는 검을 보며 욕을 내뱉었다. 싸울 수 있는 고수들 역시 갑자기 괴한들이 시전하기 시작한 창궁대팔식의 연수합격에 순간적으로 고전하고 있는 중이어서 장무성을 도울 수 없는 처지였다.

'어쩔 수 없군.'

장무성은 이대로 쉽게 죽어주지는 않겠다는 각오로 손을 들었다. 이제 진원지기가 손상되네 마네 하는 소리는 배부른 소리였다. 내공이 온전히 돌아오는 것도 목숨이 붙어 있는 뒤의 일이었다.

망설임은 짧았고, 장무성은 막 진원지기를 폭발시키려고 했다.

챙―!

"…응?"

장무성은 자신의 앞을 가로막은 그림자를 보고 황급히 진원지기의 폭발을 중단했다.

"아버지, 아무리 부상 중이시지만 이거 너무하신 거 아니우?"

중간에 끼어들어 적의 검을 막은 것은 그의 아들, 장우복이었다.

"이놈아, 너무하긴 뭐가 너무해! 넌 이 소란통에 뭐 하느라 이렇게 늦었냐?"

"그야 우리 수란이랑 수아 잘 챙겨놓고 오느라……."

"…너 불효막심이란 말이 뭔지는 아냐?"

"이렇게 왔잖아요."

입으로는 툴툴거렸지만 그의 검은 조금씩 움직이며 복면 괴한의 움직임에 대응하고 있었다.

장우복은 어른들이 아니라 수란, 수운과 함께 저녁을 들고 있었다. 불편하기도 했고, 아직 수란이 몸을 많이 움직이는 것이 좋지 않다고 들었기 때문이다.

"처남, 괜찮어?"

"…괜찮습니다, 매형."

장우복은 수운을 안쓰러운 듯 바라보았고, 수운은 괜찮다고는 말했으나 그 눈빛은 '저 좀 살려주세요' 라는 구조 신호를 연신 보내고 있었다. 수란 때문이었다.

"아버지한테 맞아 죽을 뻔했다며. 맞아 죽어도 싸지, 그 몸으로 뭘 어째? 가출? 넌 좀 더 혼나야 했어."

"…잘못했어, 누나. 이제 그만 먹으면 안 될까?"

"더 먹어. 그거 먹으면 먹을수록 좋은 약이랬어. 그러니까 더 먹어."

"*끌끌끌*……."

수운은 다섯 사발째 보약인지 사약인지를 마신 뒤라 울상을 짓고 있었다. 출산 이후 몸을 풀고 있는 중인 수란은 생각보다 건강해 보였다.

"수란, 우리 예쁜 딸내미를 생각해서라도 그만 용서해 줘요."

"우리 예쁜 딸내미랑 수운이한테 보약 먹이는 거랑 무슨 관계가 있는데요?"

"그게… 그러니까……."

"그러니까?"

"…아기들은 아직 예민해서 약 냄새를 싫어한다던가……."

"우리 공주님은 지금 유모 곁에서 쌔근쌔근 잘 자고 있지 않을까 싶은데요?"

"음……."

장우복은 슬쩍 수운을 바라본 뒤 어깨를 으쓱했다. 마치 할 만큼 했으나 어쩔 수 없었다, 라는 신호처럼.

"자, 수란. 아무튼 이제 당신도 가서 좀 더 쉬어요. 산파도 앞으로 며칠은 더 얌전히 누워서 쉬라고 했으니까."

"괜찮은데……."

"내가 안 괜찮으니까……."

장우복이 다정스레 그렇게 말하자 수란도 웃으며 그가 내민 손을 잡았다. 그리고 수운에게 '저 단지에 있는 보약은 오늘까지 다 먹을 것'이라는 무시무시한 임무를 내리고 사라졌다.

"…그냥 차라리 아버지처럼 패라, 누나."

수운은 수란이 나가자마자 마시는 척하던 약사발을 팽개치고 한숨을 내쉬었다.

수란의 처소는 수운이 머무는 곳과 비교적 가까웠기 때문에 장우복은 금세 돌아왔다.

“헤에, 벌써 오셨어요?”

“응. 그냥 눕혀놓고만 왔는데 뭐. 사실 수란이 건강한데, 그래도 좀 쉬긴 쉬어야 되니까.”

“그래요. 예전에 들었는데 여자는 산후 조리 잘못하면 늙어서 고생한다더라구요.”

“그렇지? 그러니까 좀 건강해 보여도 일단 눕혀놓고 쉬게 하는 게 제일이라니깐.”

어딘가에서 주워들은 이야기로 대화를 나누는 두 사람이었다. 이런저런 신변잡기를 얘기하던 중, 수운이 딸 가진 아빠에게 물으면 안 되는 질문을 무심코 던졌다.

“아기는 예쁜가요?”

그 질문을 들은 장우복의 눈에서 갑자기 광채가 흘렀다.

“예쁘냐고?”

“네……”

“처남, 그런 당연한 얘기를 물으면 섭섭하지 않은가? 그럼! 그냥 예쁜 것도 아닐세. 내 생각인데, 아무래도 장차 천하제일미녀가 될 조짐이 보이는 거 같아. 아아… 미인박명이라던데 이 일을 어찌하면 좋을지 지금부터 걱정이 태산이라네.”

“……”

수운은 최대한 노력을 했지만 한 가닥 한심한 표정을 숨기지 못하고 드러낼 수밖에 없었다.

“뭐, 뭔가 그 표정은?”

한참 딸 자랑에 여념이 없던 푼수 아버지를 연기하던 장우복은 떨떠름한 수운의 표정을 발견하고 조금은 분노한 표정을 지어 보였다.

“아니, 아니요. 갑자기 상처가 조금 쑤셔서…….”

“저런… 조심해야지. 아무튼 우리 딸내미가 벌써부터 아빠를 발음하는 걸 보면 미인에다 천재인…….”

“…….”

그들이 그렇게 실없는 한담을 나누고 있을 때였다.

챙챙―

퍼퍼펑―

“……!”

검끼리 부딪치는 소리와 진기를 담은 육장끼리 부딪치는 소리가 울렸다.

“이것은?”

누군가 외치는 소리가 들렸다.

“침입자다!”

장우복이 벌떡 일어섰다.

“침입자라니! 수란! 아버지!”

장우복은 불효막심하게도 자신의 아내 이름을 먼저 외친 뒤 그렇게 밖으로 뛰어나갔다.

“매형!”

다급하게 장우복을 불러봤으나 장우복은 이미 교전음이 들리는 곳으로 날아가는 중이었고, 메아리치는 듯한 그의 목소리만이 남았다.

“자네는 거기 가만히 있게!”

“…….”

수운은 사라져 버린 매형의 모습과 끊이지 않고 들려오는 교전음을 들으며 입술을 꼭 깨물었다. 그의 가슴이 떨려오기 시작했다.

누굴까?

누가 이곳에 침입을 한 것일까?

청혈교일까?

그들이 도유천에 대한 복수를 하려는 것일까?

여기 가만히 있어도 되는 걸까?

'아버지, 어머니, 누나……'

가족의 얼굴들. 비단 부모님이나 누나 같은 친혈족 외에도 장무성 내외나 하상혁의 얼굴까지 떠올랐다.

"후우……."

수운은 조급한 심정을 억누르며 입을 앙다물었다. 그리고 상혁이 알려준 칠상도인체조의 기수식을 취했다.

단순히 멸명마공만 운용했을 때보다 그 효과가 월등다고 느꼈기 때문이다.

'무슨 일이 일어날지 모르니까…….'

수운은 천천히 기수식을 취하기 시작했다.

천지지시, 이기둔지, 형이위천, 의기만념, 의의단단…….

멸명마공을 칠상권론에 따라 펼치기 시작하자 곧 수운 주위의 기가 소용돌이치기 시작했다.

*   *   *

남궁정의와 당소류, 하태진 남매는 남궁세가의 후원에서 자리를 옮겨 고급 주루인 이곳 풍월각 최고층에 자리를 잡고 대작을 하고 있었다.

이들이 이곳까지 오게 된 것은 하태진과 남궁정의가 후원에서 차를 마시며 나눈 대화 때문이었다.

"안 그래도 일간 제가 먼저 들러볼까 했었는데 이렇게 와주셨으니 기쁘군요."

남궁정의가 이렇게 운을 떼자 하태진이 호탕하게 웃으며 말을 받았다.

"무슨 말씀을. 마땅히 소제가 먼저 들러 인사를 해야 하는 것 아니겠습니까? 특히 남궁 형에게는 저나 제 동생 모두 생명의 빚이 있는데 말입니다."

생명의 빚.

남궁세가 무인들의 호위를 받으며 혈로를 탈출했던 일을 말하는 것이었다.

그 얘기를 들은 당소류의 얼굴에 희미하게 경멸의 빛이 나타났다 스러졌으나 너무나 짧은 순간이어서 누구도 알아채지 못했다.

"그 정도 가지고 무슨 빚이라 하겠습니까?"

"하하하, 남궁 형께서 그것을 빚이라 생각하지 않으신다 해도, 호의를 받은 사람은 다르게 생각할 수도 있답니다. 이거… 아무래도 오늘 말이 나온 김에 남궁 형께 술 한잔 거하게 사야겠습니다."

"술이라… 하하, 그것도 괜찮겠습니다. 사실 하 형과 같이 하는 술자리는 유난히 재미있었지요."

"그렇습니까? 저는 남궁 형과 같이 하는 술자리가 그리 느껴졌는데요."

그렇게 몇 마디 수작이 더 오고 간 뒤 사람들은 자리를 풍월각으로 옮겼다.

당소류는 첫인상이 상당히 나쁘게 틀어박힌 이들 남매와 어울리고 싶지 않았으나, 남궁정의가 '생일 망친 대가' 운운하며 협박하는 통에 어쩔 수 없이 동행하고 말았다.

그리고, 풍월각에서 주흥을 즐기던 중 하태진이 한 가지 제의를 더 해왔다.

"호오? 이기는 사람 집에 가서 한잔을 더 하자니… 하 형, 그렇게 안 봤는데 주당이셨구려."

"아버님과 장… 숙부님께 배운 터라 그렇게 되었습니다."

하태진은 장무성이라고 그냥 이름을 부를 뻔하다가 간신히 '숙부' 자를 붙였다.

남궁정의는 그것을 놓치지 않았다.

'흐음. 유성표국, 장무성 대표두를 배제하기로 결정한 건가. 친조카 나 다름없을 하태진이 저리 얘기하는 것을 보면……'

내부의 역학 흐름과 전혀 관계없었으나, 그날의 매 타작을 보지 못 한 남궁정의는 그런 식으로 해석했다. 실제로 장무성은 유성표국에서 은퇴하기로 결심했기에 그 생각이 딱히 틀리다고 볼 수만도 없었다.

"으음, 사실 우리 남궁가에도 술자리에 대한 규칙이 있습니다."

"그렇습니까? 처음 듣는데요?"

"간단한 겁니다. 술 내기는 거절하지 않는다. 하하하!"

"하하하, 역시 남궁세가입니다. 호탕하군요. 그럼, 제가 제안한 내기 니, 제가 첫 삼 배를 먼저 하겠습니다."

"이런 이런. 내기는 공정해야지요. 같이 하십시다."

"좋지요. 아, 혹시나 해서 말씀드립니다만 내공으로 술기운을 억누르는 건 반칙입니다.”

“허어, 나도 가끔 술을 마시며 내공으로 주정을 배출한다는 미친놈들 이야기를 들어봤습니다. 그 아까운 술을…….”

“하하하. 알겠습니다, 알겠어요. 자, 이제 마셔봅시다, 남궁 형.”

하태진과 남궁정의는 그 이후 경쟁이라도 하듯 술을 마시기 시작했다.

당소류와 하혜진은 어처구니없다는 표정을 지으며 두 남자가 술을 퍼마시는 꼴을 지켜보고 있었다.

“전 우리 오라버니만 저렇게 어린애 같은 줄 알았는데… 남궁 공자께서도 마찬가지시네요.”

“강호인들은 기본적으로 ‘어린아이’ 라고 우리 백부님이 그러시더군요.”

“네에…….”

“…….”

그 말을 끝으로 다시 대화가 끊겼다. 어색한 분위기에서 치맛자락만 만지작거리던 하혜진이 다시 당소류에게 말을 걸었다.

“그나저나… 언니라고 불러도 될까요?”

“좋을 대로 부르세요.”

당소류는 최대한 표정과 말투를 관리하며 대꾸했으나, 냉랭함을 감추는 데는 실패하고 말았다. 하혜진은 그 냉랭함에 풀이 죽었는지 이후 별달리 말을 걸지 않았다.

그 이후, 둘은 가끔 찻잔만 입에 대며 묵묵히 두 남자의 주량 대결을 관전했다.

두 남자는 천천히 술에 무너지고 있었다.

“하… 형이… 읍……."

남궁정의는 거기까지만 말하다 식탁 위에 얼굴을 묻었다.

“하하하핫! 남궁 형… 보기보다 주량이……."

콰당!

고개를 뒤로 젖히며 통쾌하게 웃어 젖히던 하태진이 의자째 뒤로 넘어갔다.

“……."

“이걸 어쩌죠?"

“어쩌긴요, 마차라도 구해서 싣고 가야겠네요."

“어디로 갈까요?"

하혜진이 그렇게 묻자 당소류가 한숨을 내쉬었다.

“하아~ 술주정뱅이들이 한 내기도 약속은 약속이니까… 하태진 소국주의 집으로 가는 게 좋겠네요."

당소류는 객잔의 점소이를 불러 약간의 은자를 쥐어주고 마차를 수배해 줄 것을 부탁했다.

“마차가 준비됐습니다, 아가씨."

“이 술꾼들 좀 부탁할게요."

“염려 마십시오."

그 말이 떨어지기가 무섭게 몸집 좋은 장한 두 명이 들어와 남궁정의와 하태진을 마차까지 운반하기 시작했다.

“어디로 모실까요?"

“유성표국으로 가주세요."

마차가 덜컹거리며 움직이기 시작했다.

“그런데… 괜찮을지 모르겠어요.”

당소류가 심드렁하니 말을 꺼냈다.

“괜찮을지 모르겠다니… 뭐가 말인가요?”

“유성표국, 아직 지난번 싸움의 상처가 완전히 가시지 않았잖아요? 그런데 소국주가 이렇게 만취해서 들어가는 게 사람들 눈에 띄기라도 하면…….”

하혜진이 ‘아’ 하는 소리를 내더니 살풋 웃었다.

“…괜찮아요, 언니. 뒷문으로 가서 마차를 타고 곧바로 방까지 가면 되니까. 게다가 유성표국은 원래 술을 먹는 행위에 대해서는 관대해요.”

분명 장무성과 하의민의 영향이리라. 그 얘기를 끝으로 두 사람은 다시 어색한 침묵에 휩싸였다.

“…언니께 폐를 끼치네요.”

“뭘요.”

“저, 소류 언니, 말 놓으셔도 되요.”

당소류는 잠시 머뭇거리다 한숨을 폭 내쉬었다. 이 이상 냉정하게 대하는 것은 큰 실례였다.

“알았어, 동생.”

당소류가 말을 놓자 하혜진은 생글거리며 이런 저런 이야기를 묻기 시작했다. 당가에서의 생활이라던가, 남궁정의와의 관계라던가.

당소류는 적당히 대답하며 눈앞 아가씨의 호기심을 충족시켜 주었다.

덜컹―

“음?”

마차가 갑자기 멈춰 서자 당소류가 마부에게 말을 걸었다.

"아저씨, 무슨 일로 멈춘 거죠? 유성표국에 벌써 다 온 것인가요?"

"아닙니다, 아가씨. 거의 다 오긴 했는데… 이거 참… 그게 사람들로 길이 막혀서…….."

"사람들? 이 야심한 시각에?"

그때 당소류의 귀에 희미하게 검격 소리와 권장 부딪치는 소리가 들려왔다.

"싸움?"

당소류는 눈살을 찌푸린 채 마차의 문을 열고 소란의 중심지를 바라보았다.

"어머! 저기는…….."

하혜진이 긴장한 얼굴로 중얼거리자 당소류가 의외라는 듯 하혜진을 힐끗 바라보았다.

"저기가 어딘데?"

"장 숙부님 댁이에요."

하혜진의 목소리에 긴장감이 감돌았다. 검격 소리와 폭음이 흘러나오고 있는 곳은 바로 장무성 대표두의 본가였기 때문이다. 비록 자신의 오빠를 폭행한 데다, 여러 가지 일로 소원해진 사이였으나 그래도 지난 세월 숙부로 모시던 사람의 집이다.

"장 숙부님이라면… 장무성 대표두님?"

"네."

당소류는 반사적으로 품속을 뒤적거렸다.

다행히 언제나 몸에서 떼놓지 않고 있는 암기와 소량의 독은 품속에 고스란히 들어 있었다.

“동생은 이대로 유성표국으로 가서 응원을 불러.”

“언니는요?”

“도우러 들어가야지.”

그때였다.

“으음……”

하태진과 남궁정의가 풀린 눈으로 비틀거리며 일어섰다.

“무슨… 일이냐?”

“…싸움.”

남궁정의의 물음에 당소류는 둘을 한심하다는 듯 한 번 쳐다보고는 곧바로 전장으로 뛰어갔다.

“어, 언니!”

“쇼… 쇼류야!”

“단 소… 저……”

“빨리 가서 응원이나 불러와!”

장무성 대표두와는 형식적으로나마 같이 사선을 뚫은 사이인 데다 야밤에 위난을 당한 강호동도를 돕는 것은 당연한 일이라 생각하는 소류였다.

게다가… 두근거리는 마음도 없잖아 있었다. 지난번 청혈교가 습격했을 때도 이런 기분이었으나, 막상 실전에서 손을 쓸 기회는 없었다. 이번에는…….

‘아니야. 그런 생각은 버려야지.’

치밀어 오르는 한 조각 치기를 애써 묻으면서 소류는 경공을 발휘해 앞으로 나아갔다.

남겨진 채 그런 소류를 바라보던 만취 상태의 남자 두 명은 마차에서 내려섰다. 그리고 누가 먼저랄 것도 없이 가부좌를 틀었다. 운기행공을 하는 것이 아니라, 몸속의 주정을 내공으로 몰아내려는 것이었다.

하혜진은 그런 두 사람을 힐끗 바라본 뒤 지체없이 마부에게 외쳤다.

"유성표국으로 빨리! 전속력으로!"

"…하지만 길이 막혀서……."

"밀고 가!"

"네?"

"밀어! 사고나면 책임질 테니!"

하혜진이 조금 전 당소류와 있을 때와는 다른 냉정한 얼굴로 마부를 윽박질렀다. 그녀는 현실적인 여자였다. 하태진과 성정은 비슷했으나 성격은 달랐다. 만약 하태진이었다면 응원을 부르지 않고 미적거렸을 테지만 하혜진은 현실적으로 장무성이 해를 입는다면 유성표국에 엄청난 타격이 가해진다는 것을 알고 있었다.

"때가 아니야. 지금은 안 돼."

인파를 헤치고 속도를 붙이는 마차 안에서 하혜진은 그렇게 중얼거리고 있었다.

당소류는 하인들이 도망 나오느라 열려 있는 문을 향해 뛰어들어 갔다.

'어디지?'

소류의 고민은 금세 해결되었다.

쾅—!

무언가 무너지는 소리가 들려왔고, 소류는 그쪽으로 전력을 다해 몸을 날렸다.

‘음?’

그녀는 저 앞쪽에서 괴인영 셋이 더 넘어오는 것을 보고 내공을 담아 외쳤다.

“멈춰랏!”

괴인영들은 잠시 속도를 줄이는 것 같았으나 곧 무리가 갈라져 한 명이 당소류에게로, 나머지 복면인들은 교전이 벌어지고 있는 곳으로 향했다.

“칫!”

당소류는 자신을 향해 기민하게 달려오는 괴인영을 보며 품 안에 있는 우모침을 한 움큼 집어 들었다.

사천당가의 특성상 여인들에게는 당가의 비전절예가 충분히 전해지지 않았으나, 당소류는 눈대중과 피나는 노력으로 또래의 당가 남자들과 비교해 봤을 때 전혀 뒤떨어지지 않았다.

그녀는 신중히 호흡을 가다듬었다.

그녀가 목격한 세 명의 괴한은 담 밖에서 혹시 모를 사태에 대기 중이던 세 명의 예비대였다.

그들은 내부에서 소란이 커지자 눈살을 찌푸릴 수밖에 없었다.

여섯 명이었다.

한두 명도 아니고 무려 여섯 명이 담 안으로 들어갔으니 신속하게 끝났어야 했는데 소란은 점점 커지고 있었다. 이것은 내부에 뜻밖의 변수가 있다는 얘기였다.

“뜻밖의 일이로군.”

"어쩔까?"

"들어가서 돕고, 신속히 이탈한다."

셋은 짧게 서로의 의견을 주고받은 뒤 결론을 내렸다.

"봉인은?"

"풀어야겠지."

어차피 예비대까지 들어가야 할 정도라면 숨길 것이 없는 상황이었다. 그들은 서로 고개를 끄덕여 보인 뒤 담 벽을 타고 안으로 날아들어 갔다.

저택 안으로 들어가 슬슬 속도를 붙이려 할 때였다.

"멈춰랏!"

젊은 여성의 목소리였으나 내공이 충만한 것이, 범상치 않은 경지에 이른 무림인이었다.

그들은 눈빛을 한 번 마주했다.

분명 장무성이 청한 고수일 터. 아직 여기에 있는 것은 누군가 보호할 자들이 있어서일지도 모른다.

아니면 포위 섬멸을 위해 뒤쪽을 맡은 고수일지도 모른다. 어느 쪽이 되었든 이들은 시간도 없었고, 여유도 없었다.

이들은 그냥 싸움이 벌어지고 있는 곳으로 서둘러 달려가 교전 상황을 끝내고 급히 사라지기로 마음먹었다.

[우리는 장무성 쪽으로 간다. 팔비영, 맡아 처리해.]

팔비영이라 불리운 사내는 뒤로 처진 뒤 자신들을 쫓아오고 있는 여고수 쪽으로 신형을 날렸다.

팔비영은 여인의 손이 흩뿌려진 뒤 미세한 기척과 함께 자신에게 날아오는 암기를 접하고 들고 있던 검을 휘둘러 검막을 만들었다.

치치치칭—

"……."

두 사람의 대치가 시작되었다.

"우모침(牛毛針)… 사천당가? 사천당가의 고수가 왜 여기에?"

팔비영이 혼잣말처럼 중얼거렸다.

우모침은 그 얇기 때문에 쉽게 제조할 수 있는 물건도 아니었고, 또한 만들었다고 누구나 암기로 쓸 수 있는 물건도 아니었다.

검으로 쳐내며 우모침에 실려 있는 경력이 얕볼 만한 것이 아님을 인지하고 있는 팔비영은 눈앞의 여인이 사천당가의 인물이라고 확신할 수밖에 없었다.

"그것은 내가 물어볼 말이로군요. 장무성 대표두님의 자택에서 뭘 하고 있는 거죠?"

"……."

팔비영은 대꾸없이 서 있다가 곧 공격에 들어갔다. 팔비영 입장에서 보자면 시간을 끌어서 좋을 것이 하나도 없었다.

반대로 공격에 대비하고 있던 당소류로서는 어쨌거나 좋았다. 만약 이 괴인이 자신이 당할 수 없는 수준이라면 시간을 끄는 것만으로도 좋았다.

지척에 유성표국이 있다. 시간은 그녀의 편이었다.

속전속결을 벼르고 있는 데다, 상대가 사천당가의 고수라면 암기를 마음대로 쓰지 못하게 하려는 팔비영의 공격은 무시무시했다.

그녀는 입술을 앙다물었다.

'실수했어.'

거리를 유지한 상태에서 암기로 견제하며 시간을 벌었어야 했는데 잠시 이야기를 하는 동안 간격을 허용할 틈을 내주고 말았다.

괴한은 상상 이상의 고수였다.

식은땀이 절로 흘러내렸다.

'간격을 벌려야 해.'

당소류는 간신히 그의 검격을 흘러내며 건물이 있는 쪽으로 움직여 갔다.

그러나 괴한, 팔비영의 검은 그녀가 뜻대로 움직일 시간을 주지 않았다.

한순간 그림같이 펼쳐지는 팔비영의 검에 그녀는 자신도 모르게 부르짖었다.

"창궁대팔식!"

남궁세가의 가전절기인 창궁검을 어찌 저자가…….

당소류의 정신이 흐트러졌을 때 검이 그녀의 오른쪽 어깨를 관통했다.

"아아악!"

그녀는 가까스로 정신을 잃지 않고 몸을 뒤로 뺐다. 오른쪽 어깨에서 검이 빠지는 느낌이 진저리쳐지게 느껴졌다.

"으윽……."

검을 든 손이 축 처져 있는 상태에서 괴인영의 창궁대팔식이 다시 한 번 아름답게 펼쳐졌다.

칭—

겨우 들고만 있던 검이 팅겨져 날아갔고, 당소류는 중심을 잃고 바닥에 쓰러졌다. 황급히 몸을 반쯤 일으켰을 때, 괴인영의 검은 망설임없이 그녀의 몸으로 떨어져 내리고 있었다.

'이렇게…….'

그녀는 차마 최후의 순간을 볼 수 없어 눈을 꼭 감았다.

쾅!

바로 지척에서 굉장한 소음이 들려왔고, 그녀는 흠칫 놀라며 눈을
더욱 꼭 감았다.

"……?"

그러나 한참을 기다려도 또 다른 격통이 느껴지지 않았다. 당소류는
천천히 눈을 떴다.

그녀 앞에 누군가가 서 있었다.

"당신은……?"

그 순간 당소류의 눈이 크게 치켜떠졌다. 이곳에서 만나리라 생각도
못한 인물.

유수운이었다.

◈ 第十七章 ◈
칠상육합(七傷六合), 창궁래팔식을 맞이하다

칠상육합(七傷六合), 창궁대팔식을 맞이하다

　칠상육합(七傷六合)의 움직임에 또다시 기묘한 정신 세계로 끌려간 수운은 혼자만의 공간에서 몸을, 기를, 의념을 움직이고 있었다. 시간이 지나가면 지나갈수록 그의 머리 속에서는 그저 참고 삼아 읽어보기만 했던 권장편과 수신편의 문구들이 칠상권론과 그 형(形)을 기둥 삼아 불어나고 있었다.

　그 스스로도 제어할 수 없을 정도였다.

　지금 자신의 현상을 알면 사부 진현우는 탄식을 할 것이 분명했다.

　다리가 칠상권론의 역팔괘를 밟아나가자 수운의 머리 속에서는 지겹도록 외웠지만 무슨 뜻인지 모르던 수신편의 한 구절이 떠올랐다.

　그리하여 명심하고 또 명심해야 하지만 몸을 어디에 두느냐는 뜻대로 되는 것이 아니므로, 거꾸로 몸이 그 자리에 있음에 상황이 최선이 되도록 움직이는 것을 환(幻)이라 부른다.

'재미있어……'

무의식 중에도 수운은 하나하나 깨달아가는 것이 즐거웠다. 마치, 무언가 자신을 막고 있던 둑이 속 시원히 터져 나가는 것 같았다. 몸에서 맴돌고 있는 절명기도 그의 심정과 마찬가지로 속 시원히 터지고 싶은 듯했다.

"아아악!"

선과 구결, 그리고 잔상이 가득한 세계에서 즐겁게 뛰어놀던 수운의 정신이 살짝 현실 세계로 돌아왔다. 밖에서 들린 여인의 단말마가 수운의 청정을 방해했던 것이다.

'여자 목소리?'

다른 것도 아니고 여자의 비명이었고, 그럴 리는 없겠지만, 누나나 어머니의 비명일 수도 있었다. 그것을 인지하는 순간 수운은 몽롱한 기분 그대로 밖으로 뛰쳐나갔다.

스스슷!

수운은 의식하지 못했고, 만약 혼몽한 상태에서 완전히 현실로 돌아오면 두 번 다시 펼치지 못할 경공이 발휘되었다. 수운은 그가 유일하게 알고 있는 절대부동을 연달아 발휘하며 비명 소리가 난 곳으로 다가가고 있었다.

이동 거리가 짧고 착지시 전방이 아니라 후방을 바라보게 되어 있는 이 구명절초를 연달아 실현해서 중장거리를 가로지른다는 것은 시간과 내공의 낭비였으나, 황홀경에 빠진 수운에게는 그런 것이 문제가 되지 않았다.

절대부동과 절대부동 사이에 걸리는 시간과 몸을 돌리는 시간, 그 모든 걸 계산하면 단순히 공력을 다리에 싣고 빨리 달리는 것이 더 빠를지도 모른다.

그런데, 수운이 펼치는 절대부동이 점점 변형되기 시작했다. 처음에는 겨우 일 장 정도를 이동했고 다음 절대부동이 발휘될 때까지 상당한 틈을 허용했으나, 그 다음번에 펼쳐진 절대부동은 좀 더 먼 거리를 이동했고 틈은 좁혀졌다.

두 번, 세 번.

그리고 마지막에 사용된 절대부동은, 적의 배후를 점하는 그 절대부동이 아니었다. 그것은, 중거리의 시공간을 한꺼번에 가로지르는 듯한 이형환위 그 자체였다.

'기분 좋아.'

여전히 몽롱한 상태에서 수운은 자신이 가르고 있는 공기의 감촉을 기분 좋게 느끼고 있었다.

'이 기분은……'

객잔에서 남궁세가의 무인과 싸울 때, 절명기를 이용하지 않고 순수하게 근력만을 사용해서 절대부동을 펼쳤을 때, 그때 그의 주변을 무겁게 짓누르던 그 공기의 감촉과 흡사했다.

다른 점이 있다면, 그때에는 절망스럽게 무겁던 공기가 지금은 짜릿하게 자신을 스치고 지나간다는 점이었다.

서서히 정신을 차려가고 있는 그의 눈에 앞에서 벌어지고 있는 광경이 들어왔다.

젊은 여성이 오른쪽 어깨에서 피를 뿌리며 정신없이 뒤로 물러서고 있었고, 복면을 쓴 자가 다가서며 그녀의 목을 베어가고 있었다.

'으득!'

복면.

복면을 쓴 살수.

현실로 돌아오려던 수운의 정신이 다시 그 산속으로 되돌아갔다. 그를 덮쳐 오는 무시무시한 복면 괴한이 있는 그곳으로.

복면 괴한이 선배인 장은의 목을 날리려 한다.

'이번엔 안 돼! 용서하지 못해!'

수운은 오른손을 어깨 뒤로 넘겼다 쭉 뻗었다.

상혁이 알려준 칠상권도인체조 중 의의단단—손을 어깨너머로 최대한 넘긴 뒤 천천히 앞으로 내뻗는 동작—이었다. 초식이랄 것도 없는 단순한 동작이었으나, 그 동작 안에는 흉포함이 이를 드러내고 있었다.

'한 번의 주먹질로 백 년 연공을 없애고……'

수운은 한가로이 권장편을 중얼거린 뒤 절명기가 그득 실려 있는 주먹으로 복면인을 덮쳐 갔다.

당소류의 어깨를 뚫은 것으로 사실상 그녀를 무력화시킨 팔비영이었으나 거기서 그칠 생각은 없었다. 상대는 사천당가의 고수. 어설프게 살려뒀다간 고슴도치처럼 어디에서 무슨 암기가 튀어나올지 알 수 없었다.

여자에 대한 배려? 그의 부모를 앗아간 것도 여자 무림인이었다.

그렇듯 냉정한 시선으로, 무력화된 사천당가의 여고수의 목을 쳐가던 팔비영은 무언가 자신이 있는 곳까지 일직선으로 뻗어오는 것을 느꼈다.

“웃?”

주욱—

놀랍게도 그 선은 사람을 길게 늘인 듯한 모양이었다.

“이형환위?”

팔비영은 당소류의 목을 쳐가던 힘을 이용해 그대로 옆으로 몸을 날렸다.

쾅—

“…….”

간발의 차이였다.

바닥엔 작은 구멍이 뚫려 있었고, 거기에서 먼지가 솔솔 피어오르고 있었다. 수운은 먼지 너머에서 검을 들고 자신을 바라보고 있는 복면괴한을 멍한 눈으로 바라보며 서 있었다.

그의 놀라운 경신법과 흉험한 공격을 경험한 팔비영은 그의 후속 공격을 대비하여 검을 들어 전신을 방어하며 속으로 투덜거렸다.

'대체 이 안에 고수가 몇이나 있는 거야?'

팔비영은 갑자기 등장한 젊은 고수를 바라보며 소름이 쫙 끼치는 것을 느꼈다. 저 젊은 나이에 이형환위라니. 말이 되느냔 말이다.

'길보다 흉이 많겠군.'

눈을 뜬 당소류는 자기 앞에 서 있는 것이 유수운임을 확인하자 자신도 모르게 그를 불렀다.

“…유 공자?”

뒤에서 들려온 목소리에 수운은 자신도 모르게 고개를 돌렸다.

“괜찮아요, 선배. 이번엔, 괜찮아요.”

“……?”

당소류는 수운이 이상한 소리를 중얼거리자 의아한 눈으로 그를 바라보았다. 그 순간 유수운의 신형이 ‘사라졌다’.

“앗!”

“흡!”

유수운이 절대부동을 펼치는 순간 당소류와 팔비영의 입에서 동시에 경호성이 터져 나왔다.

‘뒤!’

팔비영은 용케도 한층 발전된 절대부동의 행적을 간파해 내고 뒤쪽으로 창궁대팔식을 뻗어냈다.

흐늘―

과연 그 자리에는 팔비영의 느낌대로 유수운의 실체가 다시 형성되려 하고 있었고, 팔비영의 검은 정확히 다시 실체화되는 수운의 급소를 노리며 날아들고 있었다.

그러자 수운의 주먹이 팔비영의 검을 넘어 그에게 다가갔다.

‘젠장!’

팔비영은 속으로 욕을 퍼부으며 검을 회수해 자신을 향해 덮쳐 오는 수운의 주먹에 찔러 넣었다. 믿을 수 없지만, 그의 주먹에 잠시 신경을 쓰는 순간 수운의 ‘몸’ 을 또다시 잃어버렸기 때문이다.

팔비영은 그가 움직이는 방향을 종잡을 수 없었기 때문에 어쩔 수 없이 노리기 불편한 주먹이라도 노릴 수밖에 없었다.

적어도 그 ‘주먹’ 은 자신을 향해 다가오고 있었던 것이다.

수운은 팔비영의 검이 자신의 주먹을 찔러오자 미련없이 한 걸음 뒤로 물러섰다.

"후우……."

수운은 그 자신의 주먹을 바라보며 고개를 갸웃거렸다. 예상보다 '선'을 따라 권을 움직이는 것이 너무 힘들다는 것을 느낀 수운이 한숨을 내쉬었다.

"유 공자!"

그가 격전 중에 멍하게 자신의 주먹만 들여다보고 있자 조마조마하게 보고 있던 소류가 크게 소리를 질렀다.

"…응?"

눈에 익은 장소였다.

눈앞에 복면 괴한이 있긴 했지만, 살수들이 덮쳐 오던 산속이 아니었다.

장무성의 집이었다.

그때야 비로소 유수운은 당황했다.

"여, 여기는?"

"유 공자, 괜찮아요? 갑자기 왜 그러시죠?"

"아, 네? 그게, 응?"

수운은 당소류의 얼굴을 확인한 순간 아직도 반쯤 발을 담그고 있던 황홀경에서 완전히 벗어났다.

"다, 당 소저? 여기는 왜?"

"그러는 유 공자는 왜 여기 있는 거죠?"

"저야… 여기가… 그게……."

"부상은 어떻게 된 거예요?"

자신이 직접 진맥한 일이 있는 상처였다. 죽지 않으면 불구. 그저 운신하는 데만도 적게 잡아 반년은 요하는 중상이었다. 그런데… 이제 겨우 한 달이 조금 지난 상황에서 이 움직임은 무엇이란 말인가?

'재미있어.'

소류는 어깨의 통증도 잊고 그렇게 생각하고 있었고, 수운은 자신의 부상이 거론되자 땀까지 흘리며 변명거리를 찾기 시작했다.

"아… 저기… 그것도… 그러니까……."

그는 거기까지 말하다 당소류가 오른쪽 어깨에서 피를 흘리고 있는 것을 발견했다. 그리고 조금 전까지의 일이 조금씩 스치고 지나갔다.

황홀경에 빠진 채 칠상권도인체조와 그 구결에 권장편을 대입시켜가며 행공을 하고 있던 일, 여자의 비명 소리… 그리고 복면 괴한과의 승부…….

수운은 퍼뜩 정신이 들었다.

'맙소사… 하필 이 여자 앞에서…….'

그가 무슨 생각을 하고 있든 간에 당소류는 반가움을 표한 뒤 어깨를 부여잡고 비틀거리면서도 일어서려고 했다.

얼핏 보기에도 많은 출혈을 동반한 심한 부상이어서 수운은 서둘러 그녀를 부축하려고 다가섰다.

"아, 제 손을 잡으……."

"고마워요, 유 공자."

그 순간 수운의 머리 속에 경종이 울렸다. 그는 아직 절명기를 운용하고 있는 중이었다.

"헉!"

수운은 황급히 뒤로 물러섰다.

배후에 복면 괴인이 암습할 틈만 노리고 있다는 사실은 까맣게 잊은 듯한 모습이었다.

"아야……."

수운의 손을 잡고 일어나려던 소류는 허공을 잡고 털썩 주저앉아야 했다.

"아, 죄, 죄송합니다."

"…아니, 괜찮아요."

수운은 몸 안에 있는 절명기를 모두 단전으로 갈무리한 뒤 다시 소류에게 손을 내밀어 그녀를 일으킨 뒤 곧바로 몇 걸음 뒤로 물러섰다. 마치 그녀가 무슨 괴물이라도 되는 듯한 동작이었다.

몸을 일으킨 당소류는 고통스러운 표정을 애써 참으면서 그에게 말을 걸었다.

"목숨 빚을 졌군요. 아마… 두 번째… 인 것 같은데. 은혜를 어떻게 갚아야 하죠?"

당소류는 은근히 추혈대의 일을 들먹였다. 당연히 수운은 펄쩍 뛰었다.

"새, 생명의 은혜는요, 무슨! 그냥, 보니까 저 복면 쓴 놈이 나와 있기에 그냥……."

그의 우스꽝스런 반응에 고통스럽지만 살짝 웃음을 지어 보였던 당소류의 얼굴이 갑자기 굳었다. 그 시선의 끝에는 주의가 흐트러진 틈을 타 수운을 공격하는 복면 괴한의 모습이 있었다.

"위험……!"

수운은 당소류의 말에 당황하고 있다가 그녀의 표정이 갑자기 굳어지자 퍼뜩 자기 뒤에는 '엄청나게 위험한' 살수가 아직 두 눈 멀쩡히 뜨고 살아 있다는 것이 떠올랐다.

‘이런 바보 같으니라고!’

당소류를 일으켜 세우느라 절명기도 모두 갈무리해 놓은 상태였고, 배후를 잡힌 상태였다. 절명기가 끌어올려진 상태라면 절대부동이라도 시도해 보겠으나 이 상황에서 절대부동을 시전하려면 조금 늦을 것 같았다.

‘안 되는 건가……’

막막한 수운의 뇌리에 조금 전까지도 황홀경에 빠진 채 화두처럼 붙잡고 놀던 권장편의 구절들이 떠올랐다.

상대의 공격은 그의 문제도 나의 문제도 아니다.
한 걸음으로 상대의 백 걸음을 무용하게 만든다.

밑져야 본전이었다.

‘우선은 이 고비만……’

권장편과 수신편을 굳게 믿으며, 검이 자신을 꿰뚫으려는 마지막 순간 수운은 한 걸음 앞으로 나섰다.

“홉!”

당소류는 괴한의 검이 수운의 배를 꿰뚫는 것을 보고 자기도 모르게 숨을 들이켰다.

“……!”

“…대단하군.”

“아!”

복면 괴한은 수운의 복부를 꿰뚫지 못했다. 약간 측면에서 본 터라 옆구리를 스치고 지나간 검이 마치 배를 꿰뚫은 것처럼 보였던 것이다.

"이제… 끝내기로 하죠."

수운은 검을 회수하며 물러서는 복면 괴한을 바라보며 그렇게 중얼거렸다. 당소류에게 이 이상의 밑천을 보여주지 않는 유일한 방법은 일 분이라도 빨리 저자를 제압하는 것뿐이었다.

수운은 천천히 자세를 잡았다.

"서… 선인지로? 육합권?"

이런 위기 상황에서 접하리라고는 생각도 않은 기초권장법을 보자 팔비영은 자신도 모르게 중얼거렸다.

수운은 멸명마공을 끌어올리며 말했다.

"…진짜로 갑니다."

팔비영의 공격이 시작되었다. 그는 진기를 북돋아 그와 마주쳐 갔다. 주먹이 팔비영의 복부에 틀어박혔다.

"……."

수운은 묵묵히 복면 괴한과 눈을 마주쳤다. 복면의 입 부분에서 천천히 핏물이 배어 나오고 있었다.

푹!

그 순간 혹시나 틈을 노리던 당소류가 던진 독질려 하나가 팔비영의 등에 틀어박혔다.

"……."

혹시나 수운이 당할까 봐 저어하던 당소류가 암습의 오명을 쓰면서까지 기습을 한 것이었다.

'멸명마공에… 뭔지 모르겠지만 사천당가의 독 암기까지 맞았으

니… 끝났군.'

그렇게 생각한 수운은 천천히 뒤로 물러섰다. 그러나 그것은 수운의
오산이었다.

번쩍!

갑자기 눈을 뜬 괴한이 도주하기 시작했다.

"…어라?"

수운은 그가 자신의 절명기를 견뎌내고 도주하자 고개를 갸웃거렸
다.

'모자랐나?'

그를 쫓을 만한 경공이 없는—무의식 중에 자신이 절대부동을 자유자재
로 변형시켜 사용한 사실은 이미 잊었다—수운은 긴장이 풀리자 일단 땅바
닥에 엉덩이를 붙이고 크게 한숨을 내쉬었다.

격렬하게 움직였더니 몇 군데가 결리긴 했지만, 칠상권의 권리와 멸
명마공을 운용하며 움직인 터라 크게 악화되진 않았다.

그의 시선이 마침내 창백한 얼굴로 오른쪽 어깨의 검상을 틀어쥐고
있는 당소류에게 가 닿았다.

"아!"

수운은 그제야 당소류가 큰 부상을 입었다는 것을 깨닫고 자리에서
일어나 그녀에게 다가섰다.

"괜찮으세요?"

"…덕분에요. 덕분에 목숨을 건졌군요."

"……."

"멋진 무공이었어요."

“이런⋯ 상처가 심한데요. 빨리 의원에게 보여야겠어요.”

유수운은 자신의 무공에 대해서는 별로 얘기하고 싶지 않았기 때문에 그렇게만 말했다.

그때였다.

“물러서라, 이놈!”

하태진과 남궁정의였다.

운공으로 주정(酒精)을 모두 체외로 배출하자마자 달려온 것이다.

“음?”

둘은 이미 검을 빼 들고 있었다.

‘또냐⋯⋯.’

수운은 한숨을 내쉰 뒤 미련없이 뒤로 물러섰다.

“아가씨께서 이 미천한 소인 놈을 살려주시려다 그만 괴한의 일격을 허용하시고 말았습니다. 저는 그저⋯⋯.”

남궁정의는 이미 당소류에게 다가가 그 상처를 돌보기 시작했고 하태진은 이글거리는 눈으로 유수운을 바라보았다.

“네놈⋯ 네놈이 왜 여기 있는 거냐?”

그는 수운이 장무성 대표두와 관련이 있다고는 생각하지 않았고, 그 사실도 알지 못했기에 이런 질문은 당연하다 할 수 있었다.

“그게⋯⋯.”

“밀정 노릇이라도 한 것이냐? 유성표국에 원한을 품고?”

그의 상상력은 이상한 쪽으로 움직이기 시작했다.

“⋯⋯?”

어떻게 생각하면 그런 결론이 나오는 것인지 도무지 알 수가 없었으나, 지난 경험에 비춰보자면 그저 고개 숙이는 것이 최고였다.

“소국주님, 그저… 부상당한 저를 대표두님이 어여삐 여기셔서…….”

“부상? 네 어디가 부상당했다는 것이냐?”

“…….”

수운이 생각하더라도 지금의 자신은 모르는 사람이 보면 특별히 부상당했다 볼 수 없었다.

뼈까지 으스러지는 상처를 입었던 것이 한 달도 되지 않았는데 이렇게 멀쩡히 걸어다니게 되었으니…….

“그만두세요, 하 소국주. 저 사람이 제 목숨을 구했으니 생명의 은인이나 마찬가지입니다.”

상처에 금창약을 뿌려 지혈을 한 뒤 응급 처치를 하고 있던 남궁정의가 물었다.

“소류, 너 또 무슨 장난을 치려고 그러는 거야?”

“장난? 저분이 도와주지 않았으면 난 이미 이 세상 사람이 아닐 거야.”

“흠…….”

하태진이 고개를 끄덕였다.

“당 소저의 말이 맞다면, 더욱 수상하군. 너, 이전 객잔에서부터 수상쩍었다. 왜 무공을 감추고 있지? 혹시 지난번 혈사와도 관련이 있는 건 아닌가?”

하태진의 말이 날카로워졌다.

“그건…….”

유수운은 갑작스러운 얘기를 듣자 일순간 대답을 하지 못했다.

“억측은 그만두세요, 하 소국주.”

“억측이 아닙니다. 그렇지 않아도 그 표행이 계속 의심스럽던 차입

니다. 그런데 표국에 들어온 지 얼마 되지 않았고, 무공까지 숨긴 수상
한 쟁자수가 있다… 냄새가 나지 않습니까?"

"그건……."

"유수운. 이 이상 얘기는 필요없을 것 같다. 일단 표국으로 가서 조
사를 받는 게 좋을 것이다. 잘못이 없다면 자연히 훈방 조치될 것이니
반항 같은 건 삼가는 게 좋을 거다."

그가 수운에게 가까이 다가서자 수운은 주춤주춤 뒤로 물러섰다. 일
전 표행 당시 객잔에서는 죽을 지경의 타격을 입는 바람에 잠시 이성
이 마비되었었지만, 지금은 멀쩡했다.

미친개는 피하는 게 약이라고, 자신을 유난히 미워하고 있는 이 소
국주에게서는 그저 피하는 게 약이었다.

그때 구세주의 목소리가 들려왔다.

"잠깐, 잠깐……."

장무성 내외와 유정 내외, 하상혁, 혜월, 전욱, 그리고 장우복이 걸어
오고 있었다.

"이봐, 조카. 너 여기서 또 생사람 잡고 있는 거냐?"

하태진은 이전에 객잔에서 겪었던 상황과 비슷하자 자신도 모르게
부르르 몸을 떨었다.

"그렇지… 않습니다. 지나던 길에 숙부님 댁에 습격이 있다 하여 이
렇게 달려왔습니다."

"그래, 와준 건 고마운데, 생사람은 왜 잡고 있어?"

"그러니까 이 녀석이 아무래도 수상해서 말입니다……."

그 말에 조금 전 습격의 충격으로 아직도 바들바들 떨며 유정에게
안겨 있던 부인 한씨가 눈에 쌍심지를 켰다.

"무사님! 그게 무슨 뜻이죠? 저 아이가 수상하다니?"

하태진은 처음 보는 중년 부인에게 가시 돋친 말을 듣자 눈살을 찌푸렸지만 장무성 등과 같이 걸어오는 것을 보았으므로 나름대로 예의를 갖추어 말했다.

"부인은 뉘시오?"

"지금 무사님이 수상하다고 말한 젊은이의 어미 되는 사람입니다. 저 아이 어디가 수상하다는 겁니까?"

그녀가 수운의 모친이라고 밝히자 하태진의 얼굴 표정이 눈에 띄게 차가워졌다.

"중요한 이야기 중이니 부인은 끼어들지 마시오."

한씨가 설마 장무성의 안사돈이 된다고 꿈에도 생각 못한 하태진은 퉁명스레 말한 뒤 다시 장무성과 하상혁 쪽으로 눈길을 돌렸다.

"이놈, 쟁자수 주제에 이상한 무공을 지니고 있습니다. 무공을 숨기고 본 표국에 잠입한 데다가, 숙부님 댁에 괴한들이 침입한 지금도 이 자리를 지키고 있습니다. 충분히 수상하지 않습니까?"

"씨발, 정말로 존나 수상하네?"

자기 말에 반대하리라 생각했던 하상혁이 심각한 표정을 지으며 고개를 끄덕이자, 하태진은 조금 의외라는 표정을 지으면서도 급히 고개를 끄덕였다.

"네. 그래서 지금 곧 표국으로 압송해서 문초를⋯⋯."

"누구를?"

"예? 그야 당연히 저놈을⋯⋯."

"장난하냐? 씨발, 난 그따위 얘기를 지껄이는 네 녀석 입이 수상하다는 거야. 쟤가 수상해? 왜 수상한데? 일하다 다쳐서 사돈댁에서 요양하는 놈이 어디가 어떻게 수상하다는 거냐? 정말 궁금하니까 한 번 얘기나 들어보자?"

그 말에 하태진이 무슨 소리냐는 듯 장무성을 바라보았다.

"사돈……?"

장무성이 상황을 설명했다.

"뭔가 오해가 있었나 본데… 저 아이는, 그 사람은 우리 사돈 총각이니까 당연히 여기 있는 거고……."

사돈이라는 말에 하태진이 어이없다는 듯 입을 헤벌렸다.

"사돈……? 지금 사돈이라고 하셨습니까? 저 녀석이요?"

그가 전혀 모르는 듯하자 장무성은 아들 장우복을 슬쩍 바라보았다.

"음, 뭐야? 모르고 있었나? 야, 우복아! 사돈 총각에 대해서 태진이한테 말 안 했었냐?"

"공은 공, 사는 사. 그런 걸 왜 표국에다 말합니까?"

태연히 말을 꺼내는 장우복이었다.

"……."

하태진은 여전히, 매우 어처구니없다는 듯, 아직까지도 벌린 입을 다물지 못하고 있었다.

"아무튼 수운이는 내 처남이라 여기 있던 거고… 난 오히려 그쪽이 여기서 뭘 하고 있었는지 궁금하다만?"

그 말에 대한 대답 대신 밖에서 수많은 사람들이 몰려드는 소리가 났다.

유성표국의 표두와 표사들이 모두 몰려온 것이다.

"…일 다 끝나니까 오는구만."

"대표두님을 찾아라! 빨리!"

"식구들을 보호해라! 움직여! 움직여!"

소란스러운 명령 소리와 복명복창 소리가 장씨 저택 여기저기에서 울리기 시작했다.

마침 십여 년 전부터 대표두 장무성을 보좌했던 권 표두가 장무성에게 다가와 예를 갖춘 뒤 다급한 목소리로 물었다.

"괜찮으십니까, 대표두님!"

"괜찮은 것 같으이."

"어디 아프신 데는?"

"없는데."

"기침이나, 설사⋯ 발열 같은 것도 없으십⋯⋯."

"야, 귀찮게 하지 말고 가라. 나 건강하다니까 그러네."

장무성은 귀찮다는 듯 손짓을 해서 권 표두를 쫓은 뒤 남궁정의를 바라보았다.

"자네⋯⋯."

"남궁정의, 선배님을 뵙습니다."

"그래, 남궁정의. 자네가 남궁가의 셋째인가 넷째라고 했지?"

"그렇습니다만⋯⋯."

"그렇다면 잠시 물어야 할 게 있네."

"무엇입니까?"

장무성은 힐끗 당소류를 바라보았다.

"저 처자, 상처가 심한 듯하니 자리를 옮겨서 얘기하도록 하지."

장무성은 혜월을 바라보았다. 그의 의술이 뛰어나다는 얘기를 상혁에게 얼핏 들은 바가 있어서였다. 혜월은 고개를 끄덕여 상처를 봐줄 수 있다는 뜻을 표시했다.

“우복아.”

“네, 아버지.”

“사람들 몇 명만 남기고 나머진 야참이나 먹이고 돌려보내라. 그리고 사돈 총각 다시 방으로 데려가서 재우고. 아, 전 소협. 부탁 하나 하지. 여기 사돈 어른들 좀 모시고 가게나. 자네가 묵을 방 근처니까.”

“잠깐만. 저 유가 역시 중요 참고인일 텐데…….”

“중요 참고인은 무슨…….”

하상혁이 그렇게 중얼거렸다. 장우복은 일단 고개를 끄덕이고 그냥 고개만 푹 숙이고 있는 수운의 손을 잡아끌었다. 그러다 뭐가 생각났는지 장무성을 바라보며 인상을 썼다.

“그런데 아버지, 저 많은 사람들한테 다 야참을 지급해요? 무슨 수로요?”

“야 이 자식아, 그야 적당히 잘하면 되잖냐.”

그들이 이동을 시작하자 하태진 역시 슬그머니 일행에 끼어들었고 상혁 역시 끼어들었다.

“야.”

“네… 숙부.”

“넌 왜 따라오냐?”

“이야기를…….”

“넌 몰라도 되는 얘기니까 우복이랑 같이 뒷정리나 좀 해라. 아, 술 먹었냐? 몸에서 술 냄새가 진동을 한다?”

“…….”

입을 굳게 다문 채 뒤로 돌아서 표사들에게 돌아가는 하태진을 바라보며 상혁은 크게 혀를 찼다.

“배포가 저렇게 번데기만해서야……”

그는 조용히 먼저 갔던 일행을 쫓아갔다.

“이래서야 유성표국도 반석에 올랐다고 말하기는 힘들겠군.”

어깨 부위에 상처를 입어 출혈이 심한 당소류는 혜월이 맡았다.

“날이 밝는 대로 좀 더 제대로 된 치료를 받아야겠습니다. 자칫 큰 흉이라도 남을까 걱정됩니다.”

혜월이 그렇게 말하자 당소류가 걱정할 것 없다는 듯 고개를 저었다.

“본 가의 금창약을 사용하면 적어도 상처가 덧나는 일은 없습니다. 게다가 대사님의 금침지혈법과 내공으로 약효를 뿜어내는 치료는 무척 뛰어나셔서……”

“별거 아닌 재주를 당가 분이 칭찬해 주시니 송구하구려.”

두 사람의 대화를 듣던 장무성이 고개를 끄덕였다.

“다행히 당 소저의 상처도 생명이 위험할 정도는 아닌 것 같군. 걱정했는데 다행이야.”

그 말에 남궁정의가 고개를 끄덕였다.

“그런데 하실 말씀이라는 게……?”

“음……”

장무성은 뭔가 하기 힘든 말이라도 하듯 석상처럼 팔짱을 끼고 앉아 있다가 무겁게 입을 열었다.

“남궁세가가 나에게 감정 품을 일이 있을 수 있나?”

“무슨 말씀이신지……”

“그게 아니면… 남궁세가에서 어딘가 다른 곳으로 창궁대팔식을 전수해 준 일은……?"

"그런 일은 있을 수 없습니다. 창궁대팔식은 직계 중에서도 몇 사람만이 익힐 수 있는 본 가의 최대 자부심 중 하나입니다. 다른 이들에게 전수하다니… 이미 본 가에는 일반 무인이나 방계 무사들이 사용하는 창궁이십팔검이 있지 않습니까?"

"그렇겠지……."

장무성이 심각한 표정으로 남궁정의의 눈을 바라보았다.

"그래서 심각하다는 거야. 자네를 이리로 데려온 이유는 아주 간단해. 습격해 온 괴한들, 창궁대팔식을 사용했네."

"네?"

갑자기 '창궁대팔식'이라는 얘기를 듣자 남궁정의의 두뇌는 일순 반응을 하지 못했다. 여기서 왜 창궁대팔식이라는 이름이 나왔을까, 그런 표정이었다.

장무성은 친절하게 방금 전 자신이 했던 말을 다시 한 번 반복했다.

"그들이 창궁대팔식을 사용해서 우리를 공격했단 말일세."

그제야 장무성의 말을 제대로 알아들은 남궁정의는 얼굴을 심각하게 굳히며 즉각 반응했다.

"그럴 리가 없습니다!"

그에 대한 대답은 엉뚱한 곳에서 튀어나왔다.

"사실이야."

여자의 목소리였다. 이곳에서 유일한 여자라면…….

"……."

남궁정의가 뒤를 돌아보자 당소류가 고개를 끄덕였다.

"나도 봤어. 분명히 창궁대팔식이었어. 그것도… 진체(眞體)에 가까운······."

"믿을 수 없어!"

"사실이네."

혜월이 중얼거렸다.

"어찌 된 일인지는 알 수 없지만··· 복면인들은 분명히 남궁세가의 창궁대팔식을 사용했네."

남궁정의는 추레한 몰골의 외팔이노승을 힐끗 넘겨본 뒤 신경질적으로 말했다.

"저분은?"

"딱 보면 모르겠냐? 정체를 숨긴 고승이시지."

상혁이 빈정거리듯 말했다.

"당신 의견을 물은 적 없소만."

사안(事案)이 사안인만큼 남궁정의는 상혁의 빈정거림에 날카롭게 반응했다. 둘 사이의 기류가 험악해지자 장무성이 혀를 차며 끼어들었다.

"아무튼 남궁세가의 무공이··· 왜 하필 우리를 습격한 자들에게서 흘러나왔는지 혹시 아는 바 없는가?"

"전혀 없습니다. 그리고 미리 말씀드리지만 우리 남궁세가는 앞으로도 이 일에 대해서는 그 어떠한 억측도 용납하지 않을 것입니다. 공연한 억측은 삼가주십시오."

그의 단호한 선언에 상혁이 혀를 찼다.

"지금 증인이 몇인데, 씨발, 그게 뭐 억측이라는 거야? 그리고, 누가 남궁세가에 누명이라도 씌우겠데? 적이 창궁대팔식을 썼으니까 남궁세가에 알리고 어찌 된 일인지 묻겠다는 거잖나!"

"적이 창궁대팔식을 썼다고 말하는 그 하나만으로도 충분히 억측이라 생각하오만."

"그게 궁금하니까 대표두님이 점잖게 물어보는 거 아냐. 그리고 우리만 본 게 아니라, 저기 당가 아가씨도 자기 눈으로 봤다잖아."

창백한 얼굴로 앉아 있는 당소류를 가리켰으나 남궁정의는 한 치의 양보도 없었다.

"본 가의 창궁대팔식은 세상에 공개된 일이 없소."

이제껏 잠자코 이야기를 듣고만 있던 혜월이 작은 한숨을 내쉬며 끼어들었다.

"아미타불, 아까 상혁이가 말했듯 남궁세가에 무슨 책임을 따지자는 것이 아닙니다. 습격한 자들은 분명히 창궁대팔식을 썼으니… 남궁세가의 협조를 얻으면 그들의 정체를 알 수 있는 조그만 단서라도 얻을 수 있을까 해서……."

"대사, 거듭 말하지만 그럴 가능성은 없습니다. 본 가의 이름이 이런 상황에서 계속 언급되는 건 듣고 싶지도 않군요."

"정의야……."

당소류가 다시 끼어들려 하자 남궁정의가 손을 들어 그녀의 뒷말을 막았다. 끼어들지 말라는 확고한 의사 표시였다.

"……."

그녀는 정의가 확실한 증인들이 있음에도 계속적으로 남궁세가의 무공이 사용되었다는 것을 부정하는 이유를 알고 있었다. 그녀도 그렇게 교육받았으니까.

무릇 가문에 누가 되는 일은 확실한 물증이 없을 경우―혹은 물증까지 존재하더라도―일단 부인하고 뒷일은 본 가와 상의해서 처리해야 하는 법이었다.

“음…….”

장무성이 뭔가를 깊이 생각하는 듯 팔짱을 끼고 있다가 어느 순간 남궁정의의 눈을 들여다보았다.

“자네의 말을 남궁세가의 일반적인 생각으로 들어도 될까?”

“물론입니다.”

그가 주저없이 고개를 끄덕이자 장무성이 주변 사람들을 돌아보며 말했다.

“알겠네. 미리 말해 두지만 남궁세가에는 손톱만큼의 악감정도 없네. 하지만 흉수들이 남궁세가의 일반 검식, 그러니까 창궁이십팔검이나 창궁전육식 같은 검법이 아니라 비전인 창궁대팔식을 사용한 이상 우리로서는 반드시 남궁세가에 이 부분을 확인하는 수밖에 없네. 필요하다면 모든 수단을 다 동원해서라도…….”

장무성은 ‘모든 수단’ 부분을 강조하며 말끝을 흐렸다.

“…….”

남궁정의는 입술을 질끈 깨물었다.

“…지금 그 말이 얼마나 큰 의미를 지니고 있는지 알고 계십니까?”

“물론이네.”

“그러시다면, 날이 밝는 대로 본 가에 정식으로 문의하시기 바랍니다. 제가 드릴 말씀은 그것뿐입니다.”

“음…….”

남궁정의의 반응은 어느 정도 예상했던 것이다.

“그럼 이만 가보도록 하겠습니다.”

불쾌한 어조를 최대한 숨기며 남궁정의가 자리에서 일어섰다. 당소류도 남궁정의를 따라나섰다.

그들이 모두 나가자 상혁이 푸념하듯 중얼거렸다.

"씨발… 하여간 좀 뼈대가 있다 싶은 가문이나 문파는 저게 문제야. 저 자만심하고는……."

마치 자기 자신은 거대문파 출신이 아니라는 듯 중얼거린 상혁은 장무성에게 물었다.

"대표두님, 그런데 모든 수단을 다 동원하시겠다는 거, 진심은 아니시죠?"

"그래. 이 상황에서 내가 미쳤다고 남궁세가하고 척을 지겠냐. 저렇게 말을 전하면 남궁세가주가 적당한 선에서 손을 내밀겠지."

"하여간 노인네들… 늙어가면서 잔머리만……."

"끌끌… 말버릇하곤……."

"다 대표두님 밑에서 일 배우다 보니 이렇게 된 거 아니우."

상혁은 거기까지 말하다 장무성을 바라보았다.

"그나저나 짐작 가는 거 없으십니까? 오늘, 때마침 대사님과 전욱이란 놈이 손님으로 와 있어서 다행이긴 했는데, 자칫 큰일날 뻔했잖습니까. 저 없는 동안 어디 건드려 놓은 데 있으세요?"

"글쎄다… 내가 좀 툴툴거리긴 했지만 아직 몸이 완전치 않아서 본격적으로 일을 벌이지는 않았는데……."

"그러니까 짐작 가는 데라도 없으세요?"

"글쎄……."

장무성과 상혁이 대화를 나누는 도중에 혜월이 끼어들었다.

"말씀 도중에 미안한 청 하나 해도 되겠습니까?"

"아, 말씀하십시오, 대사님."

"노납 생각에, 유 시주 가족이 내일쯤 집으로 돌아갈 듯한데… 그때 저도 같이 갈 수 있도록 주선을 좀 해주시겠습니까?"

장무성이 고개를 끄덕였다.

"그야 어려운 일은 아닙니다만……."

"아니, 대사님! 여기서 좀 도와주셔야지 수운이 놈은 왜 따라가시려고요?"

"글쎄다."

불문제일공인 소림의 달마역근경과 한없이 비슷한 느낌을 내는 무공, 친숙한 느낌…….

단지 그것뿐이었는데도, 혜월 스스로 수운에게 이렇게 조금씩 집착을 보이기 시작하는 이유는 그 스스로도 알지 못했다. 다만, 수운의 기운을 떠올리면 뭔가 아련하게 느껴지는 것이 있었다.

"아니다, 대사님께 이 이상 무슨 도움을 더 바란단 말이냐? 한 번 목숨을 구원받았으면 된 거지. 네놈도 옆에 있고, 우복이도 있고, 조만간 우식이도 돌아올 테니 무슨 걱정이 있겠냐?"

"몇 가지만 확인하고 곧 돌아올 테니, 너무 섭섭해하지 마시오, 장 대표두."

"아이고, 섭섭해하다니요!"

장무성은 미안해하는 혜월을 향해 괜찮다고 위로한 뒤, 사돈댁에 혜월의 동행을 어떤 식으로 알릴까 생각해 보았다. 그리고, 그들의 성정상 어떤 식으로 알려도 펄쩍펄쩍 뛰며 좋아할 거라는 생각에 쓸데없는 고민은 접기로 했다.

팔비영은 약속된 은신처에서 가부좌를 틀고 앉아 있었다. 등에 꽂힌

독질려 부분에서는 연신 검은 피가 흘러나오고 있었고, 복면은 그가 토한 피로 축축하게 젖어 있었다.

호흡은 아주 미세해서 있는지 없는지도 알 수 없을 정도로 가늘었다.

가부좌한 팔비영 앞에 서 있던 이비영이 천천히 그 앞에 무릎을 꿇어 팔비영과 눈높이를 맞췄다.

"여덟째……."

이비영이 앞으로 나서 떨리는 목소리로 그를 불렀다. 대답은 없었다.

그는 팔비영 등 뒤에 꽂혀 있는 암기를 조용히 들여다보았다. 틀림없었지만 그는 주변의 다른 형제들의 의견을 구했다.

"뭐라고 생각하나?"

"독질려입니다."

"독질려."

"독……."

주변에서 팔비영을 둘러싸고 있던 나머지 비영들이 망설임없이 대답했고, 이비영도 고개를 끄덕였다.

"독질려… 사천당가의 고수라……."

그는 사천당가의 이름을 한 번 중얼거렸다.

"적어도 그 안에 있던 고수 중 두 명은 어디 출신인지 알 수 있게 됐군. 공동과 복마검에다, 사천당가의 독질려라……."

이비영은 공동과 당가의 이름을 입에 올린 뒤 입을 굳게 다물었다.

장무성을 암습해서 정정운을 편하게 해준다는 목적은 완전히 실패였다. 이비영은 아무리 생각해도 그 집에 그처럼 많은 고수들이 존재하고 있었던 이유를 알 수 없었다.

가장 흔하게 생각해 낼 수 있는 이유는 함정이 되겠지만, 그들이 십이비영을 어떻게 알고 함정을 팠단 말인가?

"부상자를 부축해라. 우선 돌아간다."

자신이 판단할 일이 아니었다. 보다 자세한 내막은 노야와 정정운이 알아낼 것이다. 그때까지 이비영이 할 수 있는 일은 사경을 헤매고 있는 팔비영을 조금이라도 빨리 운반하는 것 외에는 없었다.

"…일곱째랑 아홉째… 뒤따라오는 자가 있을지 모르니 흔적을 완전히 지우고… 매복해 있도록."

"……."

칠비영과 구비영이 가볍게 고개를 숙였다가 흩어졌다.

"빌어먹을."

가벼운 마음으로 나선 밤나들이가 엉망이 되어버렸다. 팔비영뿐만 아니라 오비영과 육비영이 심한 내상과 검상을 입었다. 나머지 비영들도 크고 작은 상처를 입은 채로였다.

그들이 창궁대팔식까지 꺼내고서도 이렇게 당한 것은 실로 오래간만의 일이었다.

"…대형에게 무슨 소리를 들을지 걱정이군. 노야께도……."

그는 조심스레 가부좌를 틀고 앉아 있던 팔비영을 들쳐 업다가 흠칫했다.

"……."

그사이, 그의 호흡은 이미 끊겨 있었던 것이다.

"……."

이비영의 입에선 다시 뭐라고 작게 욕지거리가 흘러나왔다. 이비영이 움직이기 시작하자 나머지 비영들도 일제히 그를 뒤따라 어둠 속으로 사라지기 시작했다.

아침이 되자마자 유정은 장무성을 찾아갔다.

"사돈, 기침하셨는지요."

장무성은 반갑게 유정을 안으로 들였고, 그 즉시 어젯밤 일에 대해 머리 숙여 사과했다. 비록 그의 잘못은 아니라 해도 자신의 집에서 목숨이 위험했던 것은 어떤 경우에도 사과를 해야만 하는 일이었다.

"어젯밤 일은 정말 죄송하게 됐습니다."

"아닙니다, 사돈. 다만……."

잠시 망설이던 유정이 솔직하게 찾아온 용건을 말했다.

"다른 게 아니라……."

여기서 그는 한 번 더 망설였다.

"아직 경황 중이시겠지만, 저나 집사람은 오늘 중으로 수운이를 데리고 가보려고 합니다."

"하하하, 그건 어제 이미 말씀하시지 않으셨습니까?"

"네, 그리고……."

장무성은 이것이 본론이라는 것을 느꼈다.

"말씀하시지요."

"수란이 말입니다……."

'아… 그렇겠군.'

장무성은 며느리의 이름이 나오자마자 유정의 뜻을 짐작하며 고개를 끄덕였다. 검광이 번쩍이던 어제의 흉험함을 겪으며 가슴이 서늘해졌을 것이다.

장무성은 잠시 생각을 다듬다 호탕하게 웃어 보였다.

"하하하, 안 그래도 며늘아기 산후 조리 문제로 친가에 몸 좀 풀러 보낼까 했었는데… 잘됐습니다. 가시는 김에 며늘아기 좀 잘 부탁드리 겠습니다."

장무성은 선선히 그 요청을 받아들였다.

정체불명의 암습이 있었으니 이 기회에 잠시 떠나보내는 것도 좋은 일이다, 그는 그렇게 생각하기로 했다.

'그래, 말 나온 김에 우식이 놈 처도 친가로 보내두는 게 좋지 않을 까.'

무슨 이유인지 모르겠지만 정체불명의 적에게 노림을 받고 있다면, 장우식의 처와 손녀 기선이도 잠시 처가로 피신시켜 두는 게 좋을지도 모른다.

그런 복잡한 속마음을 알 리 없는 유정은 염치 불구하고 청한 일을 장무성이 너무도 기분 좋게 승낙하자 미안한 마음에 그저 고개를 숙일 따름이었다.

"이리 흔쾌히 허락해 주시니 감사할 따름입니다. 한데… 수란이 아 이 말입니다만… 그 아이는 어떻게……."

유정이 가장 고민하는 부분이 바로 외손녀의 일이었다. 태어난 지 며칠 되지 않은 갓난쟁이를 여행시킨다는 건 바람직하지 못한 일이었 다.

"같이 데리고 가셔도 됩니다."

"하지만 아직 세상에 나온 지 얼마 되지 않아서 아무리 짧은 거리라 도 마차 여행은 좀 부담이……."

"며늘아기가 아기를 안고, 혜월 대사님이 불문심법을 불어넣어주시 면 짧은 마차 여행은 문제없을 겁니다."

장무성이 혜월의 법명을 언급하자 유정이 눈을 동그랗게 떴다.

"혜월 대사님이요?"

"아, 혜월 대사님이 그러시더군요. 사돈댁과 뭔가 인연이 느껴져서 한 번 사돈댁에 들러보고 가신다고……."

"그게 정말입니까?"

"하하하, 정말입니다."

"이런 복연이… 저, 아무튼 사돈, 정말 혜월 대사님이 아이를 축원하면 아이에게 아무런 해가 없는 건가요?"

"물론입니다. 부처님의 가피력은 한이 없는 것이니까요."

유정에게 굳이 내공이 어떻고, 호신이 어떻고, 저항력이 어떻고 하는 얘기를 꺼낼 필요는 없었다. 혜월 대사의 이름과 부처님의 가피력에서 이미 유정은 그 어떤 의구심도 없어진 상태였으니까.

유정이 만면에 웃음을 가득 띤 채 물러가자 장무성은 곧 아들 장우복을 불러들였다.

그리고 며늘아기와 손녀의 친가행을 허가했다고 말을 했다.

"아니, 아버지! 제게서 수란을 빼앗으시다니요! 그것도 모자라서, 제 귀여운, 귀여운 딸내미까지! 아버지, 몸이 허약해지신 터라 저의 당당하고 늠름한 모습이 부러우면 부럽다고 말로 하시지 그랬습니까! 이렇게 뒤통수를 치시다니요!"

"…이놈의 자식을 내가 그냥……."

장우복이 길길이 날뛰자 장무성이 슬그머니 앞에 있던 목침을 쥐어들었고, 그 모습을 보던 장우복도 슬그머니 난동을 중단했다.

"집 안도 어수선하고, 며늘아기도 산후 조리를 해야 하니까 이 기회에 친가 나들이시켜 주자는데 뭐가 그리 말이 많아?”

“그렇긴 하지만……..”

“안전 문제는 걱정 마라. 혜월 대사님과 저 전욱이라는 청년이 동행하니까.”

“그래도…….”

“그래도 뭐?”

“그래도 안심이 안 되니까… 이 기회에 저도 좀…….”

기어이 목침이 날았다.

“얌마! 넌 이 자식아, 표두가 돼가지고 표국 일도 봐야 되고, 그렇지, 이 늙고 힘없는 아비도 좀 지켜야 될 거 아냐! 이거 자식이라고 오냐오냐 길러놨더니…….”

◆ 第十八章 ◆
포위망, 좁혀지다

포위망, 좁혀지다

남궁세가로 돌아가는 마차 안에서 당소류와 남궁정의는 서로 말이 없었다. 남궁정의는 당소류의 목숨이 위태로운 순간에 자신이 아무 도움도 주지 못했다는 자괴감 때문에 입을 다물고 있었고, 당소류는 유수운의 환상적인 움직임과 무공을 생각하느라 입을 다물고 있었다.

'내가 싸웠던 그 복면인… 추혈대 개개인의 무위가 어떤지는 모르겠지만, 기록으로 생각해 보자면 그보다 조금 위거나 조금 약한 정도일 거야. 그러면… 역시 그날 추혈대를 막아낸 것은……?'

한참 당소류가 자신만의 추리를 진행시켜 갈 때, 드디어 남궁정의가 입을 열었다.

"상처… 괜찮아?"

"응? 아, 괜찮아."

그 한마디를 끝으로 남궁정의는 다시 침묵을 지키다 어렵게 한마디를 꺼냈다.

"미안하다."

"뭐가?"

"지켜주지 못해서."

그 말에 당소류가 어이없다는 듯 고개를 절레절레 흔들었다.

"나 이래 보여도 무림인이야. 내 몸은 내가 지킨다구. 미안해할 것
없어."

"……."

"아, 그 하 소국주랑 술 퍼먹고 쓰러지는 건 좀 웃겼어. 다음부턴 그
러지 말도록 해."

"…그러지."

남궁정의는 잠시 침묵을 지켰다.

"한 가지 더 묻자."

"뭘?"

"정말로 그 유수운이란 쟁자수가 네 목숨을 구했니?"

"그래."

"상대방은 너를 제압할 정도였는데?"

"…사실이야."

"게다가, 창궁대팔식을 사용했음에도?"

"……."

그는 당소류의 왼팔을 살며시 움켜잡았다.

"네 말이 모두 사실이라면 말이야……."

"사실이야."

"그래, 네 말이 모두 사실이고 그 녀석이 그리 대단한 무공을 가졌다

면 하태진 소국주의 말을 생각해 봐야 해. 수상한 녀석이 분명하니까.”

“…….”

그 말에 당소류는 쉽게 대답하지 못했다.

놀라운 무공을 지녔고, 그 무공을 숨긴 채 쟁자수로 일하는 남자. 숨은 고인…….

그의 정체는 무엇일까. 무슨 이유가 있기에 그 젊은 나이에 자기 자신을 숨기고 살아가는 걸까.

당소류가 어깨에 심한 부상을 입고 돌아오자 비록 늦은 밤이었으나 남궁세가에는 여기저기 불이 밝혀지기 시작했다. 지척이라 할 수 있는 장무성의 자택이 괴한들에게 습격을 당했다는 사실이 남궁정의의 입을 통해 전해지면서 남궁세가의 두뇌와 정보원들이 분주히 움직이기 시작한 것이다.

남궁정의는 들어서자마자 남궁세가에서 이십여 년이나 사람들을 돌봐온 명의 소유석에게 당소류를 데리고 갔다.

“노사, 소류를 좀 봐주세요.”

“검상인 듯한데…….”

소유석은 의서를 한쪽으로 밀어놓고 당소류를 등잔 앞으로 불렀다. 그리고 싸매진 상처를 풀기 전에 그녀에게 물었다.

“아가씨, 이곳에 오기 전에 했던 응급 처치가 무엇이었는지 말해 주겠소?”

“네. 우선 용형상성고를 사용해서…….”

당소류는 자기 자신이 했던 응급 치료와 혜월이라 불린 외팔이노승이 했던 치료에 대해 자세히 설명했다. 당가에서 자란 그녀는 상처와

그 상처에 가해진 처방에 대해 자세히 알리는 것이 치료에 효과적이라
는 사실을 잘 알고 있었다.

소유석은 그녀의 자세한 설명을 듣고 고개를 끄덕였다.

"아주 잘 처리를 했군요."

"저도 그렇게 생각해요."

당소류도 고개를 끄덕였다. 남궁정의가 제대로 된 치료를 받게 하겠
다며 서둘러 이곳으로 끌고 왔을 뿐, 적어도 오늘은 이대로 쉬어도 상
관없었다.

"노사, 말만 하지 말고 빨리 치료를 해주세요."

남궁정의가 조급하게 말하자 소유석이 밀어놓았던 의서를 집어 들
었다.

"이곳에 오기 전에 제대로 된 치료를 받았으니 공연히 상처를 들쑤
실 필요는 없네."

"그래도……."

"정히 걱정되면 이 옆 의당 안에 아가씨를 두고 가게. 흠, 안 그래도
검상이라 밤새 열이 날 수도 있으니 내 들락거리면서 상세를 살피겠
네."

"그래 주시겠습니까?"

"그럼. 귀한 손님 아닌가."

"그럼, 노사께 맡기겠습니다. 소류야, 너 여기서 좀 쉬고 있어."

"…백부님께 가려고?"

창궁대팔식이 정체 모를 괴한들의 손에서 펼쳐졌다. 장무성 앞에서
는 그럴 리 없다고 큰소리치고 왔으나 다른 사람도 아니고 당소류까지
목격한 사실이었다.

일단 시간을 벌었으니 한시라도 빨리 가주인 남궁천에게 보고해서 진상을 규명해야 한다.

조급한 마음을 억누르고 소류 먼저 의방에 데려온 것만 해도 남궁정의로서는 조급함을 참을 만큼 참은 것이었다.

"너도 알잖아. 이게 얼마만큼 큰 일인지."

그의 말에 당소류는 고개를 끄덕였다.

바꿔 생각해서 어딘가에서 당문의 십대금용암기가 등장했다면? 그리고 그 암기들로 어느 문파인가를 습격했다면 어찌 되겠는가?

"난 걱정 안 해도 되니까 빨리 가봐."

"그래. 아버지께 여쭙는 대로 다시 와볼게."

그렇게 말한 남궁정의는 황급히 밖으로 나섰고, 곧 아버지에게 독대할 것을 청했다.

중원 오대세가 중 그 세(勢)가 으뜸이라는 남궁세가의 가주 남궁천은 그답지 않게 찌푸린 얼굴로 남궁정의를 맞아들였다.

"어찌 된 일이냐?"

"네. 그 말씀을 드리려고 찾아……."

"소류가 다쳤다면서. 그것도 크게. 네놈은 뭐 하는 놈인데 남의 집 귀한 딸을 초대해 놓고 보표 하나도 제대로 못 섰냐? 소류를 평생의 반려로 맞이하고 싶다고? 그건 좋다. 그런데 제대로 지키지도 못해? 이 한심한 놈 같으니."

"그게……."

남궁천의 호통 소리가 커져갈수록 정의의 몸이 움츠러들었다. 비록 당소류가 겁도 없이 전장으로 뛰어들어 생긴 일이라지만… 그것을 막았어야 할 자신이 하태진과 술을 퍼마시고 떡이 되어 있어 그러지 못했다는 것을 알면 족히 몇 달은 요양해야 할 정도로 두들겨 맞을 터였다.

"변명은 필요없다! 소류 부상이 치료되는 대로 당가로 뛰어가서 적이 놈 앞에 가서 싹싹 빌어!"

그가 말하는 '적이 놈'이란 당가의 가주 당적을 의미했다.

말을 하는 동안 화가 풀리기는커녕 화가 증폭되었는지 남궁천은 의자에서 벌떡 일어서더니 남궁정의 앞으로 다가섰다.

"그래, 가서 싹싹 비는 김에 소류와 혼사 얘기도 마무리 짓고 와. 네 녀석 하는 짓이 귀엽다고 오냐오냐했더니 한심하게……."

그의 호통이 지속되는 동안 남궁정의는 전전긍긍하며 고개를 숙이고 폭풍이 지나가기만을 바라는 어부처럼 웅크리고 있었다.

"…하도록 해라. 알겠느냐! 한 번만 더 이런 일이 생긴다면 정후 놈처럼 저 정마련으로 일체의 지원금 없이 몇 년간 날려 버릴 테니까!"

명문정파의 경우, 정마련으로 떠나는 것이 반드시 영전(榮轉)만은 아니었고 가끔은 좌천(左遷)에 해당하기도 했다. 말썽을 부리거나 말을 듣지 않는 제자들을 비교적 한직으로 보내 몇 년간 썩히는 경우도 왕왕 있었다.

정마련에서 별달리 하는 일도 없이 시간을 헛되이 낭비하고 있는 남궁정후를 떠올리며—남궁정후 본인은 정마련 생활을 유난히 좋아하고 있었지만 두 부자는 그 사실을 알 수 없었다—깊이 고개를 숙였다.

"명심하겠습니다, 아버지. 저 그리고……."

"그리고 뭐?"

"중요한 얘기가 남아 있습니다."

"뭐냐? 소류가 부상당한 것과 장무성이가 습격당했다는 거 말고 또 뭐가 있단 말이냐?"

남궁정의는 긴장한 나머지 자신도 모르게 침을 한 번 삼켰다.

남궁천의 성격상 괴한들이 창궁대팔식(蒼穹大八式)을 사용해 장무성을 습격했다는 말을 들으면 그 분노를 측량할 길이 없을 터였다. 말을 잘못해서 그의 불같은 성정을 건드린다면, 단지 말을 전했다는 이유만으로도 상당히 심하게 당할 수 있었다.

"장무성을 암산하려 했던 그 복면인들 말입니다만……."

그가 말을 멈추고 호흡을 한 번 조절했다. 듣고 있던 남궁천은 아들이 속 시원히 말을 못하고 머뭇거리자 눈살을 찌푸렸다.

"그 복면인들이 왜?"

"아무래도… 창궁대팔식을 사용한 것 같습니다."

남궁세가의 가주 남궁천은 넷째 아들 남궁정의의 말을 듣고 눈썹을 치켜 올렸다.

"뭐라고?"

그의 예상대로 남궁천의 전신에서 폭발적인 기도가 뿜어져 나왔다. 눈에서 줄기줄기 쏟아져 나오는 안광을 접한 남궁정의는 숨어 턱 막혀 제대로 말을 잇지 못할 정도였다.

"…그게……."

"다시 말해 보거라. 창궁대팔식이 뭐가 어쨌다고?"

준엄한 남궁천의 물음에 그는 다시 한 번 불미스러운 사실을 언급해야 했다.

"그 괴한들이… 창궁대팔식을 사용한 듯하다고……."

"지금 창궁대팔식이 장무성 대표두의 자택을 습격하는 데 쓰였다 말하는 게냐?"

아버지의 몸에서 심상치 않은 분노가 풍겨 나오자 남궁정의는 눈을 질끈 감았다. 만약 '그렇다'라고 말하면 자신을 일장에 때려죽일 것 같았다.

'제길……!'

하필이면 이런 일을 아버지에게 말하는 처지가 되었을까, 라는 생각을 하며 그는 고개를 숙여 남궁천의 시선을 피했다.

"왜 대답이 없어!"

남궁정의는 그 기세 앞에 잔뜩 위축된 채 간신히 대답을 꺼낼 수 있었다.

"그게… 그쪽은 분명 그렇게 주장하고 있습니다."

남궁천이 의자 손잡이를 소리나게 내려쳤고, 질 좋은 자단목으로 만들어진 의자의 한 귀퉁이가 가루가 되다시피 부서져 나갔다.

"그걸 말이라고 하는 거냐!"

"……!"

"감히 우리 남궁세가를 뭘로 보고 그따위 망발을 지껄인단 말이더냐! 본 가의 창궁대팔식이 그리 만만해 보였더란 말이냐! 네놈은 뭐라고 했더냐!"

"소자도… 그렇게 말했습니다. 그럴 리가 없다, 그럴 리 없으니 알고 싶은 것이 있으면 본 세가에 정식으로 알아보라고……."

그의 말에 남궁천의 표정이 아주 조금 풀렸다.

"잘했다. 당연한 일이지. 장무성이가 또 뭐라 하더냐?"

"그게……."

"답답하다! 사내놈이 시원시원하게 말을 꺼내야지 답답하게 뭘 중얼

중얼거리고 있는 것이냐! 네놈이 그러고 있었으니 장무성이가 감히 우리 세가를 깔보고 창궁대팔식을 언급했겠지!"

"…장무성은 사실 확인을 위해 그 어떠한 수단도 마다하지 않겠다 했습니다."

"뭐라고?"

아들의 말을 들은 그가 헛웃음을 지어 보였다.

"어떠한 수단도 마다하지 않겠다고? 허허, 허허허허… 장무성… 적혈마왕한테 크게 당했다더니 정신이라도 이상해진 것인가?"

강호오대세가 중에서도 그 세력이 으뜸이라는 남궁세가를 향해 던질 말은 아니었다. 그것도 그 남궁세가의 가전절예를 걸고서 할 말은 더 더욱 아니었다. 남궁천 입장에서는 당연히 분노할 만한 일이었다.

그러나…….

남궁정의는 잠시 망설이다가 이제까지 자신도 줄곧 마음에 걸리던 일을 아버지에게 전했다.

"한데……."

"한데 뭐냐?"

남궁정의는 심호흡을 한 번 한 뒤에 그녀의 말을 전했다.

"말씀드렸다시피 현장에는 소류도 있었고, 교전 중에 부상을 입었습니다. 그런데……."

그는 침을 한 번 삼킨 뒤 남궁천을 바라보았다.

"소류가 말하길… 소류에게 상처를 입힌 괴한이 창궁대팔식으로 자신을 상처 입혔다 했습니다."

"무엇이!"

남궁천은 자리에서 벌떡 일어섰다.

“사실이더냐?”

“…그렇다고 합니다.”

남궁천의 표정이 변했다.

장무성이 말한 것과 당소류가 말한 것은 그 의미가 달랐다.

당소류가 창궁대팔식을 목격했다면 그 의미는 헤아릴 수 없이 커질 수밖에 없었다.

장무성이 목격했다는 것이야 웃으며 넘어갈 수 있었다. 경황 중에 착각했다 치부해 버리면 그들을 편들어줄 사람은 아무도 없었다. 다른 검식을 착각했을 수도 있다. 그러나 당소류라면 얘기가 달라진다.

어린 시절부터 남궁세가와 교류가 있던 당가의 자손인 탓에 ‘창궁대팔식’은 몇 번이고 눈에 익힐 수 있었다. 게다가 남궁세가에 적대적인 아이도 아니다.

자신과 당가주 당적의 우정 같은 건 별도로 치더라도 넷째인 정의와 혼담까지 오고 가는 사이 아닌가?

비록 요즘에 사랑싸움―남궁천은 소류가 정의의 생일잔치에 오지 않고 애를 태운 것을 흔하디흔한 젊은이들의 사랑싸움으로 알고 있다―때문에 조금 티격태격한다고는 하지만, 남궁정의와 혼담이 자연스레 오갈 만큼 가까운 아이가 그것을 목격했다면…….

“소류는 지금 어디 있느냐?”

“상처가 심해서 소 노사에게 맡기고 왔습니다.”

“치료에 시간이 오래 걸릴 것 같더냐?”

“아닙니다. 소 노사 말이 응급 처치가 완벽했다며 추가 치료는 내일이나 하신다고 합니다.”

“그럼 지금 불러와도 상관없겠구나.”

“…….”

남궁천이 탁자 위에 있는 줄을 당기자 곧 시동 하나가 쪼르르 달려왔고, 심부름을 맡은 뒤 잰걸음으로 사라져 갔다.

“넌 어떻게 생각하느냐?”

“있을 수 없는 일이라고 생각합니다.”

남궁천이 고개를 끄덕였다.

“있을 수 없는 일이지.”

두 부자는 그대로 입을 다물었고, 그 침묵은 당소류가 가주 처소로 찾아올 때까지 계속 이어졌다.

밖에서 인기척이 들리자 남궁천이 기다렸다는 듯 외쳤다.

“들어오너라!”

문이 열리고 당소류가 조심스레 들어섰다. 아직 얼굴은 창백했으나 옷을 갈아입고 조금 쉬어서 그런지 크게 나쁘지는 않아 보였다.

당소류는 들어서자마자 반쯤 부서진 의자를 보았고, 그가 몹시 화가 나 있음을 느꼈다. 그녀는 공손히 머리를 숙여 남궁천에게 인사를 올렸다.

“백부님을 뵙습니다.”

실제로는 남궁천이 당가의 당적보다 연배가 위는 아니었다. 그럼에도 그녀가 남궁천에게 백부라 올려 부르는 건 아주 사소한 이유 때문이었다.

당가주와 남궁세가주는 서로 막역한 사이여서 서로가 ‘자신이 형뻘’이라고 주장하고 있었고, 어릴 때부터 상대의 자제들에게 세뇌 공작을 펼쳐 놨던 것이다.

바꿔 말하자면, 남궁가의 자제들이 당적을 만나면 그들 역시 당적에게 '백부' 의 호칭을 쓴다.

남궁천은 그녀의 인사를 받자 미미하게 고개를 끄덕인 뒤 걱정스러운 표정으로 물었다.

"음… 크게 다쳤다 들었는데… 상처는 괜찮더냐?"

"예, 다행히 크게 다치지는 않았습니다."

"허어, 검이 어깨를 관통했는데 크게 다친 게 아니면 뭐가 큰 부상이란 말이냐?"

"검이 어깨를 관통했으나 다행히 근맥은 많이 상하지 않았다 합니다. 그러면 큰 부상은 아니지 않겠습니까?"

소류가 그렇게 말하자 남궁천이 잠시 껄껄 웃어 보였으나 곧 시무룩한 표정으로 바뀌었다.

"네 호기가 쓸모없는 남자 놈들보다 낫구나. 아무튼 정말 면목없구나. 이 집에 손님으로 왔거늘, 널 지켜야 할 저 쓸모없는 아들놈은 손가락 하나 다치지 않았으니……. 하아, 내 무슨 낯으로 다음에 적이 놈을 만나 술잔을 나누겠느냐."

본의는 아니었다지만, 잠시 술에 취해 있던 탓에 결정적인 순간에 소류를 지킬 기회를 잃은 남궁정의는 고개를 푹 숙일 수밖에 없었다.

"소류야, 그보다 정양해야 할 너를 부른 것은 물어볼 것이 있어서다. 무엇 때문인지는 짐작하고 있겠지?"

"예, 백부님."

남궁천이 자신을 부른 이유라면 명백했다.

“정녕 창궁대팔식이더냐?”

“……”

어떻게 말하는 것이 좋을까, 당소류가 대답을 망설이자 남궁천이 무겁게 말했다.

“괜찮다. 편히 말해 보거라.”

“저는… 다른 세가나 구파일방의 무공보다 남궁세가의 무공을 많이 접해보았습니다. 그것은 아시겠지요, 백부님?”

“알다마다. 그래서 묻는 것이 아니냐. 다시 묻겠다. 정녕 창궁대팔식이었단 말이냐?”

“제가 아는 한에서는 그랬습니다, 백부님. 틀림없이 창궁대팔식이었어요. 그것도 상당한 경지에 이른……”

“으음……”

남궁천이 신음 소리를 내더니 반쯤 부서진 의자에서 일어섰다.

“알았다. 가서 쉬거라. 정의야, 소류를 데려다주거라.”

“하지만……”

“나가봐.”

“알겠습니다, 아버지.”

둘 모두 밖으로 나가자 남궁천은 천천히 창가 앞으로 다가서 창문을 열었다.

거대한 남궁세가의 한 부분이 눈에 들어왔다. 밤이지만 여기저기 불이 밝혀져 있고, 활기차게 돌아가고 있는 남궁세가가.

휘황한 달 아래 위풍당당하게 서 있는 남궁세가를 바라보던 남궁천이 중얼거렸다.

“있을 수 없는 일이지, 다른 무공도 아니고… 창궁대팔식이?”

　비록 그 위력이 가주만이 물려받을 수 있는 창궁대삼검(蒼穹大三劍)에 미치지 못한다 하나, 창궁대팔식 역시 비전 중의 비전이었다. 한 예로 창궁대삼검보다 오히려 창궁대팔식을 더 중히 여겼던 선대도 있었다.

　게다가 그 진체에 관해서는 대부분 장자직계(長子直系)로만 전수되는 것이 바로 창궁대팔식이었다. 그러므로 창궁대팔식은 사실상 남궁세가 무공의 한 정점이나 마찬가지였다.

　"남궁세가 역사상 무공이 유출된 적은 단 한 번도 없었거늘… 하물며 창궁대팔식이? 있을 수 없는 일이야."

　그는 연거푸 있을 수 없는 일이라고만 중얼거렸다.

　그러나 중얼거리는 것만으로는 사태를 해결할 수 없다. 지금 당장은 아무 해도 없겠으나 강호에서 소문만큼 빨리 퍼지는 것은 없다.

　곧 장무성이 정식으로 자신에게 이 일을 물어올 것이고 '남궁세가의 창궁대팔식을 흉수들이 사용했다'는 소문은 빠르게 퍼져 나갈 것이다.

　남궁세가는 지난 청혈교의 유성표국 습격 사건과 아무 연관이 없었지만, 그 일도 남궁세가와 연결되어 다시 해석될 수도 있었다.

　"흐음……."

　결국 최악의 경우를 생각하고 미리미리 손을 써두는 것이 바람직했다.

　"우선은 장무성 대표두를 만나는 게 순서겠군……."

　넷째 아들의 말을 들어보면 그 역시 남궁세가가 배후에서 괴한들을 조종했다고는 생각지 않는 듯했다. 당연하다. 남궁세가가 배후라면 결코 창궁대팔식 같은 비전을 노출하지는 않았을 테니.

　'그가 바라는 것은 아마도 창궁대팔식이 흘러나간 경로일 테지.'

그 경로를 알게 되면 '끈'을 잡게 된다. 표행 중 청혈교에 습격을 당해 많은 동료를 잃은 데다, 이번에 다시 기습을 당한 터였다. 남궁천이 생각해 봐도 그가 장무성 입장이었다면 반드시 알아내고 싶은 단서일 것이다.

문제는 남궁세가의 가주 남궁천조차 창궁대팔식이 흘러나갔으리라는 걸 꿈에라도 생각해 본 일이 없다는 점이다.

'으음…….'

아무튼 장무성을 만나 사실을 밝혀야 할 일이었다.

"그 사람, 복잡한 걸 싫어하는 건 나와 같으니 진심으로 얘기하면 헤아려 주겠지."

남궁천은 그렇게 생각하며 반쯤 부서진 의자를 돌아보았다. 장무성에게 보낼 서신을 적을 생각이었던 것이다.

"허, 이렇게 달빛이 좋은 날에는 후원에 나가 술잔이나 기울여야 하는 것을……. *끌끌끌.*"

그는 잠시 달빛을 감상하다 의자에 앉았다. 그리고 문방사우를 꺼내 탁자 위에 올려놓았다.

장무성 대표두 친전.

이전 청혈교의 습격이나 자택에서 일어난 암습에 대해 강호동도의 한 사람으로 공분하고 있다, 운운…….

의례적인 인사치레를 시작으로 일사천리로 서신을 적어가던 남궁천의 손이 갑자기 멈추었다.

"……."

그는 '본 문 역사상 비급이나 무공이 외부로 유출된 일은 단 한 번도 없었으며' 라고 스스로 적어놓은 문장을 다시 들여다보고 있었다.

남궁세가 역사상 단 한 번도 비급이 유출된 일이 없다…….

"……."
남궁천의 눈이 달을 바라보았다. 이 명제는 공식적으로는 사실이었다. 그러나 또한 사실이 아니기도 했다.
"으음……."
그는 그렇게 중얼거리며 벌떡 일어서 다시 창문 밖을 바라보았다.
하늘에 휘황한 빛을 뿌리며 떠 있는 아름다운 달.
"…그렇지… 창궁대팔식이 유출된 적이… 있긴 있었지."
남궁천의 두 눈빛이 드물게 흔들거렸다.
가주인 그조차 까맣게 잊고 있던 기억. 그는 그 옛날 창궁대팔식의 진본 하나가 없어진 적이 있다는 것을 떠올렸던 것이다.
분명 자신의 할아버지였던, 당시의 남궁세가주 남궁진휜이 품고 나갔다가 월광혈사 당시 사라진 창궁대팔식의 진본(眞本) 비급…….
"월하논공… 월광혈사… 월광사신……."
어지간한 일에는 눈도 깜박이지 않는 남궁천이었으나, 그의 표정이 급격히 바뀌어가고 있었다.
"설마?"
그는 흥분을 가라앉히고 생각을 가다듬었다.
월광혈사 당시 수많은 고수들이 사망하면서 그들이 품고 있던 영약이나 기보, 그리고 무공비급 등이 사라져 갔다. 덕분에 아예 맥이 끊겨

절전된 무공도 부지기수였었다.

그런데 지금 창궁대팔식을 사용하는 자들이 나타났다. 유출된 적이 없으며… 비급을 잃어버린 것은 단 한 번뿐인 그 무공이.

"그렇다면 유성표국 습격 배후가……?"

그는 지금 정마련이 월광사신 때문에 분주하다는 것을 알고 있었다. 각 거대문파의 문주와 정마련 대표에게만은 월광사신에 대한 내용이 전해졌기 때문이다.

'월광사신이 배후라면… 그렇다면……?'

아직도 밝혀지지 않았던 추혈대와 적혈마왕 도유천의 죽음. 그것도 간단히 해결된다.

월광사신의 손속 앞에서는 수천의 추혈대와 수백의 적혈마왕이 덤벼들어도 몰살당할 것이 뻔했으니까.

"음……."

그는 흥분을 가라앉혔다.

물론 다른 가능성도 있었다. 그러나 혹시라도 월광사신이 관련된 일이라면 신중에 신중을 거듭해야 했다. 만약 이 일을 밝힌다면 남궁세가에 드리워질 억측을 단 한 번에 날려 버릴 명분이 생긴다.

그는 우선 장무성을 만나서 자세한 정황을 들어보고 결정하기로 했다. 물론, 창궁대팔식이 다른 경로로 빠져나간 일이 없는지도 조사해 둬야 했다.

그는 장무성에게 보내려던 서신을 잠시 치워놓고 좀 더 작은 종이를 꺼내 탁자 위에 올려놓았다.

그리고 남궁세가 사람들만 알아볼 수 있는 암호문을 깨알처럼 적기 시작했다.

정마련에서 남궁세가의 대표로 활동하고 있는 동생 남궁선에게 보내는 서신이었다.

*　　　　*　　　　*

이후성은 멀리서 누군가를 바라보고 있었다. 고권중이 옆에서 지키고 있다 짤막하게 물었다.

"어떻습니까?"

"아니로군요."

이후성이 한숨을 내쉬었다. 안도의 한숨인지, 실망의 한숨인지는 본인 스스로도 알 수 없었다.

"확실합니까?"

"그렇습니다. 전혀 안 닮았어요. 그때 마우를 제압한 청년은 일단 뒷모습이긴 해도 척 보기에 왠지 허약해 보였어요. 만만해 보인다고나 할까……."

"안 어울리는군요."

천하를 공포에 떨게 만들었던 월광사신, 혹은 그 후인의 뒷모습이라기엔 전혀 어울리지 않는 설명이었다. 고권중이 어울리지 않는다는 얘기를 하자 이후성 역시 고개를 끄덕이며 그의 말에 동의했다.

"그러게 말입니다."

그는 잠시 주변을 두리번거리다 작은 목소리로 고권중에게 말했다.

"그래서 말인데… 정말 그때 그 젊은 친구가 '그'의 후인이 맞을까요? 혹시 잘못된 정보는……?"

"이미 확인이 끝난 일 아닙니까."

“후우……”

이후성은 한숨을 내쉬었다.

“자, 뒷모습은 아니라고 하셨지만, 가까이 다가가서 목소리를 들어봐야지요.”

“그래야겠지요.”

자연스레 그 젊은이에게 다가간 그들은 그의 어깨를 툭 하고 쳤다.

“이보시오.”

“네? 아… 왜 그러시는지……?”

“이 동네에 처음이라 그러는데… 혹시 이 근처에 묵어갈 만한 객잔은 없겠소?”

고권중의 질문에 그 젊은이는 잠시 머뭇거리다 근처에 쓸 만한 객잔 몇 군데를 말하기 시작했다.

고맙다고 말한 뒤 돌아선 고권중이 슬쩍 이후성을 바라보았지만, 이후성은 천천히 고개를 내저을 뿐이었다.

이로써 그들은 넘겨받은 월광사신 후보군 세 명 중 두 명을 확인한 셈이 되었다.

“그렇군.”

“다음은 어디로 가야 하지요?”

“여기서 하루 거리에 있는 용화촌이라는 곳이로군요.”

“걸어서요?”

“말로 가야겠지요.”

“흠. 움직이기 전에 식사할 틈은 있겠지요?”

이전보다 제법 친숙해진 둘은 간단한 대화를 나누면서 아까 젊은이가 권해준 객잔 중 한곳으로 들어섰다. 흩어져서 그들을 따르던 나머지 호위 무사들 역시 객잔 이곳저곳에 띄엄띄엄 흩어져 앉아 있는 모습이 보였다.

"일단 우리 쪽에 넘어온 용의자 중 두 명은 무혐의니까… 앞으로 한 사람 남았군요."

"그렇군요… 유란이 쪽은 어떨지……."

"걱정되시나 보구려?"

"걱정이 되지요. 너무 천방지축이라……."

"무 대협이 같이 갔으니 너무 걱정하지 않는 게 좋겠소이다."

"그랬으면 좋겠군요. 너무 호기심이 많아서… 혹시 '그'와 만나게 되면 슬쩍 안면이라도 트겠다고 나설지 모르는 아이니……."

"하하하, 아무리 그래도 그 정도까지야……."

*　　　*　　　*

수운은 마차 밖에서 한씨와 유정의 부축을 받은 채 서서 수란과 장씨 일가 사람들의 이별 장면을 지켜보고 있었다. 부축을 받지 않아도 무리없이 서 있을 수 있었으나, 아픈 척해야 나중에 덜 맞을 것 같다는 계산 때문에 그렇게 서 있었다.

장무성이 뭐라고 말을 하다가 유수란의 어깨를 토닥여 주며 인자한 미소를 띠었다.

"그래, 가서 몸조리 잘하고. 건강히 잘 다녀오거라. 우리 기선이도 잘 돌봐야 한다."

"…네, 아버님."

장무성이 손녀 이름을 '기선'이라고 힘주어 부르자 유수란은 잠시 멈칫했으나 일단 고개를 끄덕였다.

발끈한 것은 옆에 있던 장우복이었다.

"아니, 아버지! 기선이가 아니라 수아라니까 그러시네."

그렇게 투덜거리는 장우복을 바라보던 장무성이 어이없다는 듯 아들을 바라보다가 수란을 바라보았다.

"내, 이 녀석 꼴보기 싫어서 이만 들어가야겠다. 아무튼 푹 쉬다 오거라."

"네, 아버님."

"아가, 이것들 가져가거라. 가서 아이 돌보다 보면 필요할 것 같아서 대강 챙겨봤단다."

조금 전까지 이런 저런 이야기를 해주던 진씨도 장무성이 자리를 뜨자 수란에게 보따리 하나를 넘기며 그를 따라나섰다.

혼자 남은 장우복은 어깨를 으쓱하더니 수란의 어깨에 손을 얹고―어울리지 않게―간지러운 목소리로 그녀에게 속삭였다.

"수란, 무사히 다녀와야 해요. 어디 아프면 안 되고, 하루에 한 번씩 내 생각하고… 그리고 서신 자주 넣어요. 돈 아깝다고 안 보내면 안 되요. 그리고… 우리 수아를 잘 부탁해요."

묵묵히 듣고 있던 수란이 방긋 웃으며 한마디로 답했다.

"혜린이."

"……?"

"우리 딸 이름. 혜린이."

"…수아가 더 낫지 않을까, 수란?"

"혜린이."

"쿡……!"

지켜보고 있던 수운은 웃음을 참지 못하고 그만 웃음의 작은 파편 하나를 흘리고 말았다. 무안한 얼굴이 된 장우복은 멋쩍게 처가 식구들을 한 번 둘러보더니 다시 수란에게 속삭였다.

"아니, 뭐… 아무튼 지금 중요한 건 그게 아니고… 잘 다녀와요, 수란. 여기 일은 금방 마무리될 거야."

"네… 잘 쉬다 올 테니까."

둘의 가벼운 포옹을 끝으로 간소한 환송식은 끝났고, 유씨 일가 사람들은 마차에 올라타기 시작했다.

마차 안에는 수운, 유정, 부인 한씨, 수란, 혜린(혹은 수아, 또는 기선), 그리고 혜월 대사가 탑승했다.

'후유…….'

수운은 마차에 오르는 혜월 대사를 보며 속으로 한숨을 내쉬었다.

어젯밤의 일이었다.

뜻하지 않은 사고(?)를 친 다음 불안한 마음으로 자기 숙소로 돌아온 수운을 맞이한 것은 우선 부서진 문짝이었다.

"……."

수운은 대충 부서진 문짝을 주워 문가에 걸쳐 놓았다.

"되는 일이 하나도 없구나."

수운은 침상 위로 고단한 몸을 눕히면서 그렇게 중얼거렸다. 부모님을 뵙고 난 이후여서 강호로 나간다 어쩐다 하는 생각은 없어진 뒤였다. 아니, 없어졌다기보다는 자신을 걱정할 게 뻔한 부모님 얼굴을 본 뒤 차마 이대로 나갈 수가 없는 일이었다.

적어도 몸이 어느 정도 나은 뒤, 아버지에게 다리가 한 번 정도 더 부러지고, 그 역시 어느 정도 나은 다음에 강호 출도를 해도 해야 할 일이었다.

'뵙기 전에 그냥 내뺐어야 했는데……'

예상대로 이미 얼굴을 본 이상 당분간은 얌전히 집에서 생활하는 편이 좋았다.

'하기사 그게 나을지도 모르지……'

그런 생각도 들었다. 그가 강호랍시고 나와서 겪은 일은 모두 좋지 않은 일뿐이었다.

어디서 배웠는지 머리 속에 자만심만 잔뜩 들어 있는 또래 젊은이에게 따귀를 얻어맞지 않나, 별것도 아닌 일로 맞아 죽을 뻔하지를 않나, 거대방파의 습격에 휘말려 많은 동료들도 잃어봤고…….

결국 강호랍시고 나와서 겪은 건 전부 고생뿐이었다.

'그래, 이참에 당분간 봉문하고 훗날을 기약하지 뭐. 사부님도 언제까지라고 기한 정해준 것도 아니고.'

생각하면 그 혼자 두근거림과 치기를 이기지 못하고 움직인 것이 더 큰 화를 불러들인 셈이었다.

'그나저나 그 아가씨는 어디까지 봤을까.'

수운은 자신을 올려다보던 당소류의 창백한 얼굴을 떠올렸다. 달빛 아래에서 본 그녀의 얼굴은 일전 객잔에서 만났을 때보다 더 아름다웠다. 아름다웠다, 단지 그뿐이었지만.

객잔에서 처음 봤을 때는 가슴이 두근거린 적도 있었지만, 오늘 뜻밖에 다시 만났을 때는 전혀 그런 느낌이 없었다. 오히려 꺼림칙한 느낌까지 들었다.

그러니까 '이상하게 그 아가씨와 엮이면 뭐든 잘되는 일이 없어' 라거나 '또 너냐' 따위의 감정.

아마 첫인상이 상당히 좋지 않게 박힌 탓도 있고, 그녀가 자신의 정체를 의심하고 있다는 강박관념 탓도 있을 것이다.

아무튼 그런 상대에게 무의식 상태에서의 자신의 진신절기를 일부라도 노출했다는 것은 분명히 골칫거리였다. 다행히 절명기를 쏟아 부은 뒤 당소류가 뭔가 암기를 던져 그를 상하게 했고, 그가 도주했으니 자신이 관련된 일은 오로지 당소류만이 알고 있는 것이다.

"하아……."

사부가 알면 뭐라고 할 것인가?

수운은 자신이 이미 무용지물이었던 권장편과 수신편의 깊은 도리를 아주 조금 훔쳐봤다는 것을 알고 있었다.

'약해지기는커녕… 점점 강해지고 있어.'

강해지면 강해지는 만큼, 힘을 억누르기 힘들 것이라는 사부의 말이 떠올랐다.

이런 저런 생각을 하고 있을 때 밖에서 인기척이 들렸다.

"아미타불, 잠시 들어가도 되겠는지?"

혜월이었다.

"네, 대사님. 들어오십시오."

수운이 황급히 일어서서 입구를 반쯤 막고 있던 부서진 문을 치우고 혜월을 맞았다.

혜월은 문이 왜 부서졌는가 따위의 지엽적인 문제는 신경 쓰지 않는 듯했다.

"몸은 좀 괜찮으신가?"

"네, 대사님."

“그렇게 서 있지 말고 다시 침상에 누우시게.”

“아닙니다.”

“그럼 여기 앉기라도 하게나. 내가 불편해서 그러한즉…….”

그 말에 수운은 침상 끄트머리에 걸터앉았다. 혜월은 그런 수운을 잠시 바라만 보고 있었는데, 어쩐지 발가벗겨지는 기분이 든 그는 아무 말이나 떠듬떠듬 말하기 시작했다.

“그러니까, 몸은 괜찮습니다, 대사님. 아까, 아까 그냥 그 당가 아가 씨가 싸우고 있을 때 잠깐 나가서 구경한 거밖에 없어서요. 그러다 그 괴한이 저 때문에 잠깐 한눈팔고 있으니까… 그 아가씨가 무슨 암기인 가를 던져서 이기더라구요…….”

앞뒤가 모두 생략되어 그렇지 딱히 거짓말이라고 할 건 없었다. 혜 월은 고개를 끄덕이며 그의 말을 듣다가 조용히 그에게 말을 걸었다.

“듣자 하니 내일쯤 강서성으로 떠나신다더군.”

“네, 아마 오늘 일이 없었으면 어찌어찌 하루 정도 더 머무르실지도 모르겠지만…….”

“노납도 같이 가려 하네.”

“네?”

“노납이 다음에 가보려 했던 곳이 강서성이었다네. 염치없으나 마차 지붕에라도 자리를 내주면 같이 묻어갔으면 해서 말이네.”

말이 같이 묻어간다는 얘기지 실질적으로 그와 동행을 하겠다는 얘 기였다.

“네? 네… 저야, 뭐, 근데… 왜……?”

왜 하필 저희 가족과 동행하느냐는 질문에 혜월이 고개를 갸우뚱하 며 대답했다.

“그거야… 인연 아니겠는가.”

“……”

그의 ‘인연’ 이야기는 어느 경우에도 천하무적일 듯싶었다.

“마침 자네도 몸이 좋지 않은 듯하니… 외려 잘됐잖은가? 노납이 비록 일천하다지만 약간의 의술을 지니고 있으니.”

“그런… 큰 폐를……”

“죽을 날도 얼마 남지 않은 늙은 중이 손질 몇 번 하는 것이 무슨 폐일까. 아무튼… 잠시 그 얘길 하러 왔었네. 편히 쉬게나.”

“……”

그것은 거의 일방적인 통고인 듯 보였다. 실제로 아침에 만난 그의 부모님은 혜월의 동승을 무척이나 반기고 있었다. 일대 고승을 모시고 공양을 하는 것은 어머니의 소원이라고 하면서.

갑자기 아버지의 목소리가 들려왔다.

“대사님, 아직 안에 자리가 좀 남는데 위에 있는 젊은이도 내려오라고 하시지요?”

전욱은 묵묵히 마차 지붕으로 올라가 주저앉아 있었다. 유정이 직접 얘기는 못하고 혜월에게 이야기하자 그 역시 쓴웃음을 지어 보였다.

“허허, 저도 말해 봤지만 요지부동입니다. 밀폐된 공간은 싫다더군요.”

그랬다.

전욱 역시 떫은 감 씹은 표정으로 혜월에게 이끌려 강서성 유수운의 집으로 끌려(?)가고 있는 중이었다.

혜월에 전욱까지.

그들이 비록 정마련의 인물들은 아니지만 기본적으로 강호인이었기 때문에, 당분간 강호를 떠나려던 수운은 머리가 지끈거렸다.

"뭐 하냐? 타라."

"아… 네."

"잘 가게, 처남."

장우복이 마지막으로 올라타는 수운을 향해 큰 목소리로 외쳤다. 그도 웃으며 목례로 답례를 했다.

덜컹—

장우복이 손을 흔드는 가운데 마차가 출발했다.

수운 옆 자리에는 한씨가 앉아서 연신 어디 아픈 곳 없느냐고 묻고 있었다. 그들은 아직도 수운이 '정상적인 생활이 힘든 부상' 을 입은 것으로 알고 있기 때문이다.

"괜찮아요, 어머니. 아픈 곳 있으면 말할게요."

"그래라. 끌끌… 저 양반은 뭐가 저리 좋다고……."

한씨는 말을 하다 말고 맞은편 수란 옆에 앉아 입이 귀에 걸린 듯 웃고 있는 유정을 타박했다. 유정은 수란이 안고 있는 외손녀를 어르며 너무나 즐거운 듯 보였다.

"하여간 너네 아버지도 참 문제다."

"왜요, 보기 좋잖아요."

적어도 건장한 장정 허벅다리만한 몽둥이를 들고 수운을 노려보지 않는다는 점에서도 큰 점수를 받을 만했다.

혜월은 잠시 아이가 움직이는 모습을 지켜보고 있었다. 조금 전에 혜월은 손녀 걱정에 안절부절못하던 유정에게 아이가 너무 건강하니 걱정하지 말라는 얘기를 전한 뒤였다.

"허허… 아이가 아주 건강합니다. 나중에 자라서 건강하고 총명한 미인이 될 것 같군요."

그 얘기를 들었을 때 유정은 몹시 흐뭇한 미소를 지었었다.

유정의 입은 여전히 쭉 찢어져 있었는데, 역시 수란과 외손녀를 한꺼번에 데려가기 때문일 것이다.

"꺄웅~"

아기가 뭐라고 옹알이를 하자 수운도 슬그머니 고개를 돌려 아기를 바라보았는데, 그 틈에 유정과 눈이 마주쳤다.

"뭘 보냐?"

"…아기요."

"오호라! 그래, 목 돌릴 기운은 남아 있구나. 넌 이놈아, 어디 집에 가면 좀 보자."

지난밤 약 고문(?)으로 수운을 익사시킬 뻔한 수란이 조용히 끼어들었다.

"아버지도. 너무 심하게 하시지는 말라니까. 쟤 몸이 약해서 좀 더 지켜봐야 되잖아요."

"하지만 말이다……."

"저 나이 때 남자들이 다 그렇죠 뭐. 아버지가 이해하세요. 어머~ 우리 혜린이, 할아버지 좋아? 할아버지 좋아?"

"어이쿠! 이 녀석~"

아기가 고사리 같은 손으로 유정의 손을 움켜쥐자 유정은 또다시 현실 세계에서 벗어났다.

그 모습을 지켜본 수운은 앞으로 아버지가 화를 낼 경우 무조건 조카를 이용해야겠다는 기본 계획을 수립했다.

‘그나저나……’

수운은 혜월을 바라보았다.

소림의 고승이라는 저 스님이 뭐 하러 그의 집까지 가는 것일까? 수운은 왠지 불안했다.

그의 심정과는 다르게 마차는 경쾌한 속도로 집을 향해 가고 있었다. 마치 금방이라도 집에 도착할 것 같은 느낌이었다.

“어디 불편한 곳은 없니?”

“없어요, 어머니.”

한씨는 그의 옆에서 떨어질 생각을 않고 있었다.

“불편하면 말해. 대사님이 돌봐주실 테니까.”

“네에.”

혜월은 수란과 그 아이뿐 아니라, 수운의 몸도 돌봐주기로 하고 그를 따라나선 터였고, 어머니는 혜월 대사를 철석같이 믿고 있었다. 소림의, 그것도 장문 방장의 사형이라는 이름은 그처럼 큰 것이었다.

‘그런데 그런 분이 뭐 하러 따라오시느냐 이 말이지……’

수운이 복잡한 심사 때문에 한숨을 내쉬자 그 곁에 붙어 있던 한씨가 걱정스러운 표정으로 혜월을 불렀다.

“스님, 수운이 안색이 좋지 않은 듯하네요.”

“어디……”

혜월이 다가와 그의 맥을 짚으려 하자 수운이 황급히 고개를 저었다.

“아니, 아니에요. 몸이 안 좋아서 그런 게 아니라… 그냥 좀 생각하는 게 있어서……”

“생각? 이놈 자식, 네가 지금 생각할 게 뭐 있어? 오호라, 집에 도착하면 얼마나 두들겨 맞을까 걱정되냐?”

그것도 걱정되긴 했다.

잠시 후 부인 한씨가 혜월에게 설법을 청하자, 혜월은 만면에 웃음을 띤 채 쉽고 재미있는 설법을 이야기하기 시작했다. 부인 한씨는 감복한 표정으로 설법을 듣고 있었는데 매우 행복해 보였다. 그럼에도, 수운은 이 모든 일이 불편하게만 느껴졌다.

◆ 第十九章 ◆
혜월, 가르치다

혜월, 가르치다

"어떻소, 소저?"

무현종이 긴장한 듯 묻자, 오유란이 고개를 흔들었다.

"아니에요. 뭐랄까… 키가 좀 작아요. 그 사람, 마우와 비슷한 키였으니까. 거기다, 뭐라 표현할 수 없지만 머리 모양이 좀 달라요."

"으음… 그렇다면 저 사람도 아니겠군요. 목소리 확인은 안 해도 되겠소?"

"저 정도면 목소리 확인도 필요없겠지만… 만사 불여튼튼이라고 했으니까요."

그녀는 어깨를 으쓱거려 이제까지 해오던 대로 하자는 뜻을 내비쳤다.

그리하여 무현종이 길을 묻고 오유란이 근처에서 서성이며 목소리를 듣는 절차를 마쳤다. 오유란은 잠시 후 무현종을 만나자 고개를 내저었다.

"역시 아니었어요."

지금까지 두 명을 확인했으니 남은 건 한 명이었다. 아직 이후성 쪽에서 월광사신을 발견했다는 기별이 없었으니 월광사신이 어디에서 나타날지는 알 수 없었다. 어쩌면 추적에 실패한 것일지도 모른다.

'만약 그 고생을 하고도 실패했으면… 흥, 나중에 밥에다 개구리 알이나 몰래 넣어놔야지.'

유란은 그런 생각을 하고는 개구리 알을 꿀꺽꿀꺽 삼키는 무현종을 떠올리며 기분 좋은 미소를 지어 보였다.

"소저?"

'그냥 하던 대로 돌을 넣어두는 게 좋지 않을까?' 라는 진지한 고민을 하던 유란은 무현종이 자신을 부르는 말에 즉각 대답하지 못했고, 그가 한두 번 더 자신을 부를 때쯤에야 공상에서 벗어났다.

"아? 무슨 말 하셨어요, 무 대협?"

"잠시 쉬었다가 다음 상대를 찾아 떠나자고 했소."

오유란은 고개를 끄덕였다. 마음 같아서는 오늘은 이곳에서 묵고 내일 떠나자고 말하고 싶었지만 시급을 다투는 일이라 그럴 수도 없었다.

"곧 떠나자고 하시는 걸 보니 근방에 사는 사람인가 보네요. 누구죠?"

무현종이 즉각 다음에 찾아갈 상대의 이름을 읊었다.

"강서성 경덕진 근방에 작은 포목점이 있는데, 그 집 아들이오. 이름은 유수운이라 하고… 도착하면 초저녁쯤 될 테니까 거기서 객잔을 잡아 쉬도록 하지요."

"네에."

오유란은 무현종을 따라 가까운 다점(茶店)에 들어섰다.

"근데, 무 대협."

막 뜨거운 찻물을 따라내리던 무현종은 유란의 부름에 고개를 슬쩍 들었다.

"진짜 무 대협이 걸러낸 열 명 중에 없으면… 못 찾는 거예요?"

"지난번에도 말씀드렸지만… 그게 제 능력으로 할 수 있는 전부여서……. 네. 그 열 명 중에 없으면 그냥 물러서야지 어쩌겠소."

오유란이 그 말을 듣고 고개를 갸웃거렸다.

"그러면 말이에요, 우리가 '그 사람' 찾는 데 실패하면요……."

그녀는 슬쩍 주위에 사람이 없다는 걸 확인한 뒤 무현종에게 몸을 기울여 낮은 목소리로 말했다.

"우리 혹시 련주님께서 말한 대로 되는 거 아닐까요?"

"…련주님이 말한 대로라면……?"

"비밀 유지요. 그때 우리한테 말씀하셨잖아요. 동굴에 가둬놓는다거나……."

"……."

그런 쪽으로는 생각도 해본 일 없는 무현종은 잠시 당황했다.

정말, 아주 운이 나쁠 경우라면, 임무에 실패한 이상 보안 유지를 위해 잠시 모처에 연금될 수 있을 가능성이 있기는 했다.

그래 봐야 단시간에 그칠 것이고, 아마 자택 연금에 가까운 자유로운 분위기의 연금이 될 것이다.

"그러니까……."

무현종은 그렇게 얘기하다가 장난기가 돌았다.

"…소저 말이 맞군요. 자칫하다간 항마동 같은 데 갇혀서 십 년이고 이십 년이고 못 나올지도 모르겠습니다.”

유란의 얼굴이 울상으로 변해가는 모습을 보며 무현종은 터지려는 웃음을 꾹 참아야 했다.

“정말 그렇게 될까요? 네?”

“음… 그러니 더욱! 열심히 그를 쫓아야겠지요.”

그 말에 유란이 벌떡 일어섰다.

“가요!”

“음? 오 소저, 아직 차도 다 마시지…….”

“지금 그럴 시간이 어디 있어요! 빨리 가요. 가서 열 명이든 백 명이든 다 새로 확인해야죠.”

“…….”

유란이 거칠게 다점의 문을 박차고 나가자 다점 한구석에 들어와 있던 호위 무사 중 셋이 슬그머니 일어나 유란을 따라나섰다.

‘이런 게 바로 자승자박(自繩自縛)이로군.’

무현종은 한숨을 내쉬고 따듯한 차로 입을 축인 뒤 곧 오유란을 따라나섰다.

＊　　　　＊　　　　＊

경쾌하게 달리던 마차가 어느 순간 멈춰 섰고, 마부가 ‘다 왔습니다’ 라고 외치는 소리가 안으로 들려왔다.

“대사님, 도착했나 봅니다. 내리시지요. 제가 집으로 뫼시겠습니다.”

유정은 혜월에게 공손하게 여쭌 뒤 옆 자리를 돌아보았다. 거기엔

외손녀 혜린(수아, 혹은 기선)을 자신에게 맡기고 곤하게 자고 있는 수란
이 있었다.

"수란아, 일어나거라. 도착했단다."

"웅……?"

눈을 비비며 일어난 수란은 잠시 기지개를 켜더니 유정에게 물었다.

"와… 얼마 안 걸렸네요?"

"얼마 안 걸리긴… 이 정도면 오래 걸린 거지. 내리자꾸나."

"네. 아, 혜린이 이리 주세요."

유정은 산적에게 보물을 빼앗기는 장사꾼의 얼굴로 외손녀를 건네
주었다.

마차에서 내려선 수란은 대문과 담을 보더니 나지막이 탄성을 질렀
다.

"와, 오래간만에 집에 오니까 너무 좋다. 처녀 때로 돌아간 거 같
아."

수란이 생글거리며 그렇게 말하자 옆에서 수운을 부축하고 있던 한
씨가 웃으며 대꾸했다.

"어이구 이것아, 애까지 낳아놓고 처녀 때로 돌아가면 어쩌자는 게
야?"

끼익—

"어, 벌써 돌아오셨네요? 어서들 들어오세요."

유수헌이 문을 열고 밖으로 나와 그들을 맞이했다.

"……."

갑자기 유정이 수헌 앞으로 걸어가 조용히 물었다.

"유 선생, 긴히 여쭐 말이 있는데, 가게는 어떻게 하고 이 시간에 집

에 계신 게요?"

"…아… 그게요, 아버지……."

딱—

유정은 뭔가 변명하려던 유수헌의 머리를 가볍게 후려친 뒤 그럴 줄 알았다는 듯 말했다.

"그거는 무슨 그거… 너 또 애들한테 다 맡겨놓고 피곤하다고 집에 쉬러 들어왔지?"

"그러니까 그게……."

"아들이라고 둘 있는 게 하나같이 이 모양들이니……."

수헌은 말할 틈을 주지 않는 유정을 간신히 제지했다.

"아이고, 아버지 손자가 열이 난다고 해서 잠깐 들어와 봤습니다. 그러니 고정하시지요, 아버지."

"응? 보운이가?"

손자가 열이 난다는 말에 유정은 사람들을 재촉해서 급히 집 안으로 들어섰다. 그리고 혜월에게 양해를 구한 뒤 급히 손자를 보러 달려갔다.

수헌은 어머니인 한씨에게 두 사람 다 보통 분들이 아니니 최대한 정중히 모시라는 엄명을 받았다. 그리하여 그는 혜월과 전욱을 손님들이 묵어가는 고풍스러운 방으로 안내하는 일을 손수 해야 했다.

"누추합니다. 잠시 쉬고 계시지요. 곧 안사람에게 식사를 마련하게 하겠습니다."

"아미타불, 과분한 환대에 감사드립니다."

"대사님도 별말씀을 다 하십니다. 그리고 그쪽 젊은 무사님도 편히 쉬시고 불편한 점이 있으면 말씀해 주십시오."

"후의에 감사드리오."

전욱이 예를 표하자 수헌은 몇 가지 생필품이 어디에 있는지 간단하게 설명한 뒤 밖으로 나섰다.

둘만 한자리에 남게 되자 전욱이 혜월을 바라보았다.

"대사께 묻고 싶은 게 있소."

"음……?"

전욱은 잠시 망설이다가 허리에서 자신의 검을 풀어 앞으로 내밀었다.

"지난 십여 년, 오로지 이 검만을 쥐고, 이 검만을 보고, 이 검만을 벗하며 살아왔소. 한데… 이번에 그 복면인들과 겨루며 문득 내 무공이 어딘가 잘못되어 있다는 것을 느꼈소."

"……."

"대사, 대사 정도의 고수라면 알려줄 수 있겠지요? 대체 내 무공 어디가 잘못되어 있는 것인지… 어디서 잘못된 길로 들어선 것인지……."

혜월은 전욱과 그 손에 걸려 있는 검을 보고 천천히 고개를 흔들었다.

"전 시주."

"말씀하시지요, 대사."

"금강경에 이르기를… 부처님은 실로 어떤 진리가 있지 않은 경계에서 아뇩다라삼먁삼보리를 얻은 것이라 하였고… 또한 여래가 얻은 아뇩다라삼먁삼보리 가운데는 실다움도 없고 헛됨도 없다고 하셨습니다.”

“……?”

“노납이 드릴 수 있는 말은 그게 전부입니다.”

“…대사.”

“말씀하시지요, 전 시주.”

“…아뇩다라… 그게 무슨 뜻입니까?”

“아뇩다라삼먁삼보리란 그 이상 깨달을 것이 남지 않은 경지를 말함입니다. 무상정등각(無上正等覺)의 경지라 보면 될 것입니다.”

“…….”

전욱은 태연하게 자신에게 설법을 하고 있는 혜월을 바라보며 문득 상혁의 모습이 떠올랐다. 설법이 싫다며 진저리치던 그 모습에 다 이유가 있었던 듯싶다.

“대사, 농담이 아니오. 난 진지하게 대사께 여쭙고 있는 거요.”

“부처의 말[言]엔 헛된 게 없으니, 노납 또한 진지하게 전 시주에게 답한 것입니다.”

“그렇다면, 정말로 방금 대사가 말씀하신 그 복잡한 말에 내 검법이 나갈 길이 담겨 있단 말이오?”

“아미타불, 비단 검법뿐 아니라… 시주께서 깨달으셔야 할 모든 것이 담겨 있습니다.”

“…….”

혜월은 아무 말 못하고 앉아 있는 전욱을 두고 자리에서 일어섰다.

“대사.”

전욱은 밖으로 나가려는 혜월을 불러 세웠다.

“무슨 일이시오, 전 시주?”

전욱의 얼굴이 벌겋게 달아올랐다. 많은 날을 같이 보낸 혜월이었으나 그가 이렇게 곤란해하는 표정은 처음이었다.

"…아까 해주신 말씀, 한 번만 더 말씀해 주면 안 되겠소? 생소한 단어들이 많아서……."

혜월은 빙그레 웃으며 조금 전 읊어주었던 금강경의 한 구절을 서너 번 더 반복해 주었다.

*　　　*　　　*

수운이 지쳐서 쓰러져 있을 때, 무현종과 오유란도 말 위에서 땀 범벅이 되어 있었다.

"…그러니까 오 소저, 농담이었다니까요. 정말 미안하다고 말하지 않소."

서두르던 오유란을 달래기 위해 농담이었다고 말했다가 오히려 그녀의 화만 북돋운 꼴이 된 무현종은 체면을 구기면서까지 필사적으로 사과를 했으나 오유란은 요지부동이었다.

"흥, 진짜여도 안 믿을 거예요. 혹시 알아요? 정말 어디 동굴에 쇠사슬에 칭칭 감겨서 떨어질지. 그러니까 빨리 이번 후보자 확인이나 하러 가요."

"이미 저녁 아닌가? 확인하려고 해도 내일이나 되야 확인하지, 지금 무슨 수로 확인한단 말인가?"

"월담이라도 하면 되잖아요."

"……."

무현종은 옆에서 말을 달리고 있는 호위 무사들을 바라보며 '무슨 수를 내달라'고 눈짓을 보내봤지만, '당신이 뿌린 씨앗이다'라는 식의 외면만 받았을 뿐이다.

"알았소, 알았어. 오 소저, 내 사과의 뜻으로 옥비녀를 선물하겠으니 이만 멈추시오."

"……."

오유란이 타고 가던 말의 속도가 조금 떨어지는가 싶었다.

"…가락지도 끼워 드리리다."

옥비녀와 은가락지, 그리고 고급 당혜까지 선물받기로 한 오유란은 그제야 싱글거리며 무현종과 보조를 맞췄다.

"이번에 확인해야 할 후보가 살고 있는 집이 어디죠?"

그녀가 묻자 무현종은 적당히 대답하기로 했다. 집이 어디라는 것 정도야 이미 알아뒀으나 통제에서 벗어난 오유란이 혼자서 움직이기라도 할까 두려웠던 것이다. 언제나 오유란 곁에서 움직이는 호위 무사가 있는 이상 이런 걱정은 기우에 불과했으나, 이미 상당량의 금품을 갈취당한 무현종은 조심해서 나쁠 게 없다고 생각하고 있었다.

"포목점 위치야 시장통이 뻔할 것이고… 아무튼 일단 근처 객잔에 방을 잡아야겠군요."

"네. 제가 가서 객잔을 예약할 테니 무 대협께서는 후보자에 대해 좀 더 알아보세요."

"그러도록 하지요."

오유란이 멀어져 가자 무현종이 한숨을 내쉬었다.

"뭐, 아무튼 별일없이 목적지에는 잘 도착했으니… 모두 잘됐다고 치자."

그리고 그는 호위 무사 두 명과 함께 천천히 시장통을 돌아보았다.

그의 눈이 지금은 문을 닫아건 포목점 간판을 찾아냈다.

"유씨포목이라… 저기로군 그래."

무현종은 자기 뒤쪽에서 따라오는 호위 무사에게 말했다.

"한 분은… 이 유수운이라는 사람 집을 감시해 주셔야겠습니다."

그 말에 호위 무사가 고개를 끄덕였다. 유수운 이전 두 사람을 확인할 때도 익히 해왔던 순서였던 것이다.

그가 손짓을 하자 멀찌감치서 둘을 따르던 호위 무사 하나가 자연스레 몸을 돌려 어딘가로 사라졌다. 그가 후보자의 집 쪽으로 향하는 것을 곁눈으로 바라본 무현종이 피곤한 듯 목을 몇 번 주무르며 중얼거렸다.

"그럼… 이쪽도 준비를 해봐야지……."

우선 유씨포목을 하는 사람들이 어떤 사람들인지, 그리고 후보의 한 명인 유수운이 어떤 사람인지 알아둘 필요가 있었다.

무현종은 슬슬 주위를 둘러보며 티나지 않게 유수운에 대한 소문을 모을 준비를 시작했다.

*　　　*　　　*

자신에 대한 추적의 손길이 이미 턱밑까지 진행된 것을 조금도 모르고 있는 수운은 침상에 편히 누워 멀뚱히 천장만 바라보고 있었다.

'집에 오니까 좋긴 좋은데…….'

수운은 자기 방에 누워 있었다.

'이제 어떻게 행동하는 게 좋을까. 그 칠상권 수련은 계속하는 것이 좋을까, 아니면 이쯤에서 그만둘까.'

일단 집에 와서 천장을 보고 눕자 여러 가지 고민거리들이 하나둘 떠올랐다. 일단 강호의 일은 배제하더라도 자기 자신에 대해서 걱정이 많았다.

그때였다.

"아미타불, 유 시주, 안에 계신가?"

혜월의 목소리였다.

"예, 대사님. 저 안에 있습니다. 잠시만 기다리세요."

수운은 몸을 움직여 방문을 열었다.

전욱에게 금강경의 한 부분을 설한 혜월은 거처에서 나와 집안일을 돕는 아낙에게 수운의 거처를 물어 찾아왔다고 했다.

"들어오시지요, 대사님."

"아니, 유 시주께서 잠시 나와주시는 게 좋겠구려."

"네?"

혜월이 빙그레 웃었다.

"상혁이 놈에게 전해 받은 것이 칠상권론이었지?"

"아… 저… 그건……."

"비밀이라는 건 노납도 잘 알고 있으니 걱정 마시게. 아무튼 잠시 나와보시게."

수운이 밖으로 나가자 혜월은 주변을 둘러보았다.

"마침 이곳 마당이 적당히 넓은 것이… 자, 유 시주. 한번 칠상권을 펼쳐 보시게."

"저, 대사님. 그건 칠상권이 아니라 칠상권 기초 체조라고……."

혜월이 고개를 끄덕였다.

"아무튼… 그거 한번 펼쳐 보시게."

　그 말에 수운은 잠시 미적거렸다. 아무래도 이 칠상도인체조만 펼치면 꼭 권장편과 혼합되어 무아의 경지에 빠져들곤 해서, 혜월이 보는 앞에서 펼치기 껄끄러웠던 것이다.

　수운은 꾀병을 부려보기로 했다.

　"저… 대사님… 제가 마차 여행을 했더니 아직 몸이 덜 풀려서요."

　"그래서 펼쳐 보라는 것이니, 펼쳐 보시게. 자네가 물려받은 칠상권의 초입 부분은 굳고 병든 몸을 고치는 데 탁월한 효능이 있으니."

　이렇게까지 말하면 거절하기 힘들었다.

　"그럼… 서투르다고 웃지 마세요."

　수운은 곧 천지지시의 기수식을 취했다.

　곧 스물두 동작이 순서대로 진행되었다. 멸명마공과 같이 펼치지 않아서인지 다행히 황홀경 속에 빠지는 일은 생기지 않았다. 다만, 의념만으로 동작을 펼쳤음에도 부상을 입은 부위와 몸의 몇몇 부위가 화끈거렸고, 몸에서 땀이 비 오듯 흘러내렸다.

　"…헉헉… 응?"

　그는 이마에 송골송골 맺힌 땀을 손등으로 훔치다가 자신이 어느 틈에 숨을 몰아쉬고 있다는 것도 깨달았다.

　"이게… 후… 보기보다… 학… 힘드네요. 후우, 후우……."

　수운은 헐떡이는 모습을 보이기가 창피해서 빨리 숨을 진정시키려 했으나 쉽지가 않았다. 그러나 혜월은 수운의 말에 대답이 없었다.

　"…대사님?"

　"음……."

　"방금 제 체조에 무슨 문제라도……?"

“아닐세. 초보치고는 매우 능숙해서 조금 놀랐던 것뿐이네.”

“에이… 능숙하긴요.”

혜월은 왼손의 염주를 몇 번 굴리다가 수운에게 말을 걸었다.

“이번엔 나한권을 한번 펼쳐 보시게.”

“예?”

“나한권을 장기로 삼는다 하였으니 한번 펼쳐 보라 했네.”

“예…….”

그거야 어려울 일 없었다.

수운은 아직은 조금 부자연스러운 몸으로 나한권을 처음부터 시연하기 시작했다.

그는 나름대로 열심히 나한권을 시연하느라 동자배불에서 좌우추비로 넘어가는 첫 동작을 유심히 살핀 혜월이 살짝 고개를 끄덕이는 것을 알지 못했다.

어느덧 마지막 초식인 나한투호를 끝으로 나한권의 시연이 끝나자 혜월이 흡족한 듯 수운을 바라보았다.

‘상혁이 놈이 하도 엉망이라고 해서 그런가 보다 했거늘, 생각보다는 기본이 잘 잡혀 있는 아이 아닌가?’

그는 숨을 몰아쉬고 있는 수운에게 나직하게 부탁했다. 언제부터인지 자연스레 ‘하게’ 투를 사용하는 혜월이었다.

“힘들겠지만 한 번 더 펼쳐 볼 수 있겠는가?”

“…네?”

“허허허, 해가 될 일은 없을 테니 해보게.”

그렇게 혜월은 두 번 더 나한권을 시연해 줄 것을 부탁했고, 그 뒤에는 육합권을 보여줄 것을 청했다.

수운은 왠지 불안하긴 했으나 혜월의 청을 거절하지 못하고 계속 그의 청대로 권법 시연을 했다.

마침내 수운의 온몸이 땀으로 푹 젖었고, 그 표정도 고통으로 일그러져 있었다.

"아미타불, 노납이 조금 무리한 부탁을 한 듯한데… 괜찮은가?"

"네, 뭐… 괜찮죠, 이 정도는."

"마지막으로 칠상도인체조로 몸을 풀어두게나."

"…네."

수운은 몹시 피곤했으나 혜월의 권유로 어쩔 수 없이 칠상도인체조를 시작했다.

그를 바라보고 있는 혜월은 눈을 빛냈다.

'허어… 분명히 고급 수준에 들어선 듯한데.'

칠상도인체조를 보니 이미 어느 정도 확실한 체계를 잡아낸 듯했고, 그것은 꽤나 놀라운 일이었다. 칠상도인체조는 보기에 쉬워 보이고, 실제로 동작만을 따라 하면 별로 몸에 무리가 오지 않는다.

문제는 구결과 동작의 연계인데, 구결대로 의념을 실어 동작을 진행하면 몸에는 몇 배, 몇십 배의 압력이 가해지게 된다.

그 압력을 이용해서 오히려 몸을 단련시키고, 또는 회복시키는 것이 바로 수운이 하고 있는 도인체조의 근본이었다. 더구나 그것에 칠상권에 이르는 길이 숨어 있기도 했다.

또 한 가지.

어설프게만 보이는 수운의 나한권이 제법 기본에 충실한 나한권이라는 것을 알 수 있었다.

소림의 무공은 직선적이고, 크게 움직이지 않으며, 강렬함을 바탕으로 제압한다.

비록 수운의 공부가 깊지는 않았으나 그가 시연하는 나한권은 시전에서 굴러다니는 나한권과는 달리 이 모든 특징을 조금도 잃지 않고 있었다.

다만 한 가지.

'그… 기운이 느껴지지 않는군. 사람들 앞에서는 감추는 것인가.'

그 기운에 인연을 느끼고 이곳까지 따라온 터라 면전에서 확인하려 했었는데, 하지 못했다.

'서두를 것은 없겠지…….'

"헉… 헉……!"

혜월이 생각에 빠져 있을 때 칠상도인체조를 끝마친 수운은 그 자리에 푹 주저앉았다.

"다… 헉… 끝냈습… 헉, 헉… 끝냈습니다……."

"수고하셨소, 유 시주."

혜월은 가까이 다가가 수운의 몸을 부축해 방으로 옮겼다.

"유 시주."

"…네."

"다음에 나한권을 시연할 때는 손에는 삼 푼 정도 더 힘을 넣고, 오른발 동작에서 이 푼 정도 힘을 빼보시게. 힘이 불균형하면 그 어떤 무공을 연마해도 큰 도움이 안 된다네."

"아……."

"내일 보세나."

혜월은 수운이 뭔가 말하려던 순간 조용히 일어나 밖으로 나가 버렸다.

“…….”

수운은 지친 눈으로 천장을 바라보다 중얼거렸다.

“…소림 고승의 무술 지도… 이거… 기연인가 뭔가 그건가? 이러다 나중에 무슨 소림칠십이종절예 같은 거 전수해 주시려는 거 아니야?”

그는 한숨을 내쉬었다.

“혹시라도 그런 일이 있으면… 어떻게 거절하지?”

그는 앞으로 자신이 겪어야 할 일, 그리고 정작 중요하게 고민해야 할 일은 알지 못한 채, 여전히 엉뚱한 일로 고민하고 있었다.

〈제3권 끝〉

청 어 람 신 무 협 판 타 지 소 설

제1회 신춘무협 공모전에 『보표무적』으로
금상을 수상한 작가 장영훈의 신작!!

일도양단(一刀兩斷) / 장영훈 지음

한 겹 한 겹 파헤쳐지는
음모의 속살을 엿본다!

『일도양단』
(一刀兩斷)

그의 이름은 기풍한.

**천룡맹(天龍盟) 강호 일급 음모(一級陰謀) 진압조(鎭壓組)
질풍육조(疾風六組)의 조장이다.**

임무를 위해 출맹한 지 사 년이 지난 어느 겨울날 새벽,
돌아온 그에게 천룡맹 섬서 지단 부단주가 말했다.

"질풍조는 이미 해체되었네."

그리고…
그의 존재를 알던 모든 이들이 죽었다.

청 어 람 신 무 협 판 타 지 소 설

최고의 신무협 작가 『설봉』의 최신작!

사자후(獅子吼) / 설봉 지음

다시 한번 당신을 잠 못 들게 만들
불후의 대작!

사자후
獅 子 吼

깊게 깊게 빠져드는 몰입의 세계!
온몸을 전율케 하는 찌를 듯한 강렬함을 느낀다!

그에게서는 묘한 악취가 풍겼다. 그가 창을 겨눴을 때……
화염이 이글거리는 눈동자를 보았을 때……
비로소 악취의 정체를 짐작해 냈다.
피와 땀이 켜켜이 쌓여 자연스럽게 뿜어져 나오는 살인마의 냄새.
그는 허명(虛名)을 좇아 비무를 즐기는 낭인(浪人)이 아니라 야성(野性)이 살아서 꿈틀거리는 진짜 살인마였다.
투지가 끓어올라 활화산처럼 꿈틀거렸다.
그의 눈길을 정면으로 맞받으며 묘공보(妙空步)를 밟기 시작했다.
우리의 첫 만남은 그렇게 시작되었다.

- 환봉개(幻棒丐)의 회고록(回顧錄) 中에서 -